广州妈妈网 编著
飞思少儿科普出版中心 监制

人人都是好妈妈

5000万妈妈的孕育宝典

電子工業出版社
Publishing House of Electronics Industry
北京·BEIJING

图书在版编目（CIP）数据
人人都是好妈妈 500万妈妈的孕育宝典 ：从养育到早教 / 广州妈妈网编著.
北京 ：电子工业出版社，2011.11
ISBN 978-7-121-14770-8

Ⅰ.①人… Ⅱ.①广… Ⅲ.①婴幼儿－哺育－基本知识②婴幼儿－早期教育－基本知识
Ⅳ.①TS976.31②G61

中国版本图书馆CIP数据核字(2011)第204741号

责任编辑：郭 晶
文字编辑：李银慧 刘 玥
印 刷：中国电影出版社印刷厂
装 订：三河市皇庄路通装订厂
出版发行：电子工业出版社
北京市海淀区万寿路173信箱 邮编：100036
开 本：720×1000 1/16 印张：20 字数：512千字
印 次：2011年11月第1次印刷
定 价：49.80元

本书的所有图片均由广州妈妈网授权提供。
本书言论仅代表著作权方的个人观点，不代表本社观点。
参与本书编写的人员：刘 颖 蔡莉娜 谢丽霞 蒋 帆

凡所购买电子工业出版社图书有缺损问题，请向购买书店调换。若书店售缺，请与本社发行部联系，联系及邮购电话：(010) 88254888。
质量投诉请发邮件至zlts@phei.com.cn，盗版侵权举报请发邮件至dbqq@phei.com.cn。
服务热线：(010) 88258888。

目录

带孩子宝典篇 / 1

带孩子宝典篇

如何养育好孩子，需要科学的养育理念及依据。父母要清楚每个阶段孩子的生理及心理发育特征，适时跟进养育措施，采用科学的养育方法来带孩子。父母养育孩子时，如何调整自己的心理？这些带孩子过程中的困惑和难题，妈妈们都有经验来分享，快来看看大家是怎样做的。

第一章
宝宝的生长发育

作为“80后”的父母，养育一个孩子，真的是很不容易。除了要掌握基本的养育常识，还要关注孩子的早期教育。虽然问题多多，可众妈妈们一点也不落后，从宝宝的身体发育，宝宝各阶段的作息安排，甚至宝宝物品的选择，都各有妙招。

人人都是好妈妈，众妈妈齐心协力，把育儿这项重大工程进行得如火如荼。在这里，大家会看到最真实的育儿心声。带孩子到底累不累？婆婆不帮忙，一个人能不能带好孩子？这里有妈妈们育儿的欢笑声，也有心酸的呐喊声。因为真实，所以一定会引起众妈妈们的共鸣，让妈妈们更加坚定——原来育儿的战场上，自己一点都不孤单。

宝宝的如厕训练，宝宝的睡眠训练，选择纸尿裤还是最自然环保的尿布？这群妈妈不简单，众妈妈们将为你呈现最真实、已经被实践检验过的实用指南。仔细品读，当下最新鲜前沿的育儿资讯，都将轻松收入您的囊中。

一、宝宝身体的护理

身高体重新标准

【常用工具】

1～5岁儿童身高体重的新标准

女童体重标准(千克)	女童身高标准(厘米)	男童体重标准(千克)	男童身高标准(厘米)
初生 3.2	初生 49.0	初生 3.4	初生 50.0
1岁 9.0	1岁 74.0	1岁 9.6	1岁 76.0

（续表）

女童体重标准(千克)	女童身高标准(厘米)	男童体重标准(千克)	男童身高标准(厘米)
2岁 11.5	2岁 86.0	2岁 12.1	2岁 87.0
3岁 13.9	3岁 95.0	3岁 14.3	3岁 96.0
4岁 16.0	4岁 103.0	4岁 16.3	4岁 103.0
5岁 18.2	5岁 109.0	5岁 18.3	5岁 110.0

/（九月星星）

宝宝出牙注意事项

【七嘴八舌】

宝宝出牙了，要注意些什么？

1．出牙时间：6个多月

宝宝6个半月开始出牙，现在10个半月，正在出第六颗牙。

出牙伴有一些问题：烦躁，夜里吵，吃奶次数增多，爱咬东西，还会捏着小拳头打颤，流口水。我给他吃磨牙饼干，开始是吃和光堂的磨牙饼，很容易咬断，宝宝吞得很艰难，又不肯吐出来。后来买了亨氏的磨牙棒，很硬，咬两下就不咬了。看来宝宝这么小就欺软怕硬，哈哈。宝宝长牙时期的营养补充物如下：AD滴剂、钙、骨头汤、肉。其实可以给宝宝一小段黄瓜磨牙。我家肥宝很爱拿着黄瓜咬，不松手。可能因为黄瓜凉凉的，咬着舒服吧。/（小宝大宝）

2．出牙时间：7个多月

我家宝宝快10个月了，长了四颗牙，上下各两颗。

7个多月时开始长牙。出牙前发了一次烧，以前从没发过烧。也是流口水。之前睡眠挺好的，可那段时间白天晚上都睡不安稳，一晚上要起来五六次。宝宝变得爱咬人，肩膀啊，手臂啊，都让他咬得青红紫绿的。最惨的是还没

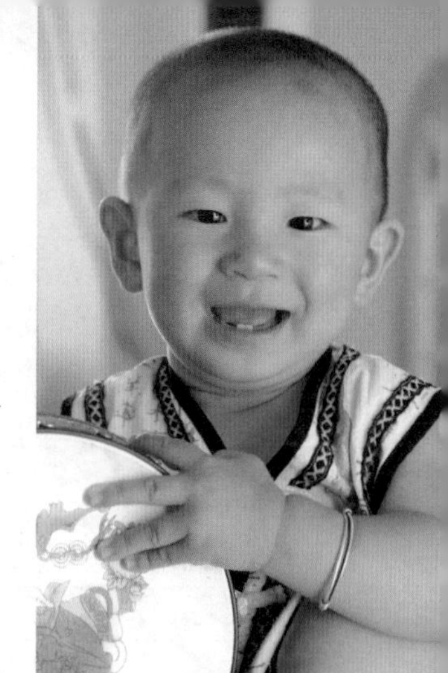

断奶，连他吃饭的家伙都咬。那个痛啊，乳房都给他咬出好大一条口子。

给他吃过亨氏和贝因美的磨牙饼，不喜欢。自己试了试，跟大人吃的饼干差不多，味道都偏甜。后来，婆婆从老家带了些自家晒的红薯干，软硬刚刚好。宝宝很喜欢，它不像饼干那样到处掉渣渣。宝宝还喜欢切条的红萝卜条、苹果条等。

我们去做儿保时，医生开了钙尔奇。看他没什么不正常，就偶尔想起来了喂一颗。每天会用新鲜的筒骨煲汤、熬粥给他喝，宝宝发烧时多给他喝水。/（zzqiao）

3. 出牙时间：8个月

我家宝宝的出牙时间：8个月。

出牙伴随的问题：流口水、咬人、厌奶、烦躁不安。

解决办法：给宝宝手指饼干，做磨牙水果棒，例如青果棒、苹果棒等。

长牙时期的营养补充：补钙、鱼肝油，多吃清蒸鲫鱼、排骨汤。

小贴士：多做点可以咬的零食给宝宝咬，缓解宝宝出牙的不适。/（婧萱妈咪）

4. 宝宝出牙时间：10个月

出牙伴随的问题：流口水、烦躁、娇气。

解决办法：多拥抱，多爱抚，用超级的耐心体谅他。

营养补充物：智灵通牌乳酸钙、金奇仕牌鱼肝油交错着吃。

小贴士：

（1）如果宝宝不乱咬东西或乱往嘴里塞东西，就没必要买磨牙棒，宝宝并不一定会吃。

（2）宝宝的辅食要有些硬度。我试过喂一些软软的饭，宝宝很喜欢。

（3）宝宝流的口水一定要及时擦掉。

（4）多擦脸，多洗手。

（5）虽然天气较热，但还是要适当晒太阳，增加户外活动。/（wawa1212）

宝宝的头发护理

【妈妈经验谈】

如何让宝宝头发好?

1. 营养好

怀宝宝时，我常吃坚果，如花生、核桃、芝麻等。医生说这些食物有助于宝宝头发的发育。

2. 勤洗头

宝宝出生后就每天洗头，即使冷都没间断过。由于宝宝生长发育速度极快，新陈代谢旺盛，所以保持头发清洁可以令头皮得到良性刺激，避免引起发痒、头垢，从而促进头发的生长。夏天，我们每天最少给宝宝洗1～2次。事实证明只要保持干净，再长的头发都不会生热痱。

洗头时要注意用温和、无刺激、容易起泡沫的婴儿洗发水。洗发时轻轻用手指肚按摩宝宝的头皮，不可用力揉搓头发，避免头发纠结在一起难以梳理。

3. 勤梳头

经常梳理头发能刺激头皮，促进血液循环，有助于头发生长。为宝宝准备一把专用梳子，方便时就拿来梳几下。梳子最好选用有弹性、较柔软的橡胶梳子，以免损伤宝宝稚嫩的头皮。

4. 不剃满月头

有人说，宝宝满月要剃头，将来头发才会长得多、长得黑。但我看过好多资料，都说没科学根据。有的资料还说，这种做法十分危险。宝宝的头皮毛孔会受到肉眼看不到的损伤，如果剃刀不干净，头部皮肤不清洁，细菌就会趁机而入，导致局部脓疮或皮肤化脓感染，严重时细菌会进入血液造成败血症。事实和经验证明，剃不剃满月头和将来头发的多少、颜色毫无关系。/（azibao）

二、3位妈妈最真实的带孩子心得

一个人带孩子我觉得不累，我有好经验

【妈妈经验谈】

1. 首先说说一个人带的好处

（1）自己作主，不会和长辈意见不一致闹矛盾。

（2）家里人少安静，宝宝心会静下来，睡觉也好。

（3）遇到难题可以上网查，一般都可以找到答案。

2. 合理安排时间，带宝宝不累

（1）宝宝早晨醒来后喝完奶不睡觉，先让他在小床上玩一会儿，自己去刷牙、洗脸，等你洗漱完毕，宝宝可能大小便好了，你再给他换尿布。有时候，宝宝要吃好再拉，所以不要急着换尿布，否则就浪费啦。

（2）宝宝有时候会马上再睡觉，这时候你也可以再睡一觉。如果他很想玩，你就带他出去，顺便买菜。有时候，我就把宝宝放在楼下邻居家照看一会儿，自己去买菜了。邻居家也有一个小宝宝，可以一起玩，一楼还可以晒太阳。买好回来，我在楼下玩半小时到一小时，宝宝也玩得很尽兴了。

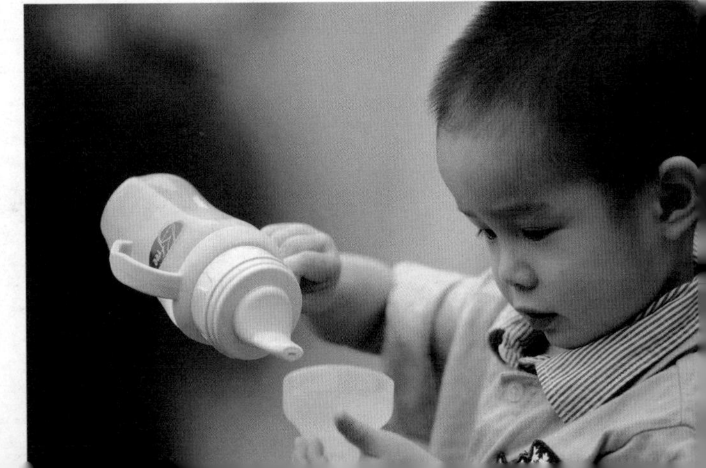

（3）玩好后，宝宝回家了，该喝点水了。到家后，蒸个蛋给宝宝吃，蒸蛋时正好给宝宝洗个澡，洗好澡宝宝很舒服，让他在小床上玩一会儿。这时你可以看看蛋好了没，或者马上让它冷却。我用五六个小碗，一个一个把蛋倒过来，冷下来很快的，等它冷却时，把澡盆洗一下，还有宝宝的衣服洗一下。

（4）10分钟左右，宝宝就可以吃蛋了。吃好后，有学步车的可以让他自己玩一会儿。你可以抽空拖地，每天拖地地会很干净，所以拖起来很快，再擦席子，宝宝随时看得到你不会很吵。

（5）等你做好了，陪宝宝玩一会儿，喝点水，差不多到中午了，宝宝已经很累了，让他睡一觉。你正好吃午饭，不要太复杂。我一般吃馄饨等方便做的食品，吃好饭宝宝还没醒，你可以洗碗。有些菜可以早点洗一下，准备好，这样做晚饭时不会很忙，可以把米淘好。

（6）宝宝睡一两个小时后，醒来给他喝奶，再玩一会儿。下午吃点西瓜，喝水，再抽空洗洗菜。4点半左右宝宝又睡了，可以做菜。注意，夏天可以做几个冷菜，不要太复杂。我和老公两个人吃，每天都有一两个冷菜，如凉拌豆腐、凉拌糖番茄、糖醋黄瓜、醩毛豆、醩鸡翅膀等，时间都省下来了。炒个蔬菜，冲个紫菜汤，蒸条鱼等，都不会花很多时间。事先把时间错开，洗菜、切菜不要一起弄。

（7）五六点正好吃晚饭、洗碗，等宝宝醒了事情也做好了。宝宝再喝瓶奶，带出去乘凉，找附近的小宝宝一起玩两个小时。8点多回家给宝宝洗个澡，弄米粉、粥，再冲瓶少量的奶，米粉里加的蔬菜、荤菜末，也是白天弄好，用微波炉热一下就可以给宝宝吃。吃完后宝宝就睡觉了，外面玩得累了容易睡觉。大概晚上八九点钟，洗宝宝的碗、奶瓶，烧开水消毒奶瓶。烧水时自己洗个澡，洗好水也开了。

一天的时间，我基本就这样安排。要让宝宝学会自己玩。他玩得很高兴就别打扰他，这样他也不会很黏人，你可以自己做事情。希望和妈妈们分享一下，我宝宝8个半月了，我一直这样带，觉得很好，自己也不累。/（寂寞小月儿）

传统VS.科学——民间土方之我见

为了方便起见，我把婆婆的一些传统做法和医生的科学解释，用表格的方式呈献给大家。

名称	误　区	理　由
蜡烛包	生宝宝时是圣诞节，医生诊断为胎儿窘迫，37周了还没入盆。我的体质不适合顺产只能剖腹产。宝宝出生了，是个小王子。先生一家乐得合不拢嘴。 住院7天，我和婆婆在新生儿的护理方面一直有争执。婆婆那边的风俗是宝宝一定要绑成蜡烛包，不然以后身体和脚都不直。 我当时想，天寒地冻的，宝宝冷，绑紧点也行，就听了她的意见。可每次松绑时宝宝都很放松地舒展四肢，我看得好心疼。半个月后在激烈的争执及我有力的说服下，宝宝松绑了	蜡烛包影响新生儿运动功能的正常发育。研究证明，使用蜡烛包的新生儿，发育的各项指标普遍低于未使用蜡烛包的新生儿。严重的可导致新生儿髂骨位脱节，足以影响宝宝的一生
挤乳头	无论男婴女婴，出生3～5天，都可能出现乳腺肿胀的生理现象，有像山楂大小的硬结或白粒，用手挤会有液体流出，这是胎儿期母体雌激素影响的结果，2～3周会自行消退。 婆婆说一定要挤，不然以后乳头会凹。如果是女婴还会影响日后哺乳。有一天帮宝宝洗脸，她准备用黑指甲去挤，吓得我拍开她的手，她没有挤成	新生儿乳房肿胀，如果不慎把乳头挤破会带入细菌，造成乳腺发炎，严重的可能引发败血症。若是女婴，可能造成乳腺炎，使乳腺管堵塞，影响成年后的泌乳。婆婆的做法是错误的，新生儿乳头凹陷不需要处理
搓胎脂	婆婆对宝宝身上的胎脂非常有兴趣，总想搓掉它，而且是非常用力的那种。没办法，我只好经常看着她，胎脂一般会自行吸收，还能在胎儿娩出时保护他，减少其身体与产道壁的摩擦，又能保护皮肤不受细菌侵入，还可保暖，切不可用力搓，以免引起红肿。	新生儿身上会有一层白色黏滑的油脂，是胎儿皮肤分泌出来的油脂。头部、耳后、腋、腿、肘、膝等皮肤褶皱处胎脂过多时，易使脏物堆积，细菌繁殖。一旦皮肤磨破或发生感染，需用棉花或纱布蘸香油、花生油、豆油擦净，其余部位一般情况下身体能自动吸收
宝宝夜里醒着就和他说话	新生儿头两个月普遍是作息颠倒的。我家宝宝也一样，月子半夜，经常醒着哦。睁着眼睛好奇地看着这个陌生的世界，不哭不闹。我婆婆就和他说话，还和他玩，说一次不以为然，多说几次婆婆就不再和他说了。醒着就让他醒着，事后证明我是对的，婆婆也承认了	新生儿不会言语，只用哭闹来表达不满情绪、肚饿或病症。要从小养成宝宝的睡眠规律。没有哪个宝宝有半夜起来玩的习惯，都是父母养成的。我家宝宝作息规律后，夜里从来不会哭闹，也不会闹着玩，吃完奶就睡，至今如此
用奶水洗脸	月子里婆婆总要我用奶水帮宝宝洗脸，说能使皮肤变得又白又嫩。我一直不肯，但她很坚持，我就试洗了几次。谁知一出月子，宝宝长得满脸的奶癣（即湿疹），好心痛啊。42天回检，妇幼保健院的医生说不能洗，一洗就会长奶癣。婆婆跟在后面不好意思地笑。 医生让我保持宝宝脸部清洁，每天用温开水洗脸2～3次，不需要药物治疗。1岁前的婴儿，无论湿疹多严重都不会有疤痕。后来我找资料，问各位妈妈朋友，用袋装的郁美净擦好了。宝宝起湿疹时，妈妈尽量不要吃海鲜，哺乳期尽量别吃刺激性的东西。您痛快了，宝宝可要受罪了	这种做法对新生儿有害无益。母乳中含有丰富的蛋白质、脂肪、糖，这是细菌生长繁殖的良好培养基，为细菌的生长提供了条件。新生儿皮肤娇嫩、血管丰富、皮肤角质层薄、通透性强。这都为细菌通过毛孔进入体内创造了有利条件，易引起毛囊炎，甚至引起皮肤化脓感染。不及时治疗可发生败血症，全身感染，很危险。用乳汁洗脸后，皮肤上会有一层紧绷的膜，面部肌肉活动受限，极不舒服。母乳洗脸不能使皮肤变白嫩，千万不可用母乳洗脸
挑马牙（上皮珠、螳螂嘴）	外甥小时候口腔内长了一些小白粒，婆婆坚持带他去挑马牙人处挑，用未消毒的针挑得满口是血。婆婆说要是宝宝长了也要挑，我当时愕然了。如果真有这种情况，婆婆要带宝宝去挑，我会和她拼命，请体会一个母亲的心！各位千万别挑，有害无益，一个举动足以影响宝宝一生	新生儿出生后，有的孩子口腔硬腭会有些白色小粒，医学上称为上皮珠，是细胞脱落不完全所致，对宝宝没有任何影响，一般情况下会自行消失。 老一辈认为是要用干净的白布蹭掉或用针挑，这是非常危险的。新生儿口腔娇嫩，擦可能使黏膜受损，引起细菌感染，严重的会引起败血症

（续表）

名称	误　区	理　由
爽身粉	待产包全是我一手完成的，自己查资料，问妈妈和朋友，爽身粉也准备了一盒。每次帮宝宝换片后，婆婆和公公都要我扑爽身粉，说是保持干燥。 我看育儿书上说不要用爽身粉，出院时医生也特意嘱咐不要用爽身粉，有害无益。爽身粉能不用则不用，能少用尽量少用。 我坚持不用，爽身粉到现在还没开封。为了使他们相信爽身粉不好，我当着公公的面拨惠氏热线电话，客服告知不要用爽身粉。然后当着他们的面打电话给妇幼保健院的医生，也是说别用。自此之后，他们再未说过	长期使用爽身粉可导致铅中毒，特别是含氧化锌的最好不用。使用时要远离宝宝口鼻或以手遮掩，以免粉尘吸入肺内。 洗澡后皮肤在潮湿状态下毛孔是打开的，汗水和粉粒混和易堵塞毛孔、刺激皮肤，严重时皮肤褶皱处会溃烂。 给宝宝的小屁屁擦厚厚的爽身粉，以为可以辅助治疗红臀是错误的。湿尿布加上疹子和厚厚的爽身粉，为念珠菌营造了极好的滋生环境，会给宝宝皮肤造成更大伤害，延长红臀康复的时间。 滑石粉是爽身粉的主要成分，其中的硅酸镁可诱发癌症。爽身粉对女宝宝的伤害更大。换尿片后扑爽身粉，粉尘易进入生殖系统，成年后卵巢癌的发病率将增加4倍，男宝宝则易导致不育
喝纯净水或矿泉水	有不少妈妈认为，给宝宝喝纯净水和矿泉水对宝宝最好。其实不然，只有白开水是最好的。有位朋友说宝宝肠胃不好，又没有着凉。我问她给宝宝喝什么水？她说喝纯净水。我让她停止给宝宝喝纯净水，不久，她宝宝的肠胃恢复正常了。呵呵，各位妈妈不要偷懒哦，最适合宝宝的水是温白开水	纯净水不含任何营养，还会带走人体内一些微量元素。也不要给宝宝喝矿泉水，大人适合，宝宝未必适合。宝宝的肠胃娇嫩，矿泉水中含有大量的矿物质，会加重宝宝肾脏的负担。何况，桶装水含防腐剂，易滋生大量细菌不卫生。建议用白开水，煮沸3分钟后再喝。煮沸3分钟后，氯等有害物质基本杀除，自然温凉后喝，这样的水最健康
乱用治皮肤病的药膏	大家都知道婴儿皮肤娇嫩，容易起红点红斑。我家宝宝刚出生不久，正常的皮肤上出现了一片片红斑，不高于皮肤。红斑之间界限清晰，没有水疱、结痂等皮损。我当时非常着急，总想着是不是皮肤病？不断地查资料才知道，这是正常现象	新生儿红斑是新生儿期常见的皮肤异常。洗澡、受热、受凉、受其他外界因素刺激都易出现。无须任何处理可自行消失，不留任何痕迹，再次受刺激时会反复。但出得快消失得也快，宝宝不会有任何不适
冬季蒙住宝宝口鼻（蒙被综合征）	这种现象一般发生在外出时，不怕一万只怕万一，有冬季出生的宝宝的妈妈千万要注意。我家宝宝是冬季出生的，不管去哪里，虽然寒冷，只要是外出，他的面部口鼻绝对是露在外面的。我婆婆想把他蒙上，我就是不肯。每隔一会儿我都会看一下宝宝的情况，看他面色和呼吸是否正常	蒙被综合征轻则满头大汗，重则呼吸急促，严重的会出现呼吸衰竭、缺血缺氧性脑病，不可逆转的脑损伤，甚至死亡。没有发生的事情，总以为不会发生，一旦发生了就晚了。如果宝宝冬季出生，请多注意。宝宝的手经常抓东西，不要将塑料膜类可能影响呼吸的玩具、物品放在宝宝枕边。新生儿还不会将东西移开，一定要多注意
感冒发烧捂出汗就好了	宝宝前两天第一次发烧，估计是先生回来的当晚，宝宝兴奋得动来动去，没有盖好着凉了，但宝宝仍照吃、照睡、照玩。书上说如果没超过38.5℃可以物理降温。婆婆说宝宝已经发烧了，不能再着凉了，要给他穿多点，捂出汗就好了。 我不断地找资料，预防可能出现的情况。当看到书上说宝宝发热时少盖，甚至不盖，脱掉衣服，增加散热，才知道“捂”是导致婴儿高热不退的人为因素。我马上给宝宝只穿背心，晚上只穿肚兜，加快散热。长辈们总是怕宝宝冻着，穿得多，盖得多，这不是疼孩子而是害孩子，容易导致高热惊厥。 在此期间我也咨询过医生朋友。我隔一段时间给宝宝量一次体温，一时高一时低，最高的时候38.2℃，宝宝只是略有烦躁。我给他多喝温开水，用温毛巾擦拭额头、手心，早晚两粒VC，夜里体温正常。第二天又有点高，第三天完全好了。如果到了38.5℃，就要使用退热药了，用最好的、最贵的，打针都不一定是最好的。我个人认为，如果可以，让宝宝不吃药最好	发热是一种防御机制，但高热可损害机体引起并发症，要积极使用物理降温。可使用退热药，但它只是对症治疗，治标不治本，不能消除引发疾病的因素，高热或持续发热不退是严重疾病的信号。连续三天不退热应看医生。育儿书上推荐的最佳必备药：小儿鲁米寻、小儿退热栓、日夜百服宁、泰诺林等。《妈咪宝贝》杂志推荐百服宁和泰诺林。 专家意见：宝宝感冒是否送医院，要看感冒的轻重程度。婴儿体温调节中枢发育不完善，散热能力差，对退热药反应差。所以物理降温是婴儿重要的退热方法，酒精浴物理降温法已被质疑，不如温水浴安全，即水温低于宝宝体温1℃～2℃，也可以温水擦浴，还有退热贴、冷敷法等。这些方法速度快，副作用小，优于药物降温。 轻度：体温正常或低烧，不超过39℃，有流涕、鼻塞、打喷嚏，伴有流泪、微咳、咽部肿痛等症状，建议自我服药治疗。物理降温多喝水，吃清淡、易消化的食物。38.5℃时可选择安全的感冒药，如百服宁、泰诺林等，其主要成分是对乙酰氨基酚，是世界卫生组织推荐的儿童安全退热药。我家常备泰诺林。 重度：39℃～40℃或更高时，精神状态会完全改变。采取退烧举措后约4小时仍无效，出现惊厥抽搐等症状，应立即送医院就诊

妈妈们碰到这种情况了，还是要坚持科学的方法最好。/（Salomi）

我辞职回家带孩子

每个妈妈都想亲手带大孩子，但为了给孩子一个好的环境又不得不去工作。有些妈妈还好，虽然工作但每天回到家就可以看到孩子，这样一天下来再累也是值得的。我儿子居住在另外一个城市，就算想念也只能周末没事才可以回去看看他，第二天又要回来上班。

我在广州上班，儿子从一出生就是我妈妈带，在另外一个城市，一直到现在他已经满1周岁了。之前都是我妈妈带，家里有保姆做家务活，还有我外婆帮忙，所以还算轻松。但儿子越来越大了，会爬了，开始学走路了，就比较难带点。

这时我妈妈又开始想打麻将了，就叫我阿姨来帮忙带。现在我妈妈每天出去打麻将，我阿姨帮忙带孩子。可我阿姨那个人素质不高，上次我回去看儿子，她就教我儿子打人。我说过她，不能教他打人，因为孩子模仿能力强，他以后不开心就会打人。可我说的她不听。

一天晚上我打电话回去，我妈妈又去打麻将了，就剩我阿姨和外婆在带我儿子。我儿子现在不怎么肯接电话，因为他还不会说话，只会叫“爸爸”、“妈妈”。我儿子不肯接电话就在那里发脾气、大叫。我阿姨就拍掌说：“好棒！童童真棒！”我就问：“他在干吗？”我阿姨说他在发脾气，都咬住电话了！

我听后好生气，我说他这样你还拍掌说他好棒？难道你不应该教他，这些是不应该的吗？小孩子没有是非分辨能力，这样很容易误导小孩子。结果我把她责备了一顿，后面就是她向我父母告状，说我儿子只是在做鬼脸什么的，她说好棒，我就骂她了。

我很想辞职，然后把儿子带回来自己带。但广州的房子比较小，空气很差，所以一直觉得在我妈妈那里比较好，可现在真是觉得这样让我阿姨带会很不好。

其实带过孩子的妈妈都知道，如果一个人带孩子真的很难。因为你要搞卫生、做饭、买菜，而且我儿子现在1岁了，刚学走路，一分一秒都不能离开人。为了能专心带好他，我也和老公商量了，准备辞职把儿子接回来自己带，然后再请个保姆做家务，这样相对会好一点。/（旺仔820）

三、宝宝的作息

孩子的黄金作息法则

【七嘴八舌】

我家宝宝连续几个晚上无端哭闹，怎么哄都没用，就是哭个不停，直到累了喝完奶才继续睡。老公说直接去看医生好了，于是我们带宝宝去看了中医林医生。他给了我们一个孩子的黄金作息分配安排表：

时 间	作 息
7：30	起床
8：30	吃早餐、外出玩耍
11：30	吃午餐
12：00—14：30/15：00	睡午觉
15：00—17：00	外出晒太阳
17：30	吃晚餐
19：30	睡觉

我家宝宝基本上都没按这个作息表去执行。林医生说这是根据人体本身的需求、脑垂体的需要来制定的，否则宝宝会一直脾气暴躁，再过一年就会只剩下头，身子很瘦。我家宝宝性格很倔强，不想睡觉时绝对不睡，不想吃也绝不吃。但她真的是越来越瘦了，老生病。如果医生说的真有理，我会尝试改变她的作息。/（莫太）

1. 支持派

多少有点道理，作息时间合理，小孩睡眠充足，抵抗力会相对好很多，大人也是啊。/（碎钻格格）

宝宝的作息同大人有关，习惯是慢慢养成的，这个黄金作息可以有计划地慢慢培养。/（ruiruimama）

宝宝之前也不喜欢吃东西，后来按照林医生说的去做，感觉宝宝现在胃口和睡眠好多了。现在基本上按这个时间表去做，只是每个时间段往后顺延15分钟而已，感觉有效果啊。不妨一试，早睡早起身体好，还是有道理的。/（zh）

我觉得这个作息时间不错，我家宝宝现在也差不多是这个作息了。三餐时间也差不多，但我家宝宝还加了两餐，即早上起床时吃奶，外出玩完回家再吃点馒头、酸奶或水果。午睡完也吃奶，晚上睡觉前再加多一餐奶，这样就一觉睡到天亮了。/（littlejl）

2. 质疑派

我认为没有适合所有人的所谓的“黄金法则”，是否可行，因人而异。

例如，有些小朋友是不睡午觉的，依然长得白白胖胖。再则，此“黄金法则”也无视季节的差异性，炎炎夏日下午3点就外出晒太阳？/（威士忌）

林医生说的作息时间确实不错，但个人认为很难强求每个宝宝做到。宝宝的性格体质不同，像晚上的休息时间，我家宝宝就像她爸爸，早睡早起，不像我喜欢晚睡，这些多少会有些遗传和个人特质。/（chrisbaby）

如何应对宝宝的日夜颠倒

【妈妈经验谈】

1. 分步慢慢调理

（1）白天尽量吸引他的注意力和好奇心，比如外出看看新奇的东西、小动物及其他小朋友。

（2）尽量阻止他白天睡觉，白天即使睡也要在嘈杂的环境中睡，这样会让他有烦躁心理抵制长睡。

（3）大人要主动引导他，白天放音乐，看他喜欢的动画片。我们这么引导宝宝，他现在中午睡两个小时，下午偶尔最多睡一个小时，晚上8点洗澡，半小时后喝奶，9点到10点一觉睡到第二天早晨8点，非常规律。/（maygood）

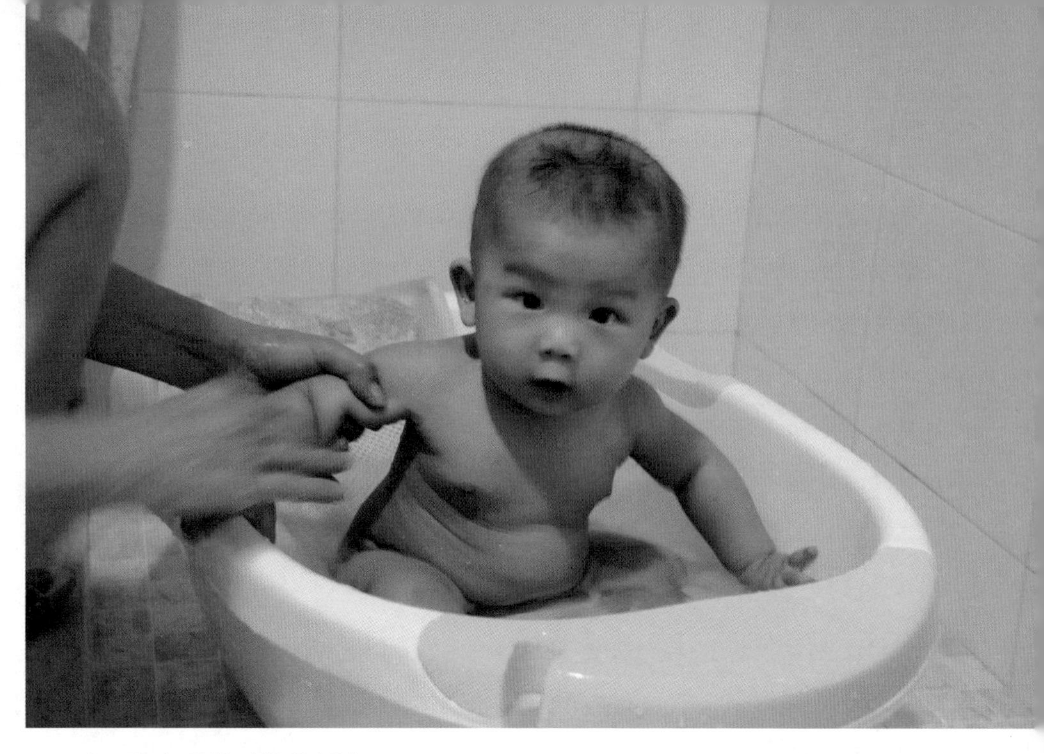

2. 改变睡觉时的头朝向

宝宝满月后到外婆家也是这样。刚开始是半夜12点才睡，后来慢慢到凌晨两三点才睡，越来越晚，直到后面通宵不睡，睡也只睡几分钟。一点点响动就惊醒了，累得够呛。可白天，我的天哪，睡得那个香啊，再大的声音也吵不醒。摇他的手臂也摇不醒，我妈说报仇的人来了，让我也知道老妈当年是怎么养大我的。

看着我的猪仔真是又气又爱。妈妈教了一个办法，就是睡觉时把他放在平时睡的另一头。如果平时睡觉头朝北，这回就把宝宝的头朝南放。这样他就可以纠正黑白颠倒了，可我的猪仔不吃这一套，大家倒是可以试试，反正对宝宝不会有啥伤害。/（何泡泡）

3. 给宝宝用尿布

教你一种方法，就是白天给宝宝用尿布，因为一湿他就醒了。所以，白天睡不好，晚上就很好睡了，有时我家宝宝连饿了也不愿醒来吃呢。/（玲怡）

4. 通过下午洗澡调整过来

试着下午给他洗个澡，洗完后逗他玩玩，洗澡很累的，我家宝宝就是通过下午洗澡调整过来的。他之前是晚上不睡，白天不醒也不吃，一睡五六个钟头。也要看看是不是盖多了，或者空气不好。有些小朋友去外面就睡得很香，在家里就不想睡。多找找原因吧！晚上不要刺激太多，如果是喂母乳，躺着喂，不用开灯会好很多。实在不行，一般来说100天左右自己会调整过来的。/（希音）

5. 白天给宝宝喝淡淡的绿茶

我宝宝两个月时，有几天也是这样，气死我了。白天用绿茶给她洗嘴时，发现她挺爱喝，就让她多吸了两口。呵呵，谁知道她那天白天一直都没睡，到了晚上9点多就睡了。半夜2点多，迷迷糊糊喝了一次奶又睡了。从此宝宝睡眠就非常有规律了，晚上10点前一定睡觉，中间吃一次奶，早上7点左右清醒。一直到现在，宝宝3个月了，我一个人带也没觉得辛苦，还可以洗衣服、买菜、做饭。因为给她喝了点绿茶让家里人骂了，所以是个损招。不知道对你家宝宝有没有用，喝的是淡淡的绿茶。/（毛毛雨妈妈）

6. 只要到天亮，就给宝宝洗脸、擦手，夜里少说话

我家宝宝没这样，一出月子就适应了，只是夜里起来吃奶或拉尿，完事就马上睡了。

我的方法是：只要到天亮，就给宝宝洗脸、擦手，夜里少说话。我家宝宝每天六七点会醒来。我就给他洗脸、擦手，把全身都擦一下，最好给他洗洗小屁股。白天醒着时多和他说话，如果是晚上，哪怕他醒了都尽量少和他说话。

一个月后宝宝就能分清白天黑夜了。现在，白天他睡醒会自己在床上玩。夜里要尿尿他会“嗯嗯”地叫，因为宝宝从来不用纸尿裤。要是见我起来了，就会对我笑，尿完了、吃饱了就继续睡。/（小灰）

7. 调整室内光线

很多新生儿都有日夜颠倒的问题，白天睡觉时保证室内光线充足，晚上室内尽可能暗一点，慢慢他就能分辨日夜了。早上多给他做运动，如让他游游泳，让他累一点，晚上就会睡得好一点。/（遥遥猪）

8. 固定喂奶的时间

如果每次要吃很久，可能是奶不够，可多用吸奶器吸余奶，这样能催奶。晚上尽量帮他养成固定的作息时间。我家宝宝每晚都是6点多睡，睡到10点多醒，喂她后继续睡。白天带她逛街，做做运动。如果担心宝宝吐奶，可垫起宝宝的头及上半身。/（jyfsw）

众妈妈分享作息时间表

如何安排宝宝每天的作息时间，是妈妈最关心的问题之一！

宝宝的睡眠时间够吗？同龄宝宝相比，宝宝进食的分量会不会太少？宝宝每天的运动量会不会过大？

养成良好的作息习惯，对宝宝的健康发育有重大影响。大家可以互相对比参考，找出时间表的利和弊，调整出一个最适合宝宝的时间表！

1. 0~3个月

0~3个月没有固定作息

孩子的作息应该是妈妈根据大人的作息培养的，况且0~3个月没办法强求孩子怎么样，饿了就吃，困了就睡，吃饱睡饱就玩一玩。一些宝宝100日以内会日夜不分，还好我女儿65天就一觉到天亮了。/（LIVEN9999）

一两个月内不会有什么规律，规律是妈妈培养起来的，要有耐心。

/（希叮）

2. 3~6个月

（1）宝宝的实际月龄： 3个月

宝宝的作息时间表：

时　间	作　息
6:00	起床，洗脸，漱口，吃奶140毫升
7:00—7:30	再次睡觉
9:00—10:00	饿了就吃120毫升母乳加20毫升奶粉，不饿就先喂水。吃完在大床上玩，累了会睡半小时
12:30	帮她冲个凉
13:00	吃人奶100毫升加40毫升奶粉，哄宝宝睡觉
14:00—15:00	起床喂水，陪她玩
16:00	冲凉，冲凉前吃鱼肝油
16:30	吃人奶140毫升加160毫升奶粉，吃完在我的大床上玩
17:00	有时会睡着，有时不会
17:00—19:00	都是醒着，很少抱，在厅里的长凳上躺着，家人陪他玩，哭闹了就喂水
19:30—20:30	吃奶，人奶100毫升加40毫升奶粉
21:30	已经入睡
1:00—2:00	吃奶，人奶100毫升加20毫升奶粉

妈妈提醒与建议：

时间不是固定的，根据宝宝当天的时间调整！

/（SUPERPAND—TWS）

（2）宝宝的实际月龄：4个月11天

宝宝的作息时间表：

时　间	作　息
6:00	发现她吃手指，饿了，抱她起来吃奶120毫升，随后睡着了
11:00	醒来，喝奶20毫升。随后洗澡，拉臭臭，玩
13:00	吃一点母乳后，睡午觉
15:00	醒来，吃米糊，喝果汁，玩一会儿，听听音乐，玩玩具
15:40	游泳
17:00	先喝饱奶，然后下楼去玩
18:30	回家，喝奶，在家玩

（续表）

时　间	作　息
20:00	吃奶，睡觉
0:00	喝奶，继续睡，到天亮咯

妈妈提醒与建议：

我宝贝睡觉的时间非常多，喝奶的次数也多，但量不是很大。各位妈妈早上带宝宝出去玩，但我没有噢，她很爱睡觉。估计4个月后也会不同吧，我是一个人带宝宝，她真的好乖。

/（vivan）

（3）宝宝的实际月龄：5个月

宝宝的作息时间表：

时　间	作　息
6:00~7:00	醒来，把尿，喝奶210~240毫升，唱歌给她听
7:30	妈妈起来洗漱，宝宝在床上听莫扎特
7:30—8:00	宝宝起床，把尿，把臭臭，随后冲凉
8:30—10:00	喝点白开水，再喝奶240毫升。吃鱼肝油，晒太阳，天气不好就改串门
10:00	晒完太阳口渴了，喝点白开水或果汁，各种水果轮换着喝，随后睡觉
12:30	醒来了，用90毫升左右的奶调制米糊240毫升喝
13:00	一个人在床上玩翻身，做运动，累了就睡，妈妈不管宝宝
14:00—15:00	白开水或果汁，妈妈陪宝宝玩
16:00	用奶调自制米糊240~270毫升喝
16:30	吃饱喝足睡觉
17:00	有时会睡，有时不会
17:00—18:00	都是醒着，自己玩，没人陪
18:00—19:00	推车出去玩，遛弯
19:00—20:00	冲凉，喝奶调的自制米糊240毫升左右
20:00—21:00	看电视，玩玩具，做运动
21:30	已经入睡
0:00	吃奶210~240毫升，把尿再睡

妈妈提醒与建议：

现在宝宝的作息时间基本稳定。宝宝很听话，放他在床上一个人玩得津津有味。如果有人走近他他会非常开心，要人陪他玩，每天都能把到尿和臭臭。我认为宝宝要有良好的作息时间，但不可能每天都一样，肯定会有一些小变化。宝宝爱吃自磨的米粉，买的太香了不爱吃，每天能吃一大锅。

/（lirui2009）

3. 6~12个月

（1）宝宝的实际月龄：6个多月

宝宝的作息时间表：

时　间	作　息
7:00—8:00	起床，喝10毫升白开水
8:30	母乳，不知道量，有时吃得多，有时就吃几口
9:00—12:00	姥姥带，睡半小时到一个半小时。睡前吃半个蛋黄或米糊和存冰箱的母乳
12:00	母乳
12:30—15:00	若上午只睡了半小时，此时能睡两个小时，如果上午睡的时间长，就由姥姥抱出去玩了
15:30	母乳少量
15:30—18:00	水果，如香蕉、提子、苹果，每天换一换，然后去外面玩，中间喝水
18:30	母乳
19:00	洗澡，小睡一会儿，半小时到一小时
20:00—23:00	亲子时间，我和老公陪宝宝一起玩
21:30	米糊6勺左右
23:00	吃母乳。这时候是一天中最能吃的，差一口都不行，吃得心满意足了才肯睡觉
23:00—7:00	看宝宝的需要，随时喂母乳，一般要两次

妈妈提醒与建议：

宝宝每天的作息都不一样，还没有形成习惯。6个月后白天母乳吃得不多，愿意吃水果和其他辅食，但量不大，晚上临睡前才猛吃一顿。觉睡得也不多，比大人都精神，有点担心她长得慢，目前身高体重刚达标而已。

/（shadow02）

（2）宝宝的实际月龄：7个月

宝宝的作息时间表：

时　间	作　息
6:00	醒来，懒妈妈不想起床，让她自己在床上玩
7:00	起床，喝水，拉尿，洗屁股
7:30	吃奶，180~210毫升，然后坐小车，奶奶推着她去买菜
8:00	睡觉，大概40~60分钟
9:00	起床吃米糊 6勺（25克左右），奶奶带到楼下玩，晒太阳
11:00	回家吃奶，100~120毫升，吃完就睡觉，大概1.5~3小时，不定
15:00	吃奶130~150毫升，玩或再睡一小觉，大概30~40分钟
17:00	奶奶带到楼下玩，晒太阳
18:00	回家，准时吃米糊，6勺米糊加其他辅食，胡萝卜泥、玉米泥、豆腐等，每天一种。吃完或玩或睡一小觉，大概30~45分钟
19:00	洗澡
20:00	吃奶100~120毫升。吃完奶妈妈陪着睡觉
20:30	一般已入睡
3:00—4:00	偶尔起来吃一次奶130毫升左右，通常不用起来，一觉睡到天亮

妈妈提醒与建议：

我家小米猪6个多月开始吃米糊，量越来越多，吃奶量减少了。除早上起床那次奶吃得较为正常外，其他时间都吃得不多，特别是中午和晚上那顿奶，因为之前吃了米糊，吃得特别少。我担心她吃不饱，晚上会闹，但她竟然一觉睡到天亮，偶尔半夜起来吃一次奶，但早上醒的时间不会相差太多，也就半小时左右。

/（兔子的鱼宝宝）

4. 1~2岁

（1）宝宝实际月龄：1岁5个月

宝宝的作息时间表：

时　间	作　息
8:00	起床，吃早餐，喝120毫升奶
9:00	下楼和小区的小朋友玩，喝水
10:00	吃饼干、小蛋糕
12:15	吃粥，分量约大人碗一碗，吃饭小半碗，喝汤100毫升
13:00	睡午觉，要哄半小时才能睡着，有时睡觉前洗澡
15:15—16:00	醒来，喝120毫升奶，隔一会儿吃水果或喝果汁、酸奶
16:30	到楼下玩，喝水，中间会吃点小饼干、山楂糕、果冻等
18:20	吃粥，分量约大人碗一碗，吃饭小半碗，喝汤100毫升
20:15	洗澡
21:30	喝150毫升奶上床睡觉，一般要0.5~1小时才能睡着

妈妈提醒和建议：

女儿的奶量和饭量都小，没吃过的东西不肯吃，每次喝奶都没喝饱，但就是不肯多喝，喝完奶最多1小时就要吃水果或饼干。对这个实在没办法，试过不给她吃，饿她，但到吃饭时间她还是就吃这么多。中午睡觉比较好哄，一般15分钟左右就能睡着。晚上很困了都不肯睡，非要玩得累得不行了才睡。

/（wangwsj）

（2）宝宝的实际月龄：1岁8个月

宝宝的作息时间表：

时　间	作　息
7:00	起床，吃早餐，240毫升奶加蛋糕/麦片/面条(交替着选择)
9:00	下楼和小区的小朋友玩，喝水，吃鱼肝油
11:00	回家准备吃粥
11:30	吃粥，分量约为大人碗一碗，喝汤一杯
12:00	睡午觉，要哄半小时才能睡着，有时睡前洗澡
14:30	醒来，喝240毫升奶，隔一会儿吃水果或喝果汁

（续表）

时　间	作　息
15:30	到楼下玩，吃奶片，喝水
16:00	回家吃粥，大人碗一碗
17:00	到楼下遛一会儿，接爸爸下班
20:15	洗澡
21:00	喝240毫升奶上床睡觉，一般要15～30分钟才能睡着

妈妈提醒和建议：

摩摩长得越大睡觉时间越短，越难睡着。每次睡前都会想出百般理由不睡，还会跟大人讲话。希望早日培养宝宝自己睡觉的好习惯。

/（Salomi）

5．2岁以上

（1）宝宝的年龄阶段：2岁以上

宝宝的作息时间表：

时　间	作　息
8：00	喝180毫升配方奶，起床，吃面条
10：00	户外活动
11：30	吃饭
13：30	喝180毫升配方奶，午睡
16：00	起床，户外活动
18：00	吃饭
20：00	喝酸奶或鲜牛奶一盒
21：30	睡觉

妈妈提醒与建议：

2岁的宝宝要开始如厕训练了，教他尿尿、拉屎，还有刷牙、穿衣服等生活自理能力，开始培养他跟小朋友分享玩具等交际能力。

/（rbdbx061）

（2）宝宝的实际月龄：2岁零4天

宝宝的作息时间表：

时　间	作　息
6:30	起床吃早餐，150毫升奶、100毫升水、肉包/面条/粉/番薯糖水(常常是粉和面半碗)
9:00—11:30	出去玩，喝水、豆奶，吃饼干、水果
12:30	吃饭，大人碗一大碗，菜每天不同，一个星期两三次虾皮/光瑶柱，青菜是番茄、南瓜、红萝卜、豆角轮着吃。一星期有两天专门给他煲汤，一天煲七星茶
13:30	睡午觉，要15分钟左右睡着
15:30	醒来，喝茶/汤/豆奶/酸奶，也有水果，然后出去玩
18:30	吃饭，大人碗一大碗
19:00	我和老公吃饭，他在饭桌上捣乱，喂一点我们吃的给他
19:30	冲凉，吃钙片或维他命片
20:00	喝150毫升奶加100毫升水。喝完上床睡觉，一般要15~30分钟才能睡着

妈妈提醒与建议：

我儿子吃的水果太少了，我建议多一点水果少一点饼干，还有奶量也不足，但他就是喝不下太多。

/（乖宝宝妈咪）

四、宝宝物品选择宝典

0~1岁宝宝的衣食住行用品

【妈妈经验谈】

1. 衣

用布尿布的婴儿需要开裆裤，而且裆越大越容易换尿布，也不容易被尿弄湿。用布尿布的婴儿可以选择用隔尿裤，但本人的经验是透气的隔尿裤会透尿，不透尿的隔尿裤会不透气。在网上学会了一招，把用过的纸尿裤的皮留下，洗干净晾干代替隔尿裤。

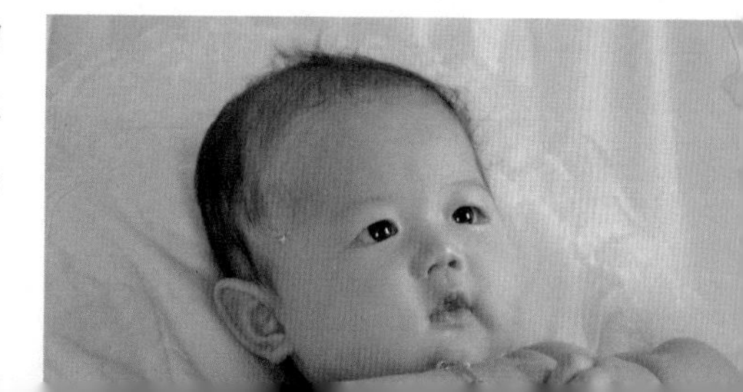

上衣尽量选择开口大或领口、肩部有扣子的，方便穿脱，也不会在宝宝睡觉时硌着。

用纸尿裤的婴儿穿连体衣非常方便，保护宝宝的肚子不受凉，很多妈妈建议不要买带脚套的连体衣，我没有买过不太清楚。天气变凉后，添加衣服的原则应该以3个月前的宝宝比大人多一件，3～6个月的宝宝比大人多半件，6个月后的宝宝就可以和大人一样或者可以比大人少半件。

衣服的质地当然是纯棉最好，我不喜欢给宝宝穿毛衣，一方面是穿脱不方便，另一方面是不能确定毛衣的质地是否会引起宝宝过敏，所以建议选择厚薄不同的棉衣。我买过爱儿健、蓓宝、小数点、丽婴房、西松屋、哈贝比等牌子的衣服，感觉都不错。

背心是最实用的衣服，最好买厚薄不同的背心以应付气温的变化。小宝宝是否需要穿袜子要根据季节来定，冬天为了保暖要穿，其他季节如果不是太凉尽量不穿，让宝宝的脚有更多的机会受到刺激，书上说这样会聪明些。

口水肩是宝宝的常备东西，我喜欢用魔术贴，方便调节脖子的直径，最好稍微厚点，吸水量大。

手套是很多新妈妈都准备的东西，我家宝宝只在月子里用过，书上也说不戴手套利于宝宝的手接触外界。帽子也是必需品，夏天注意防晒，其他季节注意保暖，宝宝的帽子特别容易掉，选择有带子固定的应该会好些，不过我没买过。

2. 食

母乳喂养是首选，这是公认的事实。除非身体不适，或者时间问题。给宝宝榨水果汁喝，可选当季的，价格较合适。

6个月后开始添加辅食，我家宝宝从开始就吃万朝米粉，后来也试过雀巢和嘉宝，可能是万朝的口味更适合。刚开始可以挑成糊状用勺子喂，后来在米粉里添加鱼肉、菜（搅拌过的菜），不加盐或糖。快1岁时就加用搅拌机加工过的大米，煮成糊状再加鱼肉、菜，有时就把鱼肉换成瘦肉或虾。

6个月时买的汤美的学饮杯，一试宝宝就会用了，喂水方便很多。刚开始会有些呛，时间长了就会了。最近刚刚买了弹跳杯，也非常好用，不过适合1岁以上的宝宝。

前段时间去澳门买了牛栏奶粉，真的很香，可吃惯母乳的宝宝学用奶瓶，确实费了很多功夫。母乳实感的奶瓶好几个都闲置了，试来试去，只好买橡胶奶嘴来试。不知是宝宝最后妥协了，还是真的喜欢橡胶奶嘴，现在用奶瓶喂没问题了。

3. 住

宝宝没出生就在网上得到信息，小宝宝的床要提前买，散味道。我家宝宝的床足足散了4个月。

我买过两种婴儿床，一张大些，一张小些。个人觉得如果室内空间足够，买大的好，用的时间长，而且冬天宝宝的睡袋比较长，可以将睡袋平铺。

宝宝6个月前，我在休产假，为了防止夜间哺乳时自己睡着，我都是起床后坐着喂奶。这里推荐贝亲的哺乳枕，非常好用。6个月后因为上班比较累，而且宝宝大了，可以自己控制头了，就开始在大床上睡着喂。

宝宝是8月底出生的，开空调开了几个月，月子里用大毛巾将宝宝包好，给宝宝穿长袖长裤，就不怕空调风了。这里推荐连体衣，睡觉时穿这个最实用。

3个月的宝宝如果不是很冷可以不用枕头，把毛巾折成四层就可以了。如果穿的厚就要垫枕头了，3个月后可以买宝宝专用的枕头。睡袋是比较实用的东西，建议买可以拆袖子的。我家宝宝冬天开电暖气时，会热得要把袖子拆掉。建议不要买太厚的，睡袋外面可以加被子的。

4. 行

小宝宝都是抱得多，出门时就需要车了，当然避震功能比较重要，实用性更重要。6个月前需要那种可以躺的，6个月后需要轻便的推车，9个月后又需要学步车了。家长们都要准备，少一样就不方便。如果想节约些，建议买二手的。我家宝宝的第一部车，用的时间超级短，只好转了。后来买了一辆二手轻便推车，非常好用。因为是出口的牌子，设计很科学，不是普通的伞车，可以很方便地单手操作，不用时可以立在那里，不占空间，可以进出地铁闸，总之和伞车比好很多。

关于背带，我就有三种，最简单的一条布斜挎在肩部的较适合小宝宝。婆婆自己用的古老的四条带的，我用的是哈贝比的六合一功能的，从出生用到现在，比较好用。

以前比较反对用学步车，等到宝宝会坐时，婆婆买了学步车，只好听之任之。时间长了就总结出学步车还是要用的，起码解放人力，也给宝宝一个独立活动的空间。我家是宝宝好牌的，要记得调节学步车里座位的高度。宝宝小时候最好把玩具盘里附带的马头之类的东西先去掉，避免撞伤宝宝的头。/（xiaobaitu）

婴儿洗护用品大比拼

【妈妈经验谈】

1. 护臀霜

怀孕时有个当妈的朋友跟我说，贝亲和强生的护臀霜都不好用，让我别买，浪费钱。本想买新安怡的，但后来嫂子从加拿大给我带了，一支是嘉宝的（含氧化锌40%），另一罐是Zincofax（含氧化锌15%），我就没再买。

嫂子说氧化锌含量低的，可以用来做日常护理，含量高的是在尿布疹厉害时才用。宝宝在月子里我一直用Zincofax，偏香、较油，但效果还不错，还真没长过尿布疹。我一直是给宝宝用纸尿片。用着用着就觉得有点闷，而且也开始懒了。有时候换完片片就没给宝宝擦，尿布疹就开始往外冒。但如果只是起一点，擦一回Zincofax，很快就会好。

后来到了宝宝4个多月拉肚子那一次，一天拉十几次，拉得屁屁红红的，擦这个没有用，我就开了嘉宝那支含氧化锌40%的，相比之下这支没那么油，霜状，而且香味好闻很多。用了一段时间红屁屁有所好转，就改用Zincofax。

宝宝5个月时朋友又送了一大罐Mothercare的，这个我很喜欢，无味的霜状，而且很大一罐，看成分也是含氧化锌和蓖麻油。但这个只能做日常护理，效果不是非常好，特别是换尿片换得不够勤时还是会长尿布疹。

我理想中的护臀霜应该是不香、天然、效果好的，氧化锌给人感觉还是不够天然，就在这个时候我想起点点帮我买的金盏草膏。我一直是用它涂自己脸上的痘痘的，我很容易过敏，涂这个也有效。查阅了一下金盏草的作用，又咨询了点点，决定给宝宝试试。

金盏草膏用在脸上，会觉得膏有点儿厚，有点儿闷，我一直没有全脸用，只是哪有问题就点哪。但用来涂屁屁感觉挺好，很润，用量很少。因为够天然怎么用都放心，而且最合我心意的是它不香。我觉得给宝宝用的东西，就不应该有香味。用了一段时间，我已经完全放弃原来用的三种护臀霜，一心一意用它了。

2. 爽身液

很早就知道不能用爽身粉，所以一怀孕就买了支很贵的新安怡。后来才知道网上买可以便宜那么多，气死。新安怡的爽身液太香，用久了也能习惯，但给小宝宝用这么香的东西感觉不好。后来朋友送了支Mothercare的，没那么香，用完真是滑滑的，效果不错，打算以后都用它了。但家里老人还是喜欢用爽身粉，我不在的时候他们总是给宝宝用粉。哎，液就摆在手边都不肯用，真是一点办法也没有。

3. 润肤露

我对润肤露的要求和上面两样相同，不香要摆在首位。但这个到现在都没找到一个不香的。国产的几大名牌香得无法顶，强生是肯定不用的，新安怡的也太香，最后还是用了Mothercare，香味很淡，而且超大支。我用来擦身一个冬天都还剩了很多。评价是不过不失，在没发现更好的之前就只有用它了。

4. 按摩油

强生及其他品牌的按摩油大多用矿物油做原料，对婴儿来说当然还是植物油更天然，而且对宝宝的皮肤真正有帮助。按摩油我选择了BF的甜杏仁油，每次只要一点点就足够按摩全身了。

5. 沐浴露和洗头水

施巴是首选，在香港买很便宜。澳大利亚的Meimei也挺好，我是两个换着用。如果都用完了打算试试Mothercare。

6. 牙膏

朋友送了支美国出的，啥牌子忘了，但一直还没给宝宝用。他老是咬我，我都有心理阴影了。/（kaya）

宝宝用品购物省钱经

【妈妈经验谈】

省钱大法：经济不景气，大家一起来省钱

宝宝16个月了，我也从一个什么都不懂的新手妈妈，慢慢向有经验的妈妈转型。在宝宝用品购买方面，有些小心得和大家分享一下。

（1）宝宝尿裤：我很少在超市或商场分散买，而是到母婴用品实体店，成箱地买。这样可以省下不少银子，买得多，一包能便宜几块钱，长期算下来，也挺可观。因为成箱购买纸尿裤，有时候还能得到店主的赠品，比如说小毛巾、小袜子等，也实用。这类东西给我就拿，不给也不会索取。这年头，做生意都不容易，能优惠的人家肯定优惠了，实在赚得少，咱也不能要求人家总搭东西。

（2）宝宝奶粉：买这个跟纸尿裤一样，也是成箱地买。我家丰宝喝的美赞臣，每个阶段我都是一箱箱地买。尤其第一阶段时，我最多时囤了四箱（每箱六桶）。那时候宝宝吃得多，而且奶粉是保质期长的东西，囤多点也不会变质，还不用担心涨价，价格也比零买划算。

第一阶段，最贵的时候我买的是153元/桶，那个时间，我好多同学都买的是186元/桶。因为赶上涨价了，她们是零买的，吃完一桶买一桶，感觉这样很不划算。成箱买奶粉也能得到赠品，通常是宝宝玩具，也实用，给孩子单买玩具都要钱呢，呵呵。奶粉公司送的玩具质量还不错，给孩子玩也放心。宝宝转第二阶段时，我就不买桶装了，买400克盒装的，算下来同样的克数，盒装比桶装要便宜不少。现在宝宝喝第三阶段了。

（3）宝宝衣服：家家户户就一个孩子，妈妈们都恨不得把最好的东西全给宝宝，把宝宝打扮得漂漂亮亮的，当然我也是这样想啦！孩子一生下来，就收到不少亲戚朋友家送来的小旧衣服、抱被之类的。有的的确很旧了，也有点脏，毕竟人家孩子用过了。我从来没嫌弃别人给宝宝的东西，人家也是一片爱心。

我把人家送的小衣服，好看的都挑出来，洗干净，用开水烫烫，充分晾晒后收起来，实在是脏的、不好看的，也另外洗干净用收纳袋装好。不会给宝宝用，也不会还回去，怕伤人家的心。除了人家给的小衣服，我也经常给宝宝买新衣服。我挑的都是有点牌子、质量好的童装。反季节打折时特便宜，或者小有瑕疵的衣服，不明显的，会搞特价，买下来也很划算。

我经常花较少的钱买到比较漂亮、质量好的衣服。同学朋友都说我儿子穿得这么漂亮，肯定花不少钱吧？其实正好相反，还不到人家的一半呢。有时候我会网购，这也是省钱的渠道。一般网店的价格都比实体店的低，我本人就是开网店的，心里很清楚这一点。但一定要挑信誉好的店铺，自己要擦亮眼睛看准了。网购可以跟亲戚朋友一起合买，也可以在货品全的店铺（童装、童鞋等宝宝用品一应俱全）买，能省运费。

（4）宝宝营养补充剂：说实在的这个没办法省，该吃的还是要吃，鱼肝油、钙片、多维片，等等。我能做的就是货比三家，经过仔细对比后，挑价格最公道的一家长期购买。这类东西一般别在医院药房买，同样的东西贵很多，不划算。

（5）宝宝的日常生活：很多事情我都亲自做，比如理发。我家是男宝宝，隔一段时间就要理发，头发长长的不好看。我买了一个电动理发器，亲自动手，妈妈疼孩子，动手时也轻。以前去理发店理过，那个阿姨手劲那个大呀，弄得孩子直哭，脖子后面还擦伤了，心疼得我。再有就是口水肩、小饭衣类的宝宝用品，我就自己手工制作啦。这些简单好做、取材方便。我的手不巧，做出来的东西实用，不能说美观，但宝宝小不计较，凑合着用，省钱是关键。

（6）宝宝的养护：孩子难免头疼脑热，如果不严重，我不会急着往医院送。医院是什么地方呀，花钱找罪受的地方。一点小毛病，能把当妈的吓得当场脚软，宝宝又打吊针又吃药，没少受罪，也没少花钱。我平时挺注意观察儿子的，假如天气变化受凉了，就给他喝小儿冲剂，一般没等严重就能好。

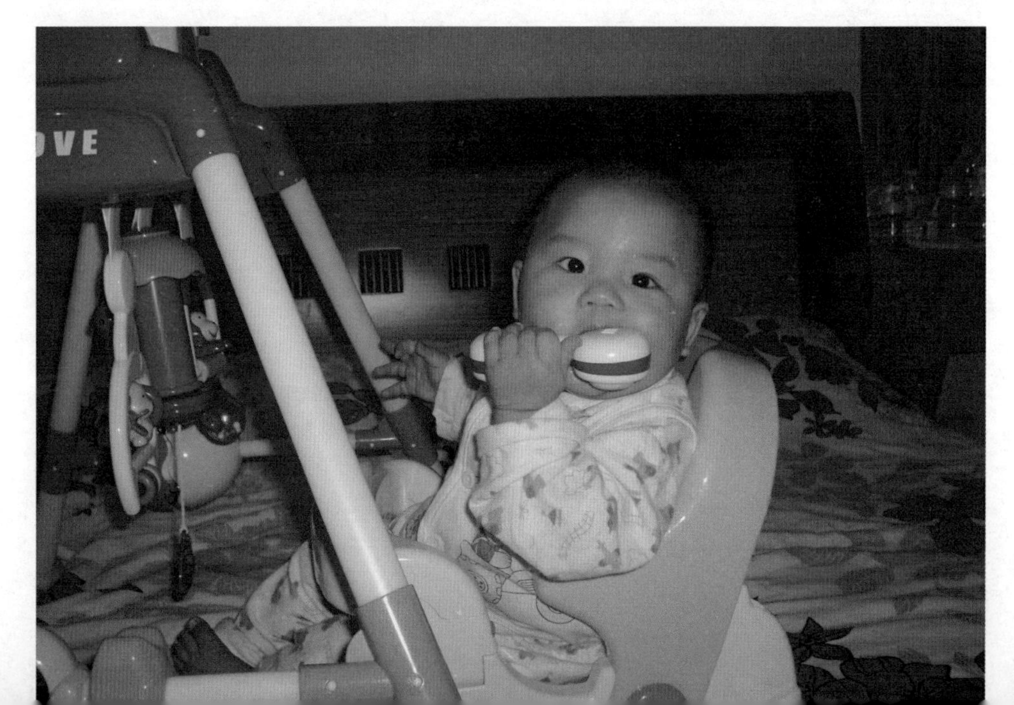

天气干燥的时候，给他喝点清凉小中药。我挑的都是不苦又方便的东西，比如说菊花、罗汉果，有时候加点石膏和葛根，喝一两次，便秘、上火之类的一般就能好。平时我也给宝宝炖鱼胶汤喝，这是全天然的东西，补充胶原蛋白、多种维生素、钙、铁、锌、硒、磷等，天然无副作用，比医生开的什么补充剂都好。我儿子经常喝鱼胶汤，也有开胃作用，吃得下自然身体好，我也少操心了。

有宝宝了，花钱的地方是不少，可如果能处处留心，还是可以省下不少钱，现在省下来的钱，可以给他将来读书用，呵呵！/（羽丰宝宝）

宝宝吃穿用省钱妙招

【七嘴八舌】

1. 神奇的收纳箱里可以让宝宝游泳

大肚皮的时候想买宝宝的游泳池和洗澡盆，觉得又占地方又不方便，就搞了个大号

的整理箱。小的时候，宝宝在里面可以游泳，大了可以洗澡，水还不会溅出来！用完的水可以拿来冲厕所！宝宝可以淋浴了就拿来装玩具、杂物，可以一直用，不用担心会闲置！缺点就是宝宝游泳的时间比较短，可乐是不到两个月就不能游了！/（可乐妈）

2. 小方巾也有大作用

宝宝游泳时，耳朵容易进水，我在淘宝上面看到有卖保护耳朵的。好像是1块钱还是5角钱一副，贵倒不贵，就是是一次性的。后来我就拿小方巾，给宝宝顶在脑壳上，耳朵也搭到，这样就不会进水啦。/（cinndyhui）

3. 母乳喂养加旧衣服

我家宝宝现在是纯母乳喂养，省了一大笔钱，尿不湿是在淘宝买的，衣服是亲戚送的，我买得很少。娃娃长得快没必要买那么多衣服，个人觉得娃娃没必要穿名牌，只要是纯棉的、柔软的就可以了。/（晓晗悠悠）

4. 能自己做的就尽量不买

我的心得是能自己做的尽量不要买，像玩具、衣服。我家宝宝半岁前的衣服，基本是七大姑八大姨给做的。玩具也是，我在书上看到很多益智玩具可以自己做，买的玩具又贵，宝宝也玩不了多久。/（zyhappyhappy）

5. 尽量买补充装

能买补充装的就买补充装，节约一大笔呢！比如宝宝润肤霜、爽身粉、湿

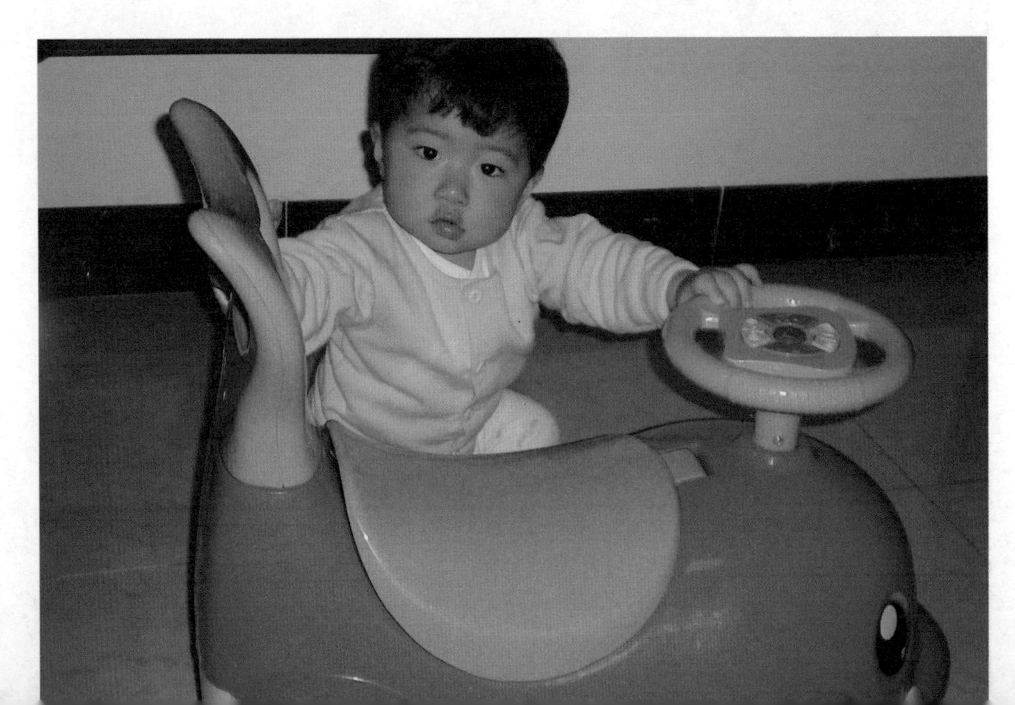

巾、洗衣液等都有补充装，把原来的容器盒留着，买新的装进去就可以，很节约！如宝宝润肤霜带盒子的10元左右，买袋装的才1元多，一样的东西嘛。/（bu宝宝le17）

6. 巧用尿布

宝宝现在的口水巾，我是用她以前小块的尿片，软和，吸水性超好，面积还大。/（婷婷妈妈）

7. 自制玩具

给小宝宝练习听力，别人买摇得响的玩具，宝宝外婆就拿小纸盒自己做，像眼药膏那么小，或者更小，里面装两颗黄豆，娃娃拿起来刚好合手。

新衣服上的吊牌，一般纸质较好，而且颜色鲜艳，形状各异。宝宝外婆会把它们收起来，做宝宝的图片，或者加工剪成不同的形状，画上颜色。她说等宝宝大了，还可收集起来让他自己画画涂鸦。

类似的还有好多，感觉无论什么东西在宝宝外婆手头都会变成宝。哎，不愧是专业人士，宝宝外婆曾是高级保育员，以前工作时要自己做玩具的。/（果汁）

8. 选购奶粉和尿不湿的技巧

奶粉：我家宝宝吃惠氏爱儿乐，每次都是惠氏搞讲座时，现场下订单，有礼品送，可以选玩具，也可以选奶粉，我本着实惠选奶粉。上次买了7盒900克的，送了2盒400克的。这样算下来，原本900克的由185元变成了165元。我想这个价格应该和淘宝上的持平了吧，主要是比网上买放心。

尿不湿：买之前我会先上网查查，拿几家大超市的DM单，比较一下最新的活动和价格才下手。我家宝宝用好奇，单说好奇，欧尚和沃尔玛这两家经常搞活动，有时候家乐福的价格也可以。只要搞活动，我都会多采购几包囤起来，但也不敢太多，最多两个月的量。如果宝宝长得快，不合身了，买到便宜的不能用才是最大的浪费。/（辛巴咪）

五、宝宝大小便指南

用纸尿裤还是尿布

【妈妈经验谈】

尿布尿裤巧搭配

究竟给宝宝用纸尿裤还是布尿布呢？很多年轻妈妈常常为此犹豫不决，我的亲身体会也许会对这些妈妈有所帮助。

我宝宝已经满10个月了，他的小屁股总是干干净净，从未得过尿布疹。我的经验是白天给他用布尿布，晚上睡觉时用纸尿裤，这样交替使用，效果很好。

首先是要准备好布尿布。商店有卖一种纯棉纱布的尿布，柔软舒适，很适合宝宝。也可以买豆包布裁成块，先用纯天然、无刺激的洗衣液洗净，再用开水烫两遍，在太阳下暴晒消毒，然后叠成大小、厚度适宜的尿布。

其次是选合适的纸尿裤。纸尿裤有很多牌子，一定要多走几家店，把你看中的品牌说明细读一番，并向销售人员了解情况。要搞清楚纸尿裤的吸水

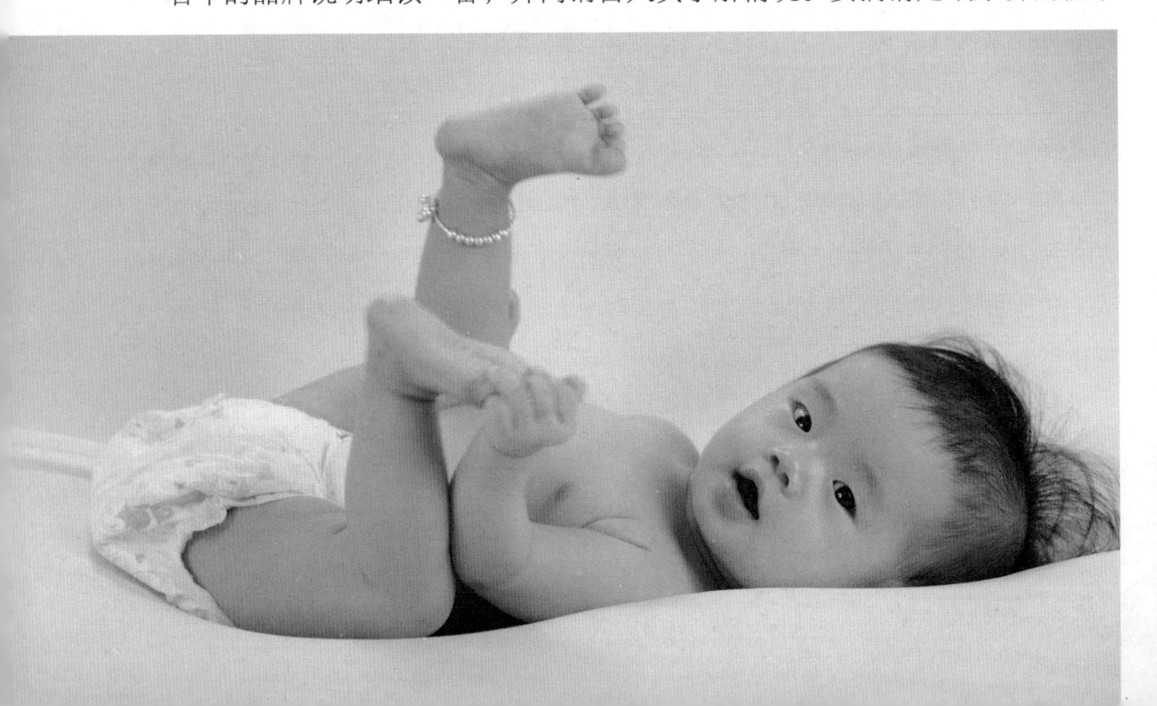

量、透气性、舒适性、厚薄程度及大小规格等，至于防侧漏，个人认为是最后需要考虑的因素。吸水量太小，一会儿便湿透了，宝宝会感到很不舒服，也容易得尿布疹。纸尿裤太厚，宝宝会感到闷热，看起来很臃肿。如果不是透气外层，宝宝尿后尿液存在纸尿裤中，分解后产生氨，易造成红屁股。

所以我选择纸尿裤，主要考虑这几个因素：吸水量大、透气外层能防回渗、厚薄适宜。只有这样的纸尿裤，才能让宝宝觉得舒服。有的厂家为了防侧漏，在纸尿裤的两边用了很紧的橡皮筋，只穿一会儿这样的纸尿裤，宝宝大腿根处就被橡皮筋勒得发红。宝宝小不会说，但肯定感到难受，甚至感到疼痛。

我个人认为，这是把大人的方便建立在宝宝的痛苦之上。我不会选择这类橡皮筋很紧的尿裤。我宁愿橡皮筋松一点，宝宝不会感到勒得难受，即使有侧漏，只需洗净被污染的衣裤即可。虽然大人麻烦一些，但为了宝宝的舒服，也就无所谓了。

经过深思熟虑，仔细挑选，我终于选中了目前我正在用的这个牌子的纸尿裤。它具有我认为的前述的所有优点，虽然价格不算便宜，约合4元多一片，但只要使用合理，还是可以承受的。怎样“合理使用”呢？请听我细细道来。

白天，我给宝宝用纯棉、吸湿、透气的布尿布，一旦尿湿便及时更换。如果大便了，就把小屁股洗干净，再抹一点婴儿润肤露或熬开的香油（晾凉后用），再换上干净的布尿布。这样，宝宝的小屁股总能接触空气，纯棉的尿布也很舒服，所以小屁股一点也不会发红。

晚上，我给宝宝用一片纸尿裤，一夜都不更换，不打扰他的睡眠，这样他会睡得很香。我一直认为睡眠比换尿布重要，这时纸尿裤质量的重要性就显现出来了。我用的这个品牌，可以给我安心的保证，事实也证明了这一点。有的纸尿裤表面看上去便宜，如2元钱一片，但吸水量少、不透气，一晚上至少要换两三次，已超过了好品牌的花销，还干扰宝宝的睡眠，大人也受累，得不偿失。由此可见，选择好的纸尿裤是多么重要啊！妈妈们可以到商场好好转转，一定会选到令你们满意的品牌。/（煦妈）

尿布、纸尿裤的使用心得

1. 给宝宝用尿布的心得

宝宝不到3个月，现在还不怎么把尿，所以天天用尿布，有些心得分享一下：

尿布材料是家人用剩的秋衣秋裤。我一般是大尿布上放一块小尿布，如果拉了，就把小尿布扔掉，大尿布洗后再用。如果大尿布沾了便便，就把有便便的地方剪掉，留下的部分就成了小尿布。我喜欢攒多尿布一起洗。尿布要在阳光充足的地方晒一天，用紫外线杀菌。晒好的尿布先用手搓软，再叠好，放到宝宝衣橱里。/（bedycuiying）

2. 清洗宝宝尿布

新生儿的皮肤十分娇嫩，许多新生儿不适应纸尿裤，屁股容易起尿布疹。传统的布尿布无法淘汰。特别是夏季，许多新爸新妈会明智地选择尿布、尿不湿混合使用的方式。

那怎样清洗宝宝尿布呢？

（1）每次换下来的尿布应存放在固定的盆或桶中，不要随地乱扔。

（2）有尿液的尿布可以先用清水漂洗干净，再用开水烫一下。如果尿布上有粪便，先用专用刷子去除污物，然后放进清水中，用中性的肥皂清洗，再用清水多冲洗几遍。为了保持尿布的清洁柔软，所有尿布洗净后，都应用开水浸泡消毒。

（3）洗净的尿布放在太阳下晒干，经紫外线照射消毒除菌。阴雨天可用熨斗熨干，以达到消毒的目的，又可以去掉湿气，宝宝使用后会感到舒服。洗干净的尿布要叠放整齐，按种类放在一起，随时备用，还要注意防尘和防潮。/（千岁鹰）

【妈妈经验谈】

纸尿裤VS.纸尿片

做爸妈的人都知道，有宝宝后开销增加了。占大多数的不外乎衣服、奶粉和纸尿裤。我说说自己在纸尿裤上省钱的方法，供大家参考。

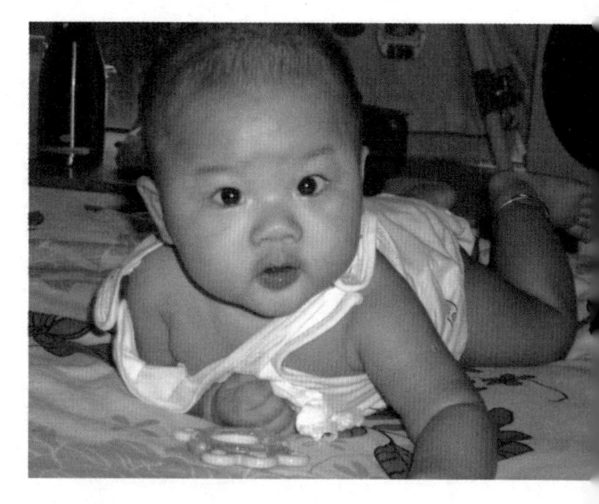

宝宝出世时，我给宝宝用的是妈宝，在医院时用得最多，宝宝每尿一泡尿都会哭，护工就会跑来换。那时没经验，不知道一个纸尿裤能装五六泡尿，就任由护工用。结果住院5天，用了35片纸尿裤外加两片推销员送的帮宝适。现在想起来都心痛，呵呵。出院后，我们给宝宝用尿布并开始把屎把尿，晚上为了让宝宝睡踏实点儿，才用纸尿裤。

开始，宝宝并不喜欢把，跟大人扭着干，很难把到。最高纪录是一次一个白天换了23条尿布！尽管如此，我还是坚持让宝宝白天用尿布，理由：首先是透气，宝宝不容易红屁股。其次是可以第一时间知道宝宝何时尿尿了，利于摸索宝宝的排尿规律。最后是省钱。

这样下来，宝宝每天只是晚上用纸尿裤了。因为宝宝吃母乳，拉屎多，一晚上平均也要3片！满月后，宝宝拉屎次数少了，一晚上两片就行。就这样，宝宝3个月后，她拉屎我都能把到。一个晚上一个纸尿裤就行。可也有个让我矛盾的地方，就是宝宝白天睡觉时给她把尿，虽然她不会反抗，也习惯了，但还是会影响她的睡眠质量。

宝宝4个月时正是最冷的时候，尿湿尿布虽然只会弄湿开裆裤的边沿，但多少会让宝宝受冻。我想到了用纸尿片既好把尿，又能装尿。像茵茵小号的一片只要4毛多，如果坚持把尿，一天用三四片就行，比一天用一个纸尿裤都省！

天气冷的时候，我是这样给宝宝用的。早上起来给宝宝洗完屁屁后换上一个纸尿片，下午洗完澡再换新的。正常情况下，一个小号的纸尿片能装两三泡尿，坚持把尿，上午一个尿片就够了。下午到晚上这段时间也是。等宝宝要睡觉了，再给她换上纸尿裤。我是用妈宝的，码数够大，五六泡尿也能装，可以一晚上不用换。我一天给宝宝用两个小号纸尿片外加一个中码纸尿裤。

清明回老家拜山，顺便在娘家待了几天。我发现老家人都不给宝宝穿纸尿裤，晚上也给宝宝把尿，白天只用尿布。回想起有一次伸手摸进纸尿裤看宝宝尿了没，宝宝正尿尿呢。我内心很难过，换了我们大人，估计谁都不愿意穿纸尿裤尿尿吧。可以想象那种感觉很不舒服，为什么要偷懒用纸尿裤呢？

这次看到老家人这种现象，终于给了我动力，晚上起来给宝宝把尿。第一天晚上把尿很成功，宝宝夜间尿的5泡尿都把到了，而且没影响宝宝睡眠，对我的睡眠也影响不大。这让我坚定了晚上给宝宝把尿，对宝宝1岁前戒掉纸尿裤也有信心了。

不知道大家注意观察没，现在城里长大的小孩，纸尿裤都要用到两三岁，就因为大人偷懒晚上不愿意给宝宝把尿。小时候，宝宝晚上睡觉有尿意时会动来动去，如果大人长期不给宝宝把尿，宝宝可能就会习惯夜间随意尿尿，不会给大人任何提示了。将来如厕训练时就很麻烦了，可以说越大越麻烦！

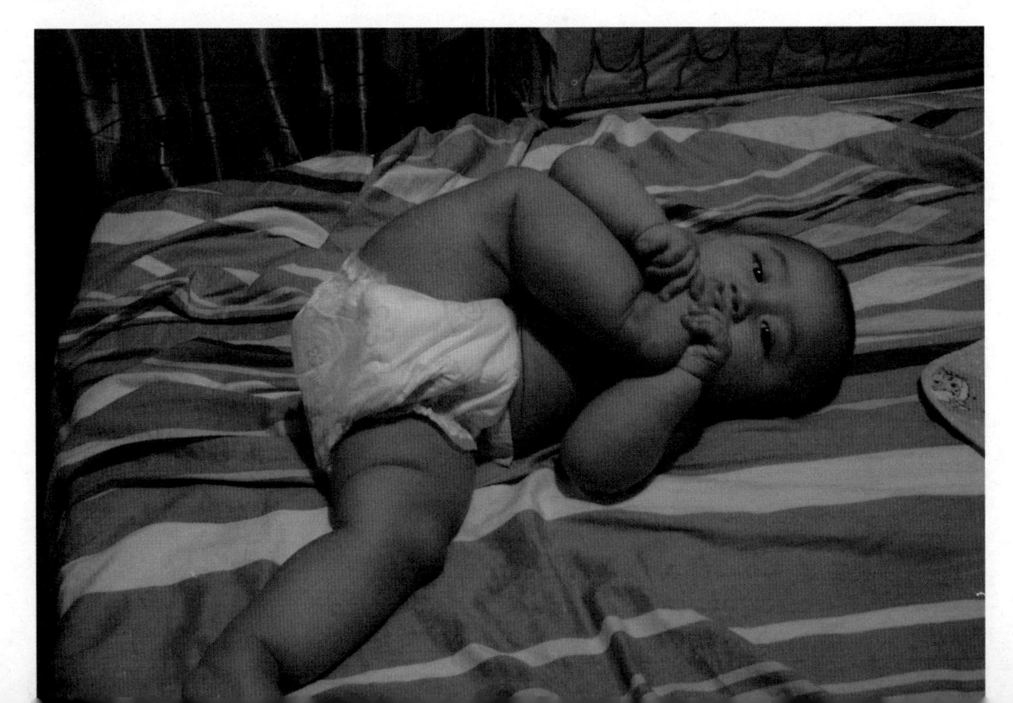

另外，我想说说为什么我选择用纸尿片而不用纸尿裤。

（1）穿纸尿片便于把尿，穿纸尿裤拆穿都麻烦。

（2）纸尿片的码数使用很灵活。

我宝宝半岁了，甚至到9个月还可以用小码的，但纸尿裤只能用中码。纸尿裤的大小相对固定了，而纸尿片可以通过松紧圈的调节来使用。

（3）纸尿片价格经济。

给宝宝把尿，很多妈妈提到不能勉强宝宝，这点我也是赞同。勉强会让宝宝对尿尿产生恐惧，开始训练时可以先尝试一下，宝宝愿意配合当然好，不愿意配合也不用着急，可以循序渐进慢慢让宝宝接受。/（fennyzhuzhu）

选择纸尿裤的经验之谈

我把宝宝用过的几款纸尿裤特性总结了一下（按价格从低到高的顺序来介绍），希望给大家一些提示，要根据宝宝的特点选择纸尿裤。

品　牌	特　点
厚生堂	价格超便宜，透气、吸水性较差，适合临时用 价格★　透气★　吸水★
娃儿乐	价格便宜，感觉挺好，因为是小厂家生产的，用过一袋后就没继续用 价格★☆　透气★☆　吸水★☆
安儿乐	价格适中，透气、吸水性较好。 缺点：裆部较窄，我家宝宝腿粗、尿多，尿液经常残留在大腿根内侧，宝宝大腿根部总是湿湿的。因为价格便宜，可以白天用，白天经常把尿，不会有很多尿液残留 价格★★　透气★★　吸水★★
妈咪宝贝	价格适中，透气、吸水性较好。 优点：裆部宽、吸尿量多，比别的纸尿裤尺寸大，一个号可以穿的时间长一些，省一些钱，比较适合我家宝宝。 缺点：吸水性没“好奇”的快，不能瞬间吸收 价格★★☆　透气★★★　吸水★★☆
帮宝适	价格适中，透气、吸水性较好。 优点：腰部有透气孔，据说可以透气。 缺点：臀部尺寸较小，我家宝宝臀部较大，尿液顺着透气孔都流了出去，褥子总是湿的，透气孔变成了漏尿孔，我没觉得透气孔的好处所在 价格★★☆　透气★★★　吸水★★☆
好奇	价格稍贵一点，透气、吸水性很好。 优点：吸水性是最好的，可以瞬间吸收，尿裤内部总是干干的。 缺点：没有“妈咪宝贝”的尺寸大，吸尿量也没有“妈咪宝贝”的多 价格★★★　透气★★★　吸水★★★

另外还有可洗性纸尿裤，我家宝宝很淘气，尿液经常从腿部渗出，不适合我家宝宝。/（mini~ranran）

【妈妈经验谈】

纸尿裤使用经验大全

1. 我家宝宝的情况

宝宝出生于7月，最热的时候。我是试顺不成功转剖，一开始回家没请到月嫂，10天后月嫂才来，忙得黑白颠倒，我和老公只能在宝宝睡熟的白天用布尿裤顶一会儿，下面垫上我生宝宝时医院发的产妇垫巾。宝宝从出生到现在一直用纸尿裤，未发生尿布疹。只要大便后迅速清理更换尿布，尿布疹并不像宣传中说的那样容易得上。

2. 关于几个用过的牌子

品　牌	特　点	总　结
菲比	菲比的主要特点在于它的腰封，其他牌子腰部的弹性部分处理在背部，菲比的改良在两侧，弹性部分做得非常挺、宽，新妈妈很容易上手，它的主体软硬适中。大家要注意一个问题，有的牌子将主体压得很薄，但手感很硬。没错，压得实当然硬一些，个人觉得宝宝并不喜欢硬的，贴合身体的功能较差。女宝宝前面的部分容易窝成一团，我看着都不爽，呵呵	性价比不错，柔软度适中，厚薄适中，腰封设计新妈妈容易上手。缺点是3个月后宝宝的尿量加大，菲比的反潮非常厉害，一半湿了后手指一压上去，哇呀呀……全是水汽，证明它的内部用料还不够劲！解决办法就是夜间至少更换一次，白天就随意啦
妈咪宝贝	妈咪宝贝的东西一拿到手上就觉得漂亮，特点在于它薄。夏天用不错，妈咪宝贝属于偏硬的一种，我宝宝用时前边老是窝成一团，弹性腰封不够挺，设计在后边。打开一次再想重新调整可塑性就不好了，很难再调整得整齐利落。它的返潮性优于菲比，同样用一晚，妈咪宝贝比较胜任	性价比不错，返潮透气优秀，够薄但偏硬，再塑性不强。分男女，四季适用
帮宝适	说实话，因帮宝适太强大的宣传力度，反倒没特别关注。大家都用嘛，就没什么探索欲望了。生之前随大流买了一包，那时也不知道什么红帮、绿帮、紫帮、黄帮，就买了红的，结果被菲比一比，就透心凉了。红帮那个厚啊，它的腰贴是硬性胶粘的，对新生儿来说，弄不好就像刀子一样划在大腿上。后来看了绿帮和紫帮，才收复了宝洁在我心中可怜的形象	价格定位广，红的便宜，但用的时候要小心粘贴，小心整理，比较厚，适合不太热的天气用。紫帮、黄帮定位中高端，性价比一般

3. 使用纸尿裤的个人心得

（1）新生儿排尿量小，可4小时换一次。晚上减少，但只要有大便，一定要及时更换！

（2）就算一个人带宝宝很辛苦，只要有条件，比如天气暖和，宝宝还不会翻身时可用布尿布。晚上为了让新妈妈和宝宝都休息好，还是用纸尿裤方便。

（3）据宝宝的体形选择尿布，个人的经验是宁愿偏大一些，但不要过大。随着宝宝长大，睡觉之前后腰部分一定要垫得够高。如果露出股沟，肯定漏尿。一般来说齐于股沟上方3～4指的位置。腰封要保持前后水平或前端略低于后端为好，如果太低就证明你的裤子要换大一号了。如果是魔术贴的就可以紧一些，胶贴的要余地大些，防止胶的部位弄疼宝宝的肌肤。

（4）湿纸巾的使用，拉臭臭是一定要用湿纸巾抹干净的，注意女宝宝一定是从前向后抹。如果是尿湿，就不一定用湿纸巾抹了。/（Kimera）

屁屁护理

【妈妈经验谈】

护理小屁屁

源源这几天睡卧不安，不停地哭闹，怎么哄都不行，心力交瘁的妈妈不得不带他去医院。医生阿姨卸下源源的尿不湿后，发现源源的臀部、大腿内侧及外生殖器等处皮肤发红，还有许多小红点。当即诊断源源的哭闹是由于“尿布疹”引起的。

尿布疹俗称“红臀”，主要是因为宝宝臀部的皮肤长时间在潮湿、闷热的环境中不透气而形成。粪便及尿液中的刺激物质及一些含有刺激成分的清洁液也会使小屁股发红。宝宝常因此而烦躁哭闹、睡卧不安。

夏季是引起“尿布疹”的高危季节，但是如果不用尿不湿或尿布，宝宝的隐蔽处则容易受到细菌的感染，因此妈妈们要特别注意宝宝小屁屁的护理。

（1）给宝宝勤换尿布，用护肤柔湿巾擦拭。

（2）尽量选择柔软舒适的旧棉布做尿片，能自己控制大小便的宝宝要穿满裆裤。

（3）进行排尿训练，培养宝宝良好的大小便习惯。

（4）臀部轻微发红时，可使用护臀膏，严重时应去医院诊治。

（5）每次清洗小屁屁后要暴露宝宝的臀部于空气或阳光下，使局部皮肤干燥。

（6）宝宝拉屎、尿尿后必须将小屁股上的粪、尿擦拭干净。女宝宝还要注意，擦屁股时要从前往后擦，女宝宝尿道短，容易感染细菌，引起尿路感染。

（7）带宝宝外出时，随身带上一包柔湿巾，解决宝宝在外洗屁股的大难题。/（千岁鹰）

【七嘴八舌】

众妈妈教你防治红屁屁

1. 预防

（1）注意卫生

勤换尿布，每次都用清水洗，洗后不要立即放尿不湿，等稍微干燥点再放。/（哈龟）

（2）保持宝宝屁股的干爽

预防总比治疗好，平时一天用热水给他擦洗两三次小屁股，再用干布抹干。有条件的可以给他晒晒小屁屁，只要保持干爽就不会有红屁股了。/（金仔妈妈）

2. 治疗

（1）擦芝麻油

我女儿出生半个月时用纸尿裤红了屁屁，两

边都溃烂了，很严重！我好难过，整天上网查该怎么办，用护臀霜、用清水洗、用尿布都没多大效果。后来看到有人说用芝麻油，我就试了一下。每次换时都擦上一点，连续两天，只用了两天，溃烂竟然好了！后来一有点红就涂芝麻油，马上就不红了，真是太有效了！但一定要纯的芝麻油哦！ /（liusha）

我在月子里也试过，宝宝的屁股都快要起水泡了，用了3天的尿布，我都快崩溃了！后来，我发现了很好的方法，非常简单！就是每次洗完小屁屁后，用电吹风隔30～40厘米的距离，把小屁屁吹干，然后抹上芝麻油就可以了！芝麻油放进锅里蒸5分钟，真的很有效！/（rawing）

（2）红茶叶煮水给宝宝洗屁屁

老人家说用隔夜的红茶叶煮水给宝宝洗屁屁，很快就见效，但我没试过。/（潴潴垌）

用茶叶水洗啦，我试过，傍晚洗，晚上就干了。先用水洗几次茶叶，或用家里喝了好几次的茶叶泡一盆水，隔渣，给宝宝洗屁股，很有效的。/（我是缘缘妈）

（3）用野菊花煲水洗

用野菊花煲水洗，很有效。/（可晴妈咪）

（4）用护臀膏

一要用温水洗屁屁，然后用贝亲的护臀膏擦屁屁。二要多换尿不湿。三如果可以半天或一天不要用尿不湿，就用布尿布。我家小宝宝就是这样，立马就好了。/（yining）

注意清洗，洗完用护臀膏，或者金霉素眼膏，主要功能是防尿浸。/（taoxiaotong）

让宝宝的屁屁通风，可适当晒阳光，保持干爽。每次大小便后尽可能用水清洗干净，记得用护臀膏前要把宝宝的屁屁擦干，不要洗完后湿湿的就擦护臀膏，那样屁屁会越来越红。不要着急，如果几天后没有好转，还是去医院看看吧。/（高高宝贝）

大便后用纱布（口罩改的）和热水给宝宝蒸一下，等干爽后擦薄薄的一层护臀膏。每次都这样，一两天就好，最好一直都这样。我家宝宝都是这样的，现在换纸尿裤都不哭，可舒服了。/（ingerbaby）

每次洗完澡后擦护臀膏，在纸尿片上加一片隔尿垫巾，感觉湿了就换掉。这样纸尿片不管什么时候都能保持干爽。要是觉得纸尿片有些硬，建议换牌子试试，个人觉得妈咪宝贝比较柔软。/（兔子的鱼宝宝）

（5）用药

我在药房买了两块钱的六一散当爽身粉擦屁股，都是有经验的妈妈教我有，觉得都可以！/（page_kat）

如果红得太厉害，就用隔夜的绿茶水洗屁屁，然后抹上金霉素眼膏，白云山出的，很便宜！只要是红的地方都抹！一般洗一两次就见效，会看到屁屁没那么红了。然后用金银花煮一大锅水，放凉备用。宝宝每次尿尿或大便后都洗洗屁屁，用时加点热水就好。如果天气或室温可以，涂了药膏后不要急着包片片，让小屁屁透透气。和野菊花相比，金银花更温和一些，可以常用。/（胖猫宝宝）

我家宝宝没满月时，用尿不湿也长了好多红疹，医生开了紫草婴儿软膏擦屁屁。屁屁要保持清洁，多通风，拉后用温水清洁，再给他涂药。尽量天气热的时候改尿片，让屁屁多与空气接触，自然就好了。我现在只有晚上宝宝睡觉才用尿不湿，早上醒后都用尿片，一直都没再长，药也没再用。/（frjun）

我宝宝现在两个多月，此前红屁屁很严重。我以前擦丽婴房的护臀膏，一点都没效。40天的时候，抱去医院复查，被医生狠狠地批评了一顿。因为宝宝红屁股都脱皮了，没完整的皮，超级心疼。医生给我开了两种药，氧化锌软膏（天津药业集团有限公司）和曲安奈德益康唑软膏（派瑞松）。一天两次，先是氧化锌软膏涂3~5天，然后换曲安奈德益康唑软膏涂3~5天，最后再换氧化锌软膏涂。

期间，白天使用纱布，晚上才换纸尿裤。很见效的，我每天早上起床后用温水给宝宝洗屁屁，然后上药、换纱布；晚上洗完澡再上一次药，换尿裤。没几天，就明显见到效果，宝宝的屁股换了一次皮肤。此外个人觉得菲比、帮宝适、好奇的纸尿裤相对好用些。菲比柔软性好，可惜吸水性不强；帮宝适尺寸偏小，很容易松动；我觉得两个多月的宝宝还是用好奇比较适合。/（momo~gz）

六、宝宝怎样大小便

把尿和便便经验大分享

【妈妈经验谈】

给宝宝把尿和便便的姿势

大人坐在小凳子上，双腿分开，抱着宝宝，两手扶住宝宝大腿，让他的屁屁坐在大人分开的双腿上。

调节好了，你舒适，宝宝也舒适。如果你的腿分太开，宝宝整个屁屁会变成你用双手在吊住，这样两人都辛苦。力度是双腿承受大部分，双手只是扶住宝宝大腿而已，几乎不用出什么力。

不用怕宝宝会拉到你裤子上，姿势弄好，还有好一段距离呢。

要有暗示声音，让宝宝明白这个动作的含义。通常是对宝宝说：“宝宝，要‘嗯嗯’吗”，“要‘嘘嘘’了哦”，等等，也可假装同他一起用力，“嗯！……嗯！”我家小子习惯后，自己拉时都会“嗯”的很大声，呵呵。

刚开始要一段时间，他没那么快适应。有的话是天才了，所以失败了不要放弃，坚持一段时间让他习惯，一切就好办了。/（桁仔妈）

我怎样教宝宝拉尿

我发现很多妈妈都头痛训练宝宝拉尿，我谈谈自己的心得，希望对大家有用。

书上说，一般小孩子到2岁左右才具备控制排尿、排便的能力。很多西方国家的小孩，2～3岁还穿着纸尿裤，我们实在不用着急。

我女儿桐桐1岁4个月的某一天，突然告诉我：“屉屉。”也就是拉大便了。其实只是要拉尿，她统称为“屉屉”。而且牵着我的手，走到尿盆前面，指着说：“屉屉。”我将信将疑地帮她脱好裤子坐下，马上就听见水声了。我当时觉得很神奇也很兴奋，因为我以为桐桐得到2岁才会说这句话。从那一天开始，桐桐就能告诉我大小便了。1岁8个月时，桐桐晚上就不用纸尿裤了，基本上不会尿裤子或尿床了。

我看了很多育儿书，都说如厕训练应该顺其自然，

宝宝的生理功能成熟了，就能有控制的能力，就不会尿裤子。我也挺相信的。我妈妈可不是这样想，桐桐3个月的时候，她就买好了尿盆。只要她在家，她就会给桐桐把尿，当然有时候会成功。说真的，我很不以为然。不过，尿盆从小就用，桐桐很习惯了，尤其是每次睡醒了，一定会坐在尿盆上拉㞎㞎。

有时候我也会很着急，怕她尿湿裤子，总是把她摁在尿盆上尿尿，结果她很抗拒。好一阵子都不让我把尿，这就是逆反心理了，是我给她太多压力了。从此我就不管她了，冬天就穿纸尿裤，夏天就准备好多好多裤子供她换。在家光着脚丫，就不用湿鞋子了，我家宝贝儿从不穿鞋子。

最高纪录那一天，洗了17条裤子！不过，每次她尿了，我都轻轻地在她耳边说："宝宝又尿尿了，下次记得告诉妈妈，那样就不会尿裤子了。"不管她是否听懂了，这句话一定要温柔地说。我从没有为此而烦恼过。有什么值得生气呢，小孩的成长都是有过程的。正如龙应台说的，"孩子，你慢慢来"，让孩子自己准备好了，自然就成功了。

当桐桐会说尿尿了，以后的几个月，她玩得高兴就不说啦，尿得到处都是。上床睡觉反而不停地说尿尿，获取下床玩一玩的机会。偶尔她也会因为喝水喝多了，尿床了，我把床单换了就是了。不就是洗一洗嘛，反正都该洗了。

其实，我的经验就是：

（1）给孩子最大的耐心和爱心。

（2）孩子不抗拒时多用尿盆，让孩子早点知道这是拉便便用的。如果孩子抗拒，不要勉强。

（3）尽量温柔地提醒孩子，该怎么做，而不是责怪和恐吓。

可能桐桐是女孩子，相对来说要比男孩子早熟一点。大家不要在年龄上计较，每个小孩都不一样，都是独一无二的。你的小孩才是你最值得关心的，没必要看着有些小孩早，就着急。/（东西合璧）

如何教宝宝拉屎尿尿

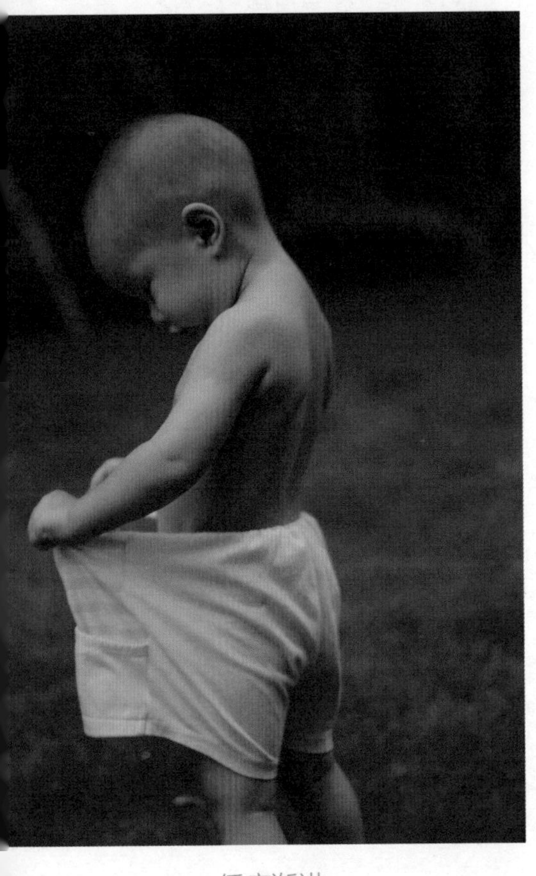

【七嘴八舌】

女儿已经1岁2个月了，想训练她自己拉尿，但不知从何下手。

不知各位妈妈现在是如何解决宝宝拉尿的？是还在用纸尿裤，还是基本靠把尿了。我女儿很小就不用纸尿裤，原来是用尿布，去年夏天基本就什么都不用了，全靠把尿。

之前一直把得很好，最近不知道为什么，把尿老是不肯尿，等一会儿又尿在身上了。还经常一边尿一边说："尿尿。"教她提前说尿尿，不要等尿出来才说，但就是教不会。

所以想请教各位妈妈：如何训练宝宝自己拉屎尿尿。我之前买过一个凳子款式的坐便器，但她根本不肯坐在上面拉尿，也就扔在一边了。/（愚妹妹）

循序渐进

我好像没为这个操心过。我儿子出生后是混合喂养到5个月，2个月就能把到大便了。喂完奶半小时左右就会给他把一下大便，不管有没有，可以一边把一边和他说："宝宝，臭臭啦，嗯嗯嗯。"等到1岁多自己会说"臭臭"了，我会问他："宝宝，有没有臭臭？"没有他会摇头，如果有，他会说："臭臭，嗯嗯嗯。"然后自己跑去拿便盆。我跟着他后面抱起来把就可以了。

宝宝1岁3个月，现在才正式开始学说话。大人讲，他能发的音就跟着学，还不会说"尿尿"。我一般把得勤，给他穿的开裆裤，有尿他会自己蹲着尿，尿完就叫："妈妈，拖。"呵呵，要我负责拖地哪。/（duo多妈）

2岁后再训练

小孩子在2岁前一般是控制不了大小便的，所谓的“把”完全是大人在猜测而已。硬把是不尊重孩子的一种行为，一般小孩会在1岁左右开始反抗，他有一定的思想了。用纸尿裤没什么不好啊，2岁后再开始如厕训练，会事半功倍，那些所谓很小就能把的，只是大人自己骗自己罢了。/（zzm007）

不要给宝宝压力

儿子快2岁了。每天早上喝奶之后，会说“拉屎”，然后去拿小马桶。偶尔会自己脱下裤子坐下拉，还会挥一下手说：“妈妈去煮早餐啦。”不过有时候会中午才拉，有时候会想自己擦屁屁，也让他试一下，然后大人再擦干净。

尿尿基本会自己要求。正在尝试要他自己脱裤子托住“鸡鸡”尿。当然一开始会湿裤子的，我会在冲凉前让他自己完全脱掉裤子，练习一下托“鸡鸡”来尿，有时会弄的满手是尿。

夜里还是会包尿片，不想打断他的美梦。

有些妈妈可能会羡慕，但我却要说一句，秘笈就是：顺其自然。

不要急，到他身体和大脑可以配合了，自然会告诉你的。到时候你想他在片片上拉，他还不肯呢。

关于坐便器。我们家一开始是用有小马头的，随便丢在一边儿，小朋友好奇试着坐在上面玩。过一段时间，就脱了裤子让他坐，不会太抗拒。当然这个时候还是会赖尿。大家对小朋友赖尿，都抱着自然的态度，不会大惊小怪。后来大一点，就换成深一点的没马头的坐便器，可以一拉下裤子就自己坐下来。

坐便器放在一个固定的地方，拉大便也是在一个固定的地方。

总之，不要让小朋友觉得有压力。多给他吃菜、水果，多喝水，让他大便通畅不便秘，别对大便产生恐惧。/（小子子）

表扬他

我儿子一开始也不让把尿，只好穿尿不湿。后来慢慢开始把尿，把尿时分散他的注意力，他真的尿出来后，全家人鼓掌表扬，还每人上前吻一个，满足了他的虚荣心。开始能把尿了，但臭臭还不能把，还在进行中。/（宗阳）

靠长期训练

没什么特效办法，就是要长时间的训练，不要以为宝宝某一天突然就会了。

我女儿去年3月份5个月，开始试着白天不穿纸尿片了，只是有时白天睡觉会用。买了个最简易的便盆给她用，会坐就用了，一直坚持把尿，但还是经常不肯尿，一会儿又赖。不过渐渐可以掌握到尿的时间，定时把。现在好多了，一天只会赖一两次，其余都是把出来的。现在会听大人话了，不肯尿时就经常要跟她讲条件，先尿尿然后吃饭，尿完了有东西吃。

坚持了差不多一年了，最近女儿终于会提示拉屎了。天天都是感觉有便意时，自己把便盆拉出来，等候大人帮她脱裤子，我们也不用担心她赖屎了。有时她也会提示尿尿，不过一天也就一两次吧。

所以说不能着急，都是时间问题，前面省事后面就要花时间训练。我们辛苦了一年，估计胜利在望了。/（fongyo）

哄他

以前宝宝也不会蹲着大小便，老尿湿，就会跟她说："宝宝不乖哦，尿湿了裤子会冷，要去看医生阿姨哦。"一般小孩怕打针，看到医生就会躲，不过挺有效的，慢慢教她就可以了。/（阳洋）

根据小朋友的个性训练

我觉得要根据小朋友的个性去训练。我儿子以前也是超反感把尿，一把就挺直身子。我就多表扬他，如果把尿成功了，我就竖起大拇指，说他顶呱呱，真棒。久而久之，他就肯配合了。每次尿完就自己说顶呱呱。虽然他现在1岁9个月了，还不会自己说尿尿，但赖尿的次数大大减少，还可以省不少钱。我觉得儿童坐便器很好，可以让小朋友早点学会上厕所。小孩子都喜欢模仿大人，不用担心他们不肯用。/（su姐妹erfun）

七、如何让宝宝睡个好觉

众妈妈教你照顾宝宝睡觉

【妈妈经验谈】

宝宝终于睡好觉了

儿子两个月前，虽然生物钟很准，白天醒晚上睡，但我们白天的痛苦无穷啊。刚出生的几天在医院整天昏睡，吃奶都难弄醒，住院回来就几乎整个白天不睡。有时吃奶吃到睡，抱在手里怎么弄都不醒，放到床上不用5分钟就醒了。有时候抱半个小时，看他睡熟了再放，也睡不过1小时。只有晚上能连续睡几个小时，而且吃完奶就能安睡。一天总共睡不了6～8个小时。睡得少就长得慢，可把我们愁坏了。

满两个月后的某天夜里，我觉得奶胀得厉害，看钟居然6点了儿子还没醒。前晚儿子是11点睡的，那时才刚七十几天，此后的日子里，有时傍晚小睡一会儿，会到晚上12点才睡，但都是一觉睡到早晨五六点，喂完奶能再睡到八九点。玩一上午，中午1点吃过奶睡午觉，直到四五点。不用抱着睡，

稍微拍拍就睡着了，能放到床上。每天如此很有规律，到82天时称体重，比10天前长了3厘米，重了0.6千克，美好的日子开始了。

仔细想想，这段日子，我一直坚持做这些事情：

（1）每天必做婴儿被动操，宝宝心情好就练习侧身和翻身，保健医生推荐的。

（2）每周游泳两次。若以强身为目的，没必要天天游，宝宝太疲倦反而影响休息。

（3）醒的时候多和他说话，给他看鲜艳的东西和卡片。

（4）每天吃维生素AD，有太阳就带宝宝去户外。

（5）我每晚吃一勺固元膏，可能因此奶水也变好了吧。

（6）几个月的孩子睡觉都要哄，或抱、摇、拍，不要指望他像大人似的，一沾枕头就睡。

（7）一定要给宝宝吃饱，没吃饱睡不熟。/（ifxixi）

“狠”下心来爱，改变睡眠习惯

语儿快5个半月了，她的睡眠一直是令我头疼的问题！倒不是她不睡，是她太依赖人。不管什么时候想睡了，必须放音乐、抱着哄，睡着了才能放到床上。现在更麻烦，白天几乎是爷爷抱着她睡。因为她容易醒，醒了又要大哭。晚上要很晚，等她睡熟了才能放到床上。就这样，都还会中途醒了，闹一下。

也许你觉得我们太惯着她了，其实从怀她开始，我就没想过要惯她，家人也没想过要惯她。但很多事情，想和做并不一致。生她是夏天最热的时候，还在月子里，常常一个人睡着睡着就惊了，手舞足蹈的，闭着眼睛大哭，呼吸急促、满脸通红。由于没遇到过这种情况，身边带孩子的亲戚朋友也没遇过。炎热的夏天，不要说月子里的娃娃，大人的睡眠都不好。所以，为了让她多睡一下，时而抱着，就有了今天的习惯。

我觉得我们该好好省视一下自己的方式，趁宝宝不是很懂事时，对她“下手”了。

一天晚上，我和老公终于决定，任由她哭闹，不去管她。其实这个方法以前也试过N次，但每次因听不得她的哭声而失败！我知道这是一道坎儿，只要迈过了，就成功了。10点45分，她眯了一会儿后醒了，又要人哄，我们决定不去管她！

轻轻把她放在床上，调暗了房间的灯光，我和老公陪她躺下了。她知道有人在身边，死心地哭啊，不停地被口水呛到，干呕，声音越哭越嘶哑。我的心也跟着哭。最后，我和老公实在受不了了，双双退出了房间。老公让我无论如何不要抱她，任她哭。

她哭了大概20分钟，可能真的累了，没了声音。怕她出意外，老公借着手机微弱的灯光，走进房间去看她。只见这个小丫头，微睁着眼睛，斜着看他，像是在责怪这个狠心的爸爸。呵呵，老公又退了出来。又过了20分钟，再进去，只见宝贝儿挂着泪珠儿的小脸好像还充满了委屈，但她已经闭上眼睛睡了。这还是第一次，她会自己入睡！老公得意地笑了。可没过多久，我又听到语儿的哭声，又是一阵接一阵的，只是没之前的那种浑劲了，好像是被人遗弃的低啜。这次，我有了信心，不去管她！几分钟后，哭声停止了，语儿又进入了甜蜜的梦乡。

等我们去睡时，看着熟睡的语儿，心里一阵酸。希望她能理解我的用心，这样做，既是为她好，也是为我们好。半夜一点，语儿“哼哼”着快要醒了，我知道是她饿了，以前她饿了都

这样。但这十来天，她半夜醒了，其实不算醒，眼睛是闭着的，就是左右晃头，晃着晃着就哭了，让我有点受不了。

吃过以后，语儿再次沉沉地睡去，到了四五点钟，前几日的声音又传来了。天！又来了，我头疼死！为了不影响语爸睡觉，我只有把她抱起来哄。又一轮恶性循环袭来，最后老公说："别理她，看她要咋样子。"于是，凌晨5点到早上9点，她就这样"哼哼"着。后来我们发现，只要我们看着她，她原本只是干嚎的声音就会加大力度。

第二天早上，给她洗后，估计着她快睡了，我们再次狠心地把她放在床上，又是大哭，我麻木了，走到这一步了，只有坚持下去。哭了大概半小时，加上昨晚没睡好，语儿再次睡去。这一点，我感到欣慰，初见成效！不过，她没睡多久又醒了，这次抱她起来哄了一下，吃了点奶。看她精神的样子，我们就抱她下楼去晒太阳。懒懒的太阳下，语儿又想睡觉了，但不喜欢推车的她，在车里横竖睡不着，又开始闹了，只好把她带回家，继续放在床上。

爷爷奶奶这时候来了，看到她这个样子，都不忍心，几次忍不住想抱她，都被语爸给制止了。后来，他们实在看不下去了，只有撤退。这场战役又成了我们三个人。语儿现在躺在床上两小时了，哭了又休息，休息了又哭，估摸着十来分钟没声音了，我们就进去看一下。以为她睡着了，可她一看到我们，又开始大嚎。看来这场战役不会这么早结束，不过，从今天白天的成果看。至少，她哭累了知道躺在床上要了，这就是一个进步！

晚饭时，语儿坐在推车里，可能是疲倦到了极点，她不停地闹着。我匆忙地吃完一碗饭，抱她到房间里，打开她的音乐转铃。刚开始她还高兴地看了一会儿，后来实在受不了睡意来袭，又开始哭了，越哭越大声，连我抱着她都会这样，别人就再也没办法了。最后，我忍着泪，一狠心，把她放在了床上，盖好被子，转身离开房间。此时，我的心比谁都痛！事实证明，我们的判断是对的，离开房间后，语儿知道她再哭、再闹也不会有人理，反而安静了下来。自己在床上玩着，不到10分钟，里面没了动静，等我轻手轻脚进去时，她已经睡着了。这次也只是打了个盹儿，她还是没有安全感，断断续续睡了一个多钟头，她再次哭醒。

时间已经到了晚上8点，我们抱起她亲亲，然后喂奶，玩了一会儿就给她洗澡。收拾完后，再次把她放进了被窝。以前这个时候我们会抱起她，哄她睡熟了才敢放到床上，这次我们没有。她好像也知道我们在改她的习惯，先是闹了一会儿，后来我们都出门后，她居然也不闹了，又自顾自地玩起来。呵呵，看来有成效了！孩子就是这样，她可能一度也怪我们心狠，不理她，不顾她，但当你去抱她时，她又高兴地手舞足蹈，没半点怪你的意思，真是天真无邪！

这次也是哭哭醒醒，不过，今晚明显比昨晚好多了，至少她学会了自己在床上玩，我们不理她时，不会一个劲地哭。

凌晨时分我才进房间，语儿沉沉地睡着，看来这一觉的质量不错。缺钙的孩子容易惊醒，她可能是困极了，一天都没好好睡觉。所以，对我不小心弄出的声响也没反应，要是以前，早惊起来了！

第三天早上起来，事实证明昨晚语儿的睡眠确实不错，好久没这样了！快4点时，我被老公叫醒，原来语儿又开始“哼哼”了，她饿了！瞧我睡得这么沉，居然没听到！老公问我：“是吃的时候吗？”我看看时间，嗯，该吃了。小乖乖将近睡了5个钟头，饿坏了，只见她闭着眼睛大口大口地吃奶，回到了以前的状态，以前晚上她就这么乖！

吃完后，拍拍她的背，把她轻轻放在床上，心里祈求：多让语儿睡会儿吧！因为每次喂奶再次放下她，她都不太容易睡熟。7点半，我在一阵“叽哩呱啦”的说话声中醒来。瞟眼一看，语儿正盯着我笑呢。呵呵，她睡醒了！一个美妙的夜晚过去了。看来，我们的这一方法确实有效！

早上收拾好以后，语儿像往常一样，又想睡觉了，这就是婴儿睡眠，玩不了多久就想睡，其实她的睡眠一直很好。要不，怎么能长得这么胖？我抱着她，她使劲地哭，这让我纳闷，难道妈妈的怀抱不舒服了？有昨天的经

验，我就毫不犹豫地把她放在了床上，盖上了被子，在她滑嫩的脸上印下了一个“kiss”后，转身出了房间。背后又传出语儿的哭声，这次不知为什么，我流下了泪。是啊，她哭得可怜，我的心太痛了，但又不能放弃这么做。好在语儿可能也正在适应我们的这一做法，闹了几声后就不再哭闹了，时不时地想起又闹几声，等最后我再进去看她时，她睡着了。

中午12点57分，看到语儿有睡意了，继续把她放在了床上 。直到下午2点30分，她都是断断续续地睡觉。看外面太阳很好，便和语儿爸、语儿爷爷一起抱她去晒太阳。看着宝贝稚嫩的脸，心里愧疚。回到家里，语儿在床上玩了很久都没睡，我知道楼下吵，要让她现在睡不太容易。但是，至少她现在懂了，哭累了会在床上耍。我把音乐转转乐给她打开，她可以盯着看看，不会那么无聊。

晚饭后，语儿困得受不了，在我怀中睡去。语爸让我把她放到床上，我不忍心。因为我知道，一放下她准醒，但老公坚持让我放，说不能前功尽弃。要不，语儿前头的苦就白吃了，我想也对，轻轻将她放在床上。不出所料，她哭了，怪我打扰了她刚刚进入的梦乡，我也哭了。我实在不忍啊，太难受了，但一想到语爸的话，还是狠下了心。

晚上过了8点，语儿都没有睡着，我们只有将她抱起，给她洗澡。可能是困极了，她今天的话也不多了，我担心她会不会脑子哭坏了。但想这么小的孩子，什么事都来得快去得快，很容易恢复的，就没多想了。不然，我又要哭了。洗完后，我喂了奶，把她抱在怀里，按惯例，放着她的催眠曲《山楂树》。这时语爸洗澡去了，要不，他又会觉得我在将就语儿。她困极了，在我怀里两分钟不到，沉沉睡去。我又把她放在了床上，这次，她没有醒，安静地睡去。

晚上11点15分，中途语儿小哭了一会儿，声音不是很急促，我也没去看她，后来去看时，她又睡了。要说心痛，当妈的比谁都心痛，但想到人生几十年，带个娃娃不容易。我在这个时候连这个都坚持不下了，那在语儿今后的人生中，我这个当妈的还能当她的明灯吗？所以，我忍，我坚持。直到凌晨1点过后，我才走进房间，语儿睡得很熟，熟到饿了都没有功夫找吃的。

抱起她，吻了她的额头，把奶头放进她嘴里，她猛吸着，小妮子肯定是饿坏了！吃饱以后，再次睡去。

这一天上午我流泪了，这一天正好是语儿出生5个半月。由于早上起来得早，9点过后，她困极了，在爷爷怀里睡去。估摸着她睡熟了，爷爷把她放在了床上，可是语儿易惊醒，不到10分钟，眼睛睁开了3次，小手紧紧抓住爷爷的手，最后还是被外面的声音给吵醒了！后来完全睡不着，在床上哭闹。今天，我忍不住了，在门外哭了又哭，后来等我们进去抱她时，她声音已经哑了！我的泪又忍不住地开始流。

11点，喂了语儿一点米粉，可能是我抱她的姿势很舒服，她还没有吃完就在我怀里睡着了。看来，这几天炼狱般的折磨，让她困极了。抱了她大概10分钟，我又把她放到了床上，这次放得很顺利，她连动也没动，盖好被子退出房后，我期待她这次能睡久一点。可是这次又只是20多分钟，房里传来了语儿的哭声 。我想，我是不是太狠心了点？我已经被折磨得快疯掉，这个孩子怎么这么犟啊，3天时间还没有把她改过来。后来发现她的嗓子哭哑了，不得已，暂时结束这个计划，等她好了以后再继续。

晚上语儿是在我怀里睡着的，想等她睡熟后再到床上。白天我们尽量和她玩，算了一下，昨天上午睡了两个小时，下午睡了一个多小时，晚饭后的觉被我取消，我们在床上陪她玩，晚上8点给语儿洗澡，9点她就想睡了，9点半正式睡着，到11点，都放不下，易惊，易醒！和老公商量了一下，这样下去不是办法，由于晚上怕语儿吵着老公，影响他第二天工作，晚上语儿是跟我睡。我们和公婆不住在一起，所以，我算了一下，这两天按48小时算，我睡的时间不够10小时，我快疯掉了。下定决心，明天带语儿去附二院。

10点到了医院，我把语儿的情况和医生说了，医生检查了语儿的身材，果不其然，她有点早佝，我早就怀疑这点了，以前给她洗澡时，总觉得她的肋骨有点高，语爸还说正常。今天医生一摸就说，有点早佝，不凶，也和我所料的一样，需要打D3。

心里舒了一口气，总算找到症状了。医生说，长得快的娃娃钙跟不上很容易这样。开了一针20万单位的D3。医生说，她晚上这种情况，有两种可能，一是缺钙，还有就是抱着睡成习惯了。所以两个都要治！我和老公决定，等语儿把钙补上来后，继续治理她。前几天也没白收拾她，因为我发现她哭不到半小时会自己睡着，但由于缺钙的原因，她睡一会儿就会惊醒，醒了看没人在旁边就会哭。所以，等把钙补上来后，我会坚持做“狠妈妈”！

/（佳语妈妈）

跟大人睡还是自己睡

【妈妈经验谈】

从小分床的好处

诺诺未出生前，属于她的小床就被我们搬回家了。我早就知道从小分床睡的好处。这张小床，伴随着诺诺成长，今年夏秋季就要退役了。

怀孕时我常常看育儿书刊，了解到：如果宝宝随大人睡大床，一是易被熟睡中的大人压着，大人在睡梦中呼出的废气易被宝宝吸到；二是到了该分床睡的时候要经历一段艰难时期；三是跟父母睡在一起，无形中成了夫妻间的第三者，影响大人的睡眠质量和亲热动作。我婆婆劝过我：大人和宝宝睡在一起比较暖，因为诺诺出生后就是冬季了。我还是打算让诺诺自己睡小床，最多想办法给她保暖。

一直以来，我们都是等诺诺在大床上熟睡后，再把她放回小床。她心情好时，会在小床里抱着毛公仔自己睡。她喜欢踢被子，明明睡的时候被子在身体上面的，睡醒后被子却在下面了。所以冬季我不敢给她穿得太少，怕她踢了被子会冷。偶然几天太冷，我会同意她和我们一起睡，但不是睡中间，而是睡旁边，大床边有小床拦着，不用怕掉下床。在大床上，我和诺诺玩各种睡前游戏，母女间最亲密的就是这个时间，等诺诺熟睡后，我们就各睡各的床，互不影响。

在诺诺学习自己走路的日子里，她的小床起了功不可没的作用。我把她放在小床上玩，她扶着小床围栏站起来，然后扶着围栏自己走。我觉察到这个情况后，故意让她多在小床上自己走。看着她走了一圈又一圈，偶尔还不扶围栏稳稳地迈一两步，我们都开心得鼓掌欢笑。掌声中，诺诺自己学走路更有兴致了。

诺诺习惯了自己睡小床，上幼儿园适应得更快，因为幼儿园里午睡都是自己睡一张小床。在她的心里，小床是自己的空间，大床是爸爸妈妈的空间。在小床里睡觉可以随心所欲地摆放毛公仔陪自己，在大床里睡觉要征得妈妈同意才行。经过多年的磨合，我和诺诺在睡觉方面没太大的烦恼，也没觉得她是第三者。想来，让宝宝从小自己睡小床的观点是正确的。

最近发现，诺诺开始喜欢在大床里睡觉，因为可以随意翻身。看来，小床已经不能满足诺诺成长的需要了，她应该要转睡更大的小床。在我的计划中，今年夏秋季，就是现役小床退休之时。/（小精灵诺诺妈咪）

宝宝如何独自安静入睡

【妈妈经验谈】

安迪在德国

2009年4月9日的深夜，8个月的安迪和妈妈一起从白云机场乘汉莎航空直飞德国，历时11个小时。

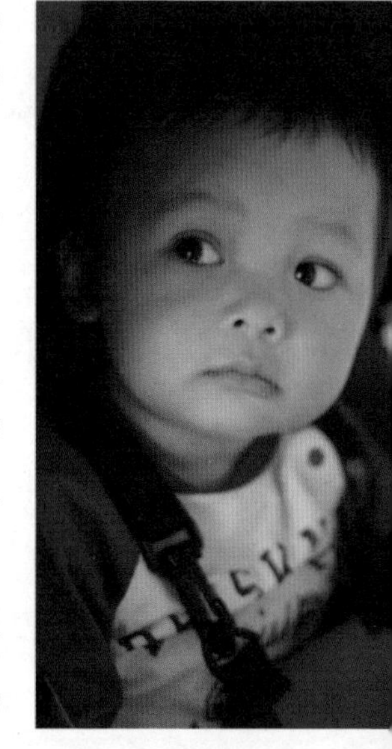

本来国际航线就够累人的，带这么小的孩子，妈妈很担心。还好，和去年回中国时一样，安迪大部分时间都在睡觉。

到了德国，第一周，妈妈带安迪。还好，一切如故。

第二周，妈妈有事情要做，实在没办法，就把安迪送到一个德国保姆，叫“白天的妈妈”那里。她同时带一个德国小姑娘，叫玛利亚，只有6个月大。这下子，看出来安迪的问题了。

第一天，他在保姆家里待了3个小时。妈妈去接的时候，听保姆说妈妈走了后，他跟玛利亚还可以，好像两个人有些交流。玛利亚只会躺着，安迪就趴着和她说说话，或者坐在她旁边玩。可后来两个宝宝都玩累了，要睡觉了。玛利亚安静地躺了几分钟就睡着了，安迪开始找妈妈，发现找不到妈妈，就开始哭。

保姆抱他，他哭得更凶，根本不让碰，一直哭了一个小时。用保姆的话说，那叫尖叫。保姆说开始还试图找点东西分散他的注意力，可是没有成功，他干脆闭着眼睛哭。玛利亚有时候觉得很吵，就睁开眼睛看看，又睡了。后来安迪实在太累了才睡着，睡得还挺好，有一个小时，起来喝了水、喝了奶。妈妈听着都心疼死了。保姆安慰我说，第一天一切对他都是新的，新的环境和人，所以他比较闹，下次应该会好点。

第二次再去保姆家，安迪似乎情绪好了点。妈妈离开时也没有问题，但是玩累了要睡觉时，同样的哭喊又出现了。他声嘶力竭，最后是累得实在没力气了才睡着。期间，他让保姆抱了，但还是继续大哭。我们在家里，是抱了还得来回走动。保姆试了几次，最后还是把他放在床上，让他自己哭累了睡的。妈妈去接的时候，保姆问了："你每天怎么让孩子睡觉的？他似乎还没学会自己安静地入睡。"一方面大人带起来累，其实小朋友自己更累。她建议我要帮助安迪养成良好的睡眠习惯。

听了她的话，我觉得很有道理。晚上就试试吧！可是，每次当我听到安迪无助的哭声，甚至在这个时候，他的哭声中第一个字变成了"妈"……我就觉得他是在指责我这个当妈的心太狠，于是再也忍不住把他抱起来，把自己的奶头放到他的嘴里。于是8个月大的宝宝，就把脆弱的妈妈打败了！我甚至想，先这么着吧，等他大一点再说！这时候，我们要去看儿科医生，是例行的身体发育情况检查。儿科医生的一番话把我镇住了。

整个检查完成后，医生告诉我，安迪一切都好，很健康强壮。接着问我关于孩子，还有什么问题。我把孩子睡觉的事情讲了一下，她听后笑了，说："其实好的睡眠习惯，会影响孩子的一生。他将来的睡眠质量会得到质的提升。小宝宝临睡前闹很正常，因为孩子喜欢有人抱着、哄着，他害怕孤独。而且小婴儿都是非常聪明的，绝对不是我们想象的什么都不懂。他知道怎样达到自己的目的。年轻妈妈们没经验，很容易被孩子的表象迷惑。但是，孩子只要超过6个月，都可以学会自己安静地入睡。这样，即使半夜醒来，他也能很快调整自己接着入睡，第二天精神会特别好。

"习惯越晚培养，难度越大。如果一直让他依赖其他条件入睡，比如，让人抱，吃奶，坐汽车（很多外国人的孩子不睡时，就开车出去兜一圈，小孩就睡了）。表面看来，好像家长辛苦一点，牺牲了家长的时间、精力，实际上牺牲的是孩子的睡眠。一旦这些条件不能满足，就会给他带来睡眠问题，而且这些条件的变化是迟早的事，他不可能永远被抱着，有奶吃，有汽车坐！长大后他还会遇到各种各样睡眠上的问题，那个时候他再去适应改变，就要花非常大的代价。你是妈妈，我知道你当然听不得孩子哭得那么

惨。如果你觉得自己辛苦一点没有问题，OK，不要改变好了。但是，如果你真正想为他好，你应该清楚自己该怎么办。”

那一刻，我觉得她说到了问题的本质。我一直以为我要改变，是因为自己想要逃避，是希望孩子乖乖睡觉好让自己轻松一些。所以我总在不断自责，总在孩子的哭声中节节败退。现在我明白了，怎样才真正应该自责。

安迪已经8个多月了，一直都是睡在大床上——我的身边。小床形同虚设，只是用来放放东西。半夜里他会因为肚子饿吃奶，只要妈妈在身边就会睡得比较踏实。中途醒来就拍一拍，或者到点就给他喝奶，完了能继续睡。就是睡前那一阵子，能哭得山崩地裂，有时是搂着他睡，有时是拍着他睡，有时听他哭声惨烈，受不了了就把奶头塞他嘴里，不用两分钟就能睡着。

我也知道这样不好，可是也不知道怎么办。之前试过好多次，想让他自己慢慢养成安静入睡的习惯，但都失败了。儿科医生说了：“适合你孩子的方法就是最好的方法，你不妨多翻翻书、上上网、请教些妈妈，慢慢摸索，会成功的。”

我先给大家介绍一下大概的做法，希望能给有需要的父母一个参考。

6个月大的小孩都可以自己入睡，入睡前要确定他吃饱了，睡前至少半个小时不要再给他吃的。

检查尿片是否刚刚新换，换位置想想，如果你躺在潮乎乎的地方也会非常不舒服！

给孩子创造一个习惯的睡前环境：比如，唱首歌给宝宝听，或给他换一件舒服的睡袍，或者放一首舒伯特的钢琴曲，然后亲亲宝宝，跟宝宝说晚安。

把灯光调暗，但不是全黑，孩子害怕太黑的环境。

每天在固定的时间让他入睡。

记得把床上所有的玩具都收走。

最后，这一点很重要，也非常简单：家长一定要有耐心和毅力，就是说你听见宝宝哭时要挺住，不能马上过去抱他、喂他，用他已经习惯的方法哄他入睡。

具体的操作方法：

（1）根据你多日的观察，找一个宝宝最喜欢的东西，比如一个毛绒玩具、一个小毛巾或者一个木质小鸭子，等等。只是一个！把这个东西和宝宝一起放在他的小床上，不要放其他任何玩具。

（2）营造睡前环境，我是放舒伯特的光碟。

（3）跟宝宝说："到时间睡觉了，睡觉是一件多么美妙的事情。闭上眼睛，慢慢睡去，不要哭。"然后亲亲宝宝，还要亲亲他最爱的那个宝贝。时间大概一分钟，最长不要超过两分钟。

（4）调暗灯光，出去，关门，让他自己在屋里睡。不管他用多么可怕的声音来哭，都不能屈服啊！我第一天没顶住，失败了。在安迪痛哭一个小时后，把他抱了起来，我实在听得受不了了，就想可能玩一玩等累了再睡就好了。后来看他很累，一直在打哈欠，就把他又一次放在床上，结果又哭了一个小时！是我害了他。后来只好重新来过。

（5）每隔一定的时间，就开门去看看宝宝，用温柔的语调跟他说说话，安慰他，陪陪他，让宝宝可以看见你。我一进去安迪就会安静下来，可当我一离开，他会更加剧烈地哭！但是千万不要抱，让他自己躺着睡！头几次我进去时，发现安迪趴在床上哭。我把他轻轻地翻过来，让他仰睡在床上。这个可以根据自己孩子的睡眠习惯，头三天我觉得很可怕，自己都快崩溃了！我姐姐帮我做了这件事，哪位妈妈受不了的话，可交给老公或什么坚强的人帮忙。从第四天开始是我自己动手了。我详细记录了安迪从第

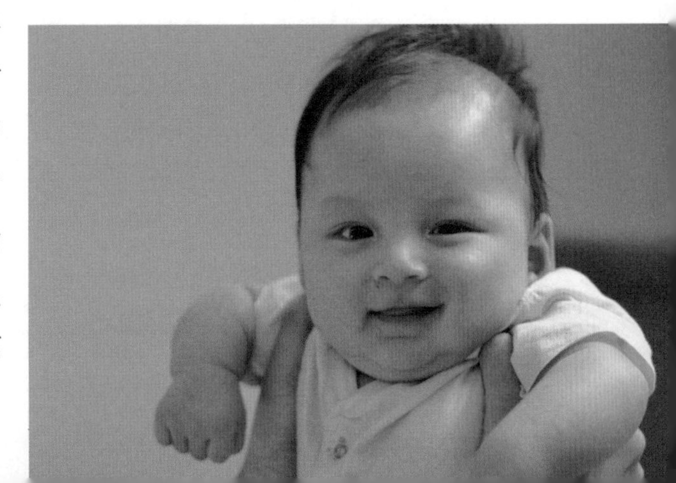

一次关门到最后睡着的时间：第一天90分钟，第二天72分钟，第三天58分钟，第四天32分钟，第五天30分钟，第六天18分钟，第七天12分钟，第八天6分钟，第九天5分钟。后来基本都是五六分钟的样子，要哭几声，但弱弱地，估计是意思一下他要睡觉了。

这一步非常关键，书上说，很多妈妈以为，把宝宝放在那里，然后狠下心，让他一直哭，哭累了自然就睡着了，其实这种做法是不对的。因为宝宝觉得被抛弃，觉得不被爱，就非常恐惧，没有安全感。最后当然也会睡着，但是在非常无奈、沮丧的情况下睡着的。第二天，又到睡觉时，他会觉得又一次被抛弃了，所以会抗拒睡觉，会哭得更加厉害！

安迪哭得厉害时还会吐，我们看到也吓得不轻。不过书上说，不用紧张，这是一种生理上的反应，不用理睬他，第二天洗干净就行了。如果你因为害怕把他抱起来，以后反而会让宝宝养成一个坏习惯。他达不到目的就哭，然后就吐！我的大儿子安东就是这样，他大哭，然后就会吐，以前不明就理，原来是给我们惯坏了。

关于间隔多长时间进去看宝宝一次，非常关键！要严格按照下面的时间计划：

	第一次	第二次	第三次	第四次
第一天	3分钟	5分钟	7分钟	7分钟
第二天	5分钟	7分钟	9分钟	9分钟
第三天	7分钟	9分钟	10分钟	10分钟
第四天	10分钟	10分钟	10分钟	10分钟

时间不能间隔太长，否则会失去宝宝对你的信任！

是不是非常的简单？赶快开始吧！一般一个星期就可以让宝宝养成自己睡觉的习惯了。/（claudia0216）

宝宝睡觉哭醒怎么办

【妈妈经验谈】

宝宝从出生到1岁，睡觉哭醒的原因

我家大萌从小白天不是很爱哭，但夜里很容易哭。不过每次我只要找到宝宝哭的原因，宝宝就能继续安静地睡觉了。我总结了一下原因，与大家分享一下：

1．0~6个月

这几个月宝宝睡眠时间最长，一般情况下宝宝哭有以下几种原因：

（1）先查看是否该换尿布了。

（2）如果换完尿布宝宝还哭，那就一定是饿了。

（3）如果以上两种原因排查了，放下宝宝还哭，看看给宝宝盖的被子是否合适。

宝宝冷：如果宝宝两只小手冰凉，攥得紧紧的，直打挺，赶快给宝宝裹上厚薄合适的被子，看看宝宝是否安静了些。

宝宝热：摸摸宝宝的脑门、大腿、后背等爱出汗的地方。我家宝宝是后脑勺爱出汗，看看是否有明显的潮湿感。

（4）提醒一下大家，如果给宝宝床上铺了隔尿垫，一定不要让宝宝全身都躺在隔尿垫上。隔尿垫不透气，容易给焐出红疹。我家宝宝开始后背总有红疹，换了铺隔尿垫的方法后就没了。

铺隔尿垫的方法：尽量将隔尿垫铺到宝宝腰部以下就可以了。还有隔尿垫最好铺到床单下面，这样垫子不容易跑。

（5）如果以上几种原因都排查了，宝宝还哭，那可能是腹绞痛或其他不常见的原因了。

2. 6~12个月

随着宝宝月龄的增大，夜间睡眠时间间隔长了。

一般情况下我家宝宝晚上7点睡觉，前半夜隔一两个小时就醒。先给宝宝把尿，再喂奶，宝宝就能踏踏实实地睡了，还有其他一些原因：

（1）宝宝被突然的声音惊醒了。宝宝如果睡得很香甜，突然就哭起来，赶快拍拍宝宝或抱抱宝宝。如果宝宝能很快进入梦乡，多数是因为被吵醒了。

（2）宝宝想喝水。如果宝宝不能按上述方法哄睡，给宝宝喝点水。

（3）有时宝宝夜间醒来不让把尿，可以试试先给宝宝喝点水，然后看看宝宝能不能让安静地把尿。

（4）有时宝宝尿床了，自然睡得就不踏实了。赶快给宝宝换到干净的地方，就能继续安稳地睡觉了。

（5）宝宝有其他疾病时也容易哭醒。妈妈要辛苦了，多安慰安慰宝宝。

其实总结了这么多，我相信大多数细心的妈妈都能很快找到宝宝哭闹的原因。可是在小宝宝急切的哭声中，很容易让我们变得慌张不知道怎样才好。宝宝需要妈妈的耐心、细心和关心。希望所有的宝宝健康快乐地成长，总有一天妈妈可以和宝宝一起睡个安稳觉，大家一起努力啊！/（Wendyliu1030）

八、夏天护理秘笈：如何让宝宝清凉过夏天

防蚊虫篇

【妈妈经验谈】

夏天了，我的驱蚊经验谈

夏天到了，蚊子是大敌人，总结了一下我给宝宝驱蚊的经验。希望对大家有用。

（1）物理防蚊：蚊帐，对身体最没有危害，但宝宝偶尔会把蚊帐拉开让蚊子钻进去。

（2）中药防蚊：买了20克干薄荷，放在一个小袋子里，挂在宝宝床头。薄荷很便宜，50克0.9元。

（3）防蚊贴片：我在淘宝上买了2MR牌子的贴片 18元24片。每晚在枕头上给宝宝贴两片，效果非常好！就是太贵了。

（4）电蚊香片/液：这是比较传统的方法，我们大人用的雷达，对小孩子身体可能不是很好，所以还是要用婴儿专用的。我选择了润本的电热防蚊液，为什么买液体呢，因为蚊香片要经常换，我想偷懒，据说效果还不错。淘宝买的10元30片，价廉物美。

（5）3A痱子露：这是我表哥介绍的，说他儿子只要有痱子，一涂就好。洗澡时洒几滴在水里，能预防蚊虫叮咬和长痱子。如果已经被叮了，或长痱子了，涂了就好。

（6）电子驱蚊器：这个我没买，因为研究后发现有这么几个缺点：

① 超声波可能大人听了不是很适应，会觉得吵，影响睡眠。

② 里面的电子很不经用，要经常换，不够经济。

③ 效果不是很明显。

我现在的做法是：洗澡时放3A痱子露，晚上给宝宝用蚊帐，床头放干薄荷，如果感觉房间里已经有蚊子了，就点蚊香液，出门给宝宝贴防蚊贴片。希望给宝宝一个安宁清凉的夏天。/（给我你的左手）

【妈妈妙招】

宝宝被蚊子咬后处理的妙招

有两个好点子，教给各位妈妈。注意宝宝金水不要给宝宝用，没有效果不说，会留下痕迹的，长时间都有那个印子在。

（1）取一点盐，用开水泡开，等水凉了，用手指或棉签蘸着给宝宝擦咬的部位。如果是刚咬的，马上擦，一般半小时就可以退下去，多擦两次。如果已经咬了一天之上了，早上擦了，晚上会看见有起色。盐有消炎、消毒的作用，如果伤口已经破了就不要用哦。

（2）用西瓜皮擦，也有消肿的功效，用有汁水的那一面擦宝宝的红肿处。

也有人说可以用花露水、风油精、牙膏之类的，对于宝宝这些最好不要用。花露水都含酒精，风油精里有樟脑，会损害宝宝大脑神经系统的发育。牙膏多数含氟，不管含不含，我觉得这些化学的没有天然的好。当然我也不能保证所有的宝宝用了都会好，因为宝宝也有个体差异，希望能够帮到大家。/（黎齐）

防晒篇

【妈妈鉴定】

出门要用防晒霜吗？用什么防晒霜？

1. 支持派

（1）美国Coppertone

儿子出生到现在，第一次买防晒乳给他用，这是我做妈妈的失职，以至于每年都把儿子晒得黑黑的。为了儿子不被晒得那么黑，我决定买一支防晒乳给宝宝。选了很久，后来选了美国Coppertone的，儿童防晒喷雾SPF30，自己也买了一瓶SPF50。买回来后马上试

用了一下，喷在手上，用手一擦就渗进去了，一点也不油腻。之前用过其他牌子的防晒乳，觉得很油腻，这是我最喜欢这个产品的一点。六一儿童节带儿子去动物园，第一次用这个产品，帮儿子把手脚和小脸蛋都擦啦，就是忘记擦鼻子。结果鼻子晒得脱皮啦，其他地方没事哦。防水性能也不错，洗了*N*次手都还有效果哦。

建议：出门前提前15分钟用，不要对着脸直接喷，要喷在手上然后用手擦，以免喷入眼睛。/（铭燊妈妈）

（2）日本和光堂

我给宝宝用日本和光堂植物配方婴儿防晒霜SPF17（日常用）和婴儿防晒霜SPF30（户外游玩用）。

从半岁起，就给他防晒了。我觉得宝宝的防晒和护肤跟大人一样重要，一款好的防晒品能正确使用，是不会伤害宝宝娇嫩的皮肤的，反而对皮肤有保护作用。防晒霜一直用到现在，效果蛮好，用在宝宝脸上也不会起白屑屑，还保湿。/（坚坚妈）

（3）Missha 儿童防晒霜

挤出来时觉得好稠，还担心不好推，用后觉得比较容易推开，而且不起白屑。主要是我自己的敏感皮肤和宝宝的幼嫩皮肤用后都没有异常，所以觉得可以接受。/（candylkf）

（4）Vichy

给宝宝用防晒品，还是幼儿园老师建议我们要买一支的。在国内，想晒还来不及呢，国外对皮肤防护很看重。开始就随便在玩具店买的Banana boat，用后，天哪，一股好浓的椰子味，用了明显还是晒黑了，还搓出了白条。马上考虑换，本想买Coppertone，但老公强烈反对。我一气之下，买了Vichy的SPF35，加了税大概35美元，看到老公呆了的样子，爽。

不过说实在的，很好用，清爽，用了一天都没有味道。通常防晒品，包括大人用久了都会有很重的胶味，不知道大家有没有同感。说明书写通过了皮肤测试，不会敏感，我儿子皮肤有点敏感，用后没有异常，还防水。我儿子在幼儿园，老师经常会带他们到户外玩，包括游泳。我很满意，连带买了一支大人用的SPF30。/（sivag）

2. 反对派

不怕大家拍我，我认为宝宝没必要防晒，小时候个个都晒到黑鬼甘的样子，大了就会越来越靓的，根本不需要多此一举！纯属个人意见！

无论那个产品多天然，都一定有化学成分。我朋友在化工店做过就知道，我也听曾在知名化妆品公司做过的朋友说，任何化妆品、洗护用品都是化学品勾兑出来的，只有浓稀度和品牌、香味等差别，其实本质的东西完全一样。而且宝宝皮肤那么幼嫩，那么小就被化学品残害，真的看不下去了。

老实说，女士化妆本身也是对皮肤的损害。我本人一直受家人影响，从来不化妆，最多是擦点爆策灵。呵呵，现在就多了点洗面奶之类的。尽量少用，能不用最好不用吧。/（luoyane）

个人感觉不需要给宝宝擦太多的化学品，紫外线不是擦所谓的防晒品就能挡住的。还是天然的最好，小宝宝多晒点太阳能帮助钙吸收。/（tingting3646）

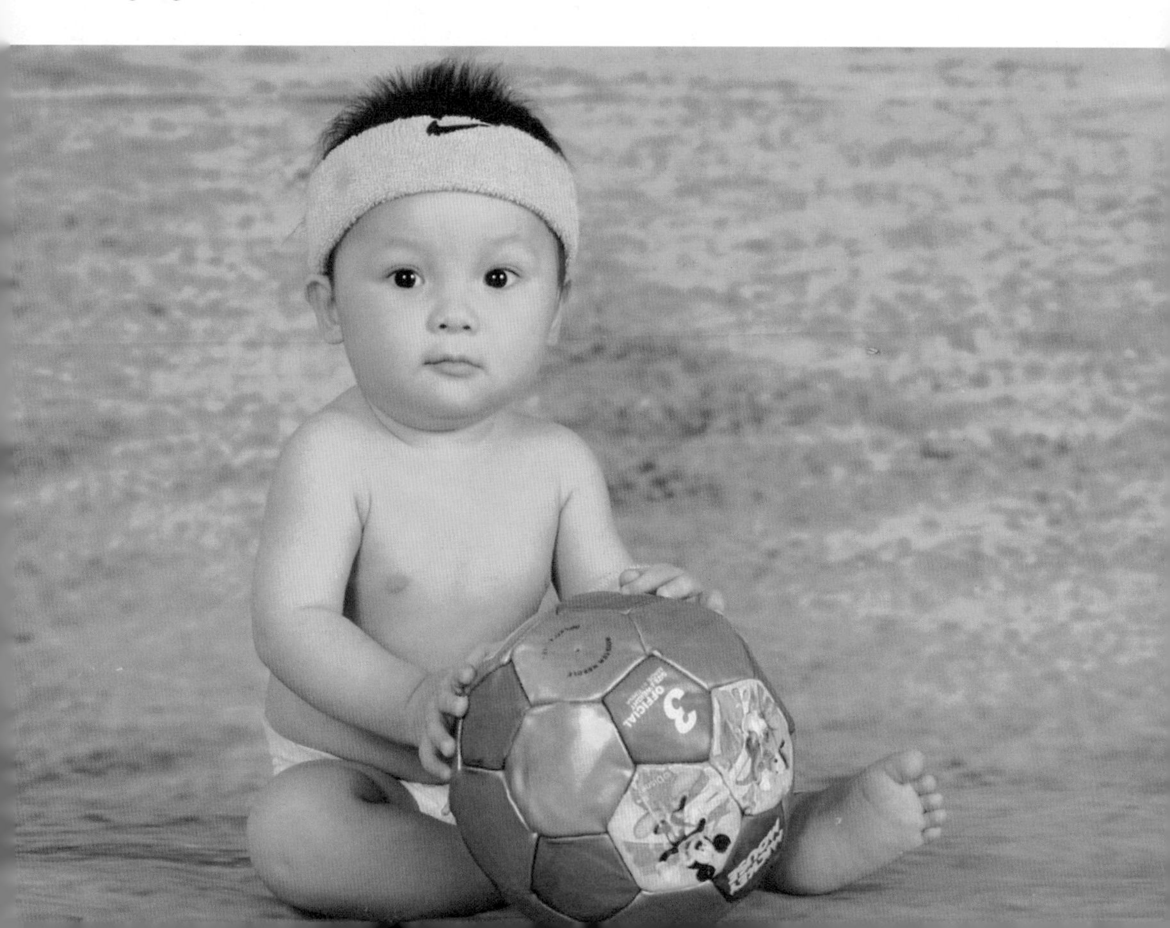

防治热痱篇

【七嘴八舌】

防治热痱经验大分享

1. 金银花

用金银花煮水洗澡，也可以煮水喝，只是儿子不太喜欢喝，感觉效果蛮好，去年夏天没怎么长痱子。/（小猪爱我）

前几天发现宝宝的脖子长了痱子，我把金银花用开水泡开，然后倒入宝宝的洗澡水中给他洗澡，洗完后在长痱子的地方涂了痱子粉，连洗了两天就好了。你也试试吧，这个办法真的挺不错。/（xwy0925）

2. 花露水

用一条柔软的毛巾打湿，滴上几滴花露水，用保鲜袋装好放在冰箱里2~3小时，再放在长痱子的地方捂5分钟左右。我们都是睡觉前给宝宝擦一下，第二天就退了。不过白天痱子又会长出来，晚上再捂。/（晗晖妈妈）

3. 生姜汁

去年皓皓头上生痱子，我用生姜片效果不错，身上长了就在洗澡水里加几滴生姜汁。/（皓妈）

4. 西瓜皮

吃完西瓜用西瓜皮给宝宝擦身，居然就没再长痱子。/（杨晨依依妈妈）

5. 生黄瓜

用生黄瓜汁或黄瓜片分别涂抹于患处，2~3次即可痊愈。/（Nene妈妈）

6. 饮蛇汤

为了预防和防治宝宝出痱子，给宝宝煮蛇汤喝，百分之百见效。/（375796727）

7. 十滴水

有个土方法不错，不知道妈妈们愿不愿意用，就是用药店出售的十滴水加入洗澡水中，再擦到痱子上，我以前用过感觉还可以。/（lovelyzhuer2008）

睡觉篇

【妈妈妙招】

夏天如何照顾宝宝睡觉

夏天到了，天气热了，宝宝们都爱踢被子，妈妈们更是烦恼不已。

说说我家的，我偶尔发现的方法，觉得挺管用，妈妈放心，宝宝睡得舒心。

1. 盖毛巾

就是买一条厚度和长度都合适的毛巾，我家宝宝用的是34cm×74cm的。宝宝睡觉时围在腋下到膝盖处，这样可以保护好肚子，醒时我多半也会给她盖，她习惯了也不会去掀。长毛巾和盖被的区别在于：

（1）更合身，宝宝侧睡时两边还可以包裹上。不管她怎么翻身，总是有一圈毛巾包着她的要害部位，而且不长，所以宝宝怎么蹬也蹬不着。

（2）毛巾的厚度可调。多买几条厚的、薄的，很便宜，以后还可以当毛巾用。

（3）比较舒服牢固。毛巾吸汗、透气、摩擦系数比较大，宝宝能一晚上都被裹住。

（4）这只是最基本的防护，要配合宝宝的睡服使用。夏天微凉可以穿长衣长裤，宝宝睡熟后可以盖点别的。如果天比较热，穿背心裤衩，再裹毛巾就很好了，但要考虑晚上房间的温度。

2. 床边放装有水的小奶瓶

天热了，宝宝容易口渴，妈妈们可在床边放个装有水的小奶瓶，宝宝晚上醒了或翻身时、哭喊时，喝两口水润润喉咙，大多会心满意足地接着睡。

3. 不用枕头

我家宝宝睡觉不爱枕枕头，也枕不住枕头。为了让宝宝舒服，不给宝宝设障碍物(枕头)。我垫高了宝宝褥子下面头的位置，貌似枕头却无枕头。这样，她翻身很方便，枕头够大，就算她在床上随意旋转，这个“枕头”也不算障碍物。/（阳妈来了）

夏天如何保护宝宝的小屁屁

【七嘴八舌】

1. 宝宝年龄：2个月20天

夏用纸尿片推荐：我没用尿片，晚上用尿布。

夏天宝宝护屁屁方法：用护臀膏。

宝宝把尿方法：宝宝要尿时会哭一下，我是15分钟至20分钟把一次。

其他建议：天气热最好不要穿尿片。/（junnylxp）

2. 宝宝年龄：3个月

夏用纸尿片推荐：用的是花王，薄、柔软，就是价格贵点，但只是晚上用，量不大。

夏天宝宝护屁屁方法：白天用布尿布，注意把尿，晚上为了让宝宝睡得好用纸尿布。

宝宝把尿方法：其实宝宝要尿尿、拉臭臭都会“哼哼”。我家宝宝现在臭臭基本能把到，大部分尿尿也都可以，实在不行就换裤子了。

其他建议：出现红屁屁，用点护臀霜还是有效果的。/（ellehuo）

3. 宝宝年龄：4个月

夏用纸尿片推荐：白天未便便前用紫帮，拉便便后就换纱尿布，晚上用紫帮一觉到天亮。

夏天宝宝护屁屁方法：每次便便后用湿巾擦掉，再用茶叶水清洗，用固定的毛巾洗。

宝宝把尿方法：没把过。

其他建议：用过护臀膏发现太腻了，用茶叶水超好用。之前用绿帮有一点尿布疹，用绿茶泡水给他洗，一日二次，第二天就平复不再红了，再多用一日就全好了。/（ddkeren）

4. 宝宝年龄：5个月

夏用纸尿片推荐：白天不用，晚上用，用妈宝，一片用到天亮。

夏天宝宝护屁屁方法：臭臭后用湿巾擦净，再用水洗一下。

宝宝把尿方法：多观察，一般都有规律的。比如，喝了奶和水后会尿尿较多，一般每隔半小时把一次。

其他建议：保持小屁屁干爽，白天最好不用纸尿裤，坚持把尿，没把到尿湿了干脆换裤子。/（ellazhangok）

5. 宝宝年龄：6个月

夏用纸尿片推荐：黄帮、妈宝。只在晚上睡觉才用，宝宝晚上尿很少，早上起来一般尿片都是干的。醒来后就赶紧把尿。

夏天宝宝护屁屁方法：如果宝宝能习惯，3个月后慢慢给他把尿，我家的5个月就可以把到了。如果宝宝不愿意也不要勉强，每个宝宝个性都不一样。勤把尿勤换片片，尽量保持屁屁干爽。

宝宝把尿方法：慢慢培养。一般来说，每个宝宝要尿尿了，要拉便便了，都会有表情。我家的就“哼哼”着唱歌，或吃着奶突然就推开了，不肯再喝。

其他建议：尽量养成把尿的习惯，如果能把到，夏天了最好不用布尿片，湿了就换裤子。/（梦走过的地方）

6. 宝宝年龄：7个月

夏用纸尿片推荐：花王、港版好奇，透气也柔软。

夏天宝宝护屁屁方法：无论什么时候，不要长时间不换尿布。宝宝大便了，马上用温水洗净，阴干（不是擦）。换片要用湿巾轻轻擦一下，舒服好多。当然，可以把尿就要把。

宝宝把尿方法：勤力加坚持。

其他建议：屁屁红了可以用一下护臀霜，我用的是新安怡，很不错，价格也不贵。/（老鼠囡囡）

7. 宝宝年龄：8个月

夏用纸尿片推荐：白天不用纸尿裤，晚上才用，用绿帮宝适。

夏天宝宝护屁屁方法：经常用清水洗屁屁。

宝宝把尿方法：宝宝要尿尿有一种表情的，只要你留意他的表情就可以啦。

其他建议：夏天的白天最好不要用纸尿裤，特别是男孩子，会影响睾丸发育。/（维雨妈）

8. 宝宝年龄：9个月

夏用纸尿片推荐：白天不用纸尿裤，晚上才用，用绿帮宝适。

夏天宝宝护屁屁方法：经常用清水帮他洗屁屁。

宝宝把尿方法：每天早上起床就把屎把尿，我家宝宝基本上习惯了早上大便。之后注意把尿的时间，如果是刚吃完饭，半小时就要把一次了，如果不是，可以一个小时把一次。

其他建议：白天最好不用纸尿裤，穿短裤，湿了就洗一下，早晚都帮他洗屁屁。/（jennylee）

9. 宝宝年龄：10个月

夏用纸尿片推荐：原装花王，感觉不错，就是贵了点。试过帮宝适、好奇，发觉都会红屁屁，帮宝适经常会出现吸水珠外漏的现象，还是买最好最贵的那款。

夏天宝宝护屁屁方法：早上醒来后就只穿薄的全棉裤子，睡觉、外出才用纸尿片。拉臭臭后一定要用清水洗屁屁，一旦晚了马上就会红。

宝宝把尿方法：3个月后开始一睡醒就把，固定每天的几个时候，有尿没尿有屎没屎都把一下，让宝宝知道“把”的大概用意，呵呵。

其他建议：屁屁一定要保持干爽！我家的基本上每次尿尿和便便后，都会用爽身粉，日本原装的。/（NA78）

10. 宝宝年龄：11个月

夏用纸尿片推荐：因为开始学走路了，白天不用纸尿片，晚上用好奇。用过妈宝、好奇、帮宝适，发觉还是好奇最好。

夏天宝宝护屁屁方法：每次小便后用水清洗，不用湿巾，用固定的毛巾洗，如有臭臭，才用湿巾。

宝宝把尿方法：每隔一小时把一次尿。

其他建议：只要坚持，就会发现很快能培养宝宝的好习惯。/（moneya屁屁le）

11. 宝宝年龄：1岁

夏用纸尿片推荐：中午和晚上睡觉时才用，其余时间把尿。女儿一用帮宝适屁屁就红，所以一直都是用日本原装的花王和大王，比较清爽、柔软、透气。不过价格有点高，但一天只用三四片还可以承受。

夏天宝宝护屁屁方法：如果屁屁没什么特别的问题，就什么都不涂，如果偶尔发红就用一下护臀膏。我用过的牌子有日本产科医院的Madonna婴儿护臀膏和日本本土贝亲的婴儿护臀膏。

宝宝把尿方法：一般都有规律，我的宝宝大约是喝完水后20分钟尿一次，其余时间稍微间隔长一点。

其他建议：还有一个土办法治红屁屁，就是用隔夜的茶水洗屁屁，效果也很不错。/（鲍果屋）

12. 宝宝年龄：1岁1个月

夏用纸尿片推荐：紫帮、好奇、妈宝。

夏天宝宝护屁屁方法：几个牌子换着用，不开空调时用好一点的。

宝宝把尿方法：不把尿，顺其自然。

其他建议：从出生开始至1岁，几乎24小时纸尿裤，未出现过红屁屁。我的建议是几个牌子换着用，夏天热的时候可以多用好的。如果估计很短时间会大便或白天换得频，可以间隔用妈宝或绿帮降低一下成本。主要还是用紫帮和好奇，晚上睡觉更要用好的。其实浪费也不过只这一年，宝宝有好的睡眠，长得结实、少生病比什么都经济。

俺家宝宝习惯于早上5点钟拉屎，所以没纸尿裤不敢想。加上一直母乳，消化很好，尿也多，用纸尿裤俺也能好好休息，多多产奶。宝宝1岁后，白天有精力我就给他穿密裆裤，尿了就换，拉了大便干脆扔掉。用的是10元钱四五条的那种纯棉的地摊货，可能批发更便宜。

睡觉时还是穿纸尿裤。感觉大了还是学习裤好用。宝宝好动，纸尿裤不好穿了。

期待着宝宝会自己表达尿尿的那一天。/（yinguangping）

13. 宝宝年龄：1岁2个月

夏用纸尿片推荐：妈宝，透气导湿好。女宝宝一定要穿裤子，如果不用片，不能像男宝宝那样穿开裆裤或不穿。白天一般不用片，尿湿了就换裤子。外出女宝宝可以穿裙子，长点没关系，里面可以只穿尿片。

夏天宝宝护屁屁方法：每次换尿片或尿湿换裤子，都用六一散涂屁屁，或者用茶叶水洗一下。

宝宝把尿方法：自己把握时间，留意宝宝的表情动作。留心一下肯定会注意到的，有时候喝水多把握不准也没办法，换裤子就是了。

其他建议：六一散可以作为爽身粉用，比爽身粉好多了，可以入口服用的。而且爽身粉加上带芦荟成分的尿片就会有红屁屁了。夏天不防为女宝宝多准备些短裤，尿湿就换，晚上才用片片。/（肥鼠鼠）

14. 宝宝年龄：1岁6个月

夏用纸尿片推荐：妈咪宝贝。

夏天宝宝护屁屁方法：白天把尿，比较凉爽的晚上才穿纸尿裤，半夜起来换一片！如果是周末，晚上用棉尿布，自己时刻保持警觉状态，摸到尿湿了就马上换尿布。

宝宝把尿方法：小时候大概半小时把一次，大了她会示意要尿尿的！

其他建议：有尿布疹了，用绿茶水洗屁屁，两次就见效！/（genie071126）

九、冬天护理秘笈：如何让宝宝温暖过冬天

宝宝过冬季的四大法宝

【妈妈经验谈】

现在天气越来越冷了，也越来越干燥，如何让宝宝度过一个舒适的冬季呢？我有些小经验和大家分享。

1．营养均衡的饮食

冬季一定要为孩子准备营养丰富、搭配合理的饮食。我家宝贝快7个月了，随着天气慢慢变冷，外婆开始给宝宝准备一些营养丰富的辅食：每天给孩子两顿粥或烂面条外，还会喂一些豆制品、蒸蛋及鱼泥、肝泥等。

2．多喝水

冬季，宝宝的小嘴唇特别容易变干，甚至脱皮，与其他肌肤相比，唇部没有汗腺及油脂分泌，宝宝又喜欢舔嘴唇，不仅不能湿润口唇，反而会加速唇部的水分蒸发，使双唇更加干涩。多喝温开水，是让宝宝嘴唇保持湿润最有效的方法。

3. 选用合适的护肤品

儿童的皮肤含水较高，特别是1周岁以下的儿童，冬季若不适当护理，皮肤易失水、干燥、起皱、脱屑、发红，特别是脸和小手背。为了给宝宝买到合适的护肤品，我买了强生、郁美净、安安这三个口碑较好的品牌给宝宝试用。最后觉得郁美净虽然便宜，不过最适合我家宝宝的皮肤。现在就一直用郁美净宝宝霜，没再换其他牌子的护肤品了。

4. 选择干爽舒适的纸尿裤

宝宝刚出生时是夏天，所以宝宝外婆一直给宝宝用棉质的尿布，没用过纸尿裤。现在天气越来越冷了，晚上起来把尿或换尿布容易让大人和宝宝都着凉。所以从这个月开始，我们准备白天给宝宝用尿布，中午和晚上睡觉给宝宝用纸尿裤。

前几天宝宝姨妈来看宝宝，就给宝宝带了两包帮宝适的纸尿裤过来。以前就听别人说过，帮宝适的绿帮超薄而且干爽，宝宝穿起来比较舒服。不过那时候我们家宝宝没用纸尿裤所以没在意。这几天我们给宝宝试用了几片绿帮，感觉还挺不错。一般一晚上用一个绿帮，不用再换，宝宝睡得很香甜，我们也睡得安心。/（hanyy）

6种防宝宝脸爆擦的方法

【妈妈分享】

最近干燥，给宝宝抹东西，结果脸上越来越红。家人说可能宝宝对我给他用的护肤品过敏，吓得我不敢给宝宝用。结果上网一查，原来很多宝宝都是这样，现在把收集的方法摘抄如下：

1. 药疗

金银花15克、苦参15克、薄荷15克、百部15克。

到药房去买都会有，可能百部会比较少，一剂大概2块钱，将4种药材放5碗水一起煮，煮成2碗水放凉后，用毛巾或棉纱蘸药水敷在宝宝脸上，反复动作约15～30分钟！没耐心的宝宝可在其睡熟后，用棉花敷在他脸上，然后在棉花上滴药水。敷完后，再用“红霉素眼膏”抹上薄薄的一层！眼膏在这样的天气一定会

比较硬，所以在抹之前，把眼膏先放在热水里泡软，或放在台灯上烘软。OK，就这样，一整个冬天，宝宝的脸蛋一定不会难受！好了，希望妈妈要有耐心哦，为了宝宝坚持3天！

平时宝宝的脸蛋也要好好保养，可以擦甘油，药房有卖，一块钱一瓶！

2. 复方蛇脂软膏

去儿童医院看宝宝皮肤爆擦，医生开的药是复方蛇脂软膏和艾洛松软膏，药店都可以买到。两种需要混一起再抹擦，一天只抹一遍，后者含激素，医生说必须用激素才好得快。特别叮嘱给宝宝抹一点就好，别抹厚了。另外，还有一瓶除湿止痒洗液，兑10倍的水给宝宝洗患处。

第二天我就不想给她用艾洛松了，激素类的药还是有副作用的。宝宝才6个月，皮肤很嫩。复方蛇脂软膏是中药配方，不含激素，可以再用两次。等宝宝脸正常了准备用郁美净，大家都说1.5元一袋粉红包装的最好，应该试一试。我打算买这种面霜和宝宝一起用，据说与宝宝用同一品牌，即便常亲亲也不会刺激她的脸。如果宝宝皮肤已经爆擦了，普通润肤霜是没用的，试一下我说的两种药吧。

3. 宝宝脸上发红脱皮，可试试维生素B6软膏

前几天宝宝脸上发红、脱皮、很干，一个医生朋友推荐我去买维生素B6软膏。晚上睡觉时给宝宝抹了，第二天脸就不红了，小脸很滋润。这种膏药的主要成分是凡士林和维生素B6，没有激素。/（棒棒爱钱）

详解自制宝宝小手套

【妈妈妙招】

天冷啦，想给宝宝买手套。可是我一跟妈妈讲，妈妈就说："不如我给宝宝做一双吧！"啊？我没听错吧！没想到，妈妈三下两下就搞定了。看看下面的步骤吧，其实很简单：

（1）找一件宝宝小时候的衣服，把袖子和前身的两片分别剪成手套单片的样子，一共四小片。

（2）把两片对整齐，边缘用线缝一圈，防止毛边。

（3）缝好把手套翻过来对折，用线将对折后手套的边缝一圈，再把手套的底边全缝上，这样就好了。

小贴士：

（1）这种方法也适用于做棉手套，只是在中间加上棉花，相信聪明的妈妈们自己也能琢磨出来。

（2）侧面的缝线建议用和布颜色对比大的颜色，这样缝出来才亮眼，才漂亮，最好能用那种细的毛线。

（3）手腕处的长度可以长一点，还可以加一条皮筋，这样既可以不掉又不会有风钻进去。

完毕！有了这个方法以后可以省买手套的银子啦。/（小妮爱宝宝）

十、带宝宝出行

使用婴儿推车或背带出行

【妈妈经验谈】

分享一下我家使用婴儿推车和背带的感受，希望能对大家有帮助。

我买的婴儿手推车是康贝的好舒，背带也是康贝的。两款产品都较贵，好舒2980元，背带790元。妈妈们肯定第一感觉会说："哇，好贵。"先不要着急，贵是有道理的，如果考虑到各方面因素，相信你就不会这样想了。下面我先从小推车说起。

好舒是康贝所有手推车型中最轻的一款，净重只有4.2千克。儿子出生不到1个月，就已经比小车重了。当然，如果单是轻便也不值这个钱，还有另外的考虑。好舒是AB型的车型，宝宝既可以躺也可以坐。靠背的角度从170度到90度随意调节。换句话说，这个小车适于出生1个月到3岁这么长的一段时间。

可能很多妈妈在孩子满6个月后，会选择只能坐立的伞式推车，这种车非常轻便，看上去非常适合6个月以上的孩子。但这种车有一个很大的问题无法避免，就是小孩子如果在推车上睡觉会很不舒服。因为不能躺，小孩子的头耷拉着，脖子歪着，睡得不会很舒服。

如果选择能躺的车型，在小孩子前6个月很适合，但这种车大部分较笨重，携带不方便。通常过了6个月，父母会再买一部轻便的伞车。两部车加起来，估计也不便宜，怎么也要1000块以上吧。我选择好舒就能解决以上两个问题，宝宝可以躺可以坐。即使是能坐起来的宝宝，睡着时还是躺着更舒服。这款车非常轻，可以从1个月用到3岁。用这款小车，我宝宝从两个多月就开始旅游了。跟着我们去了青岛、厦门、昆明、丽江、博鳌，非常方便。

再说说背带。可能有些妈妈认为，花这么多钱买个背带不值，但我感觉非常必要。就像前面提到的，我们经常带宝宝旅游。这个过程中，背带帮了

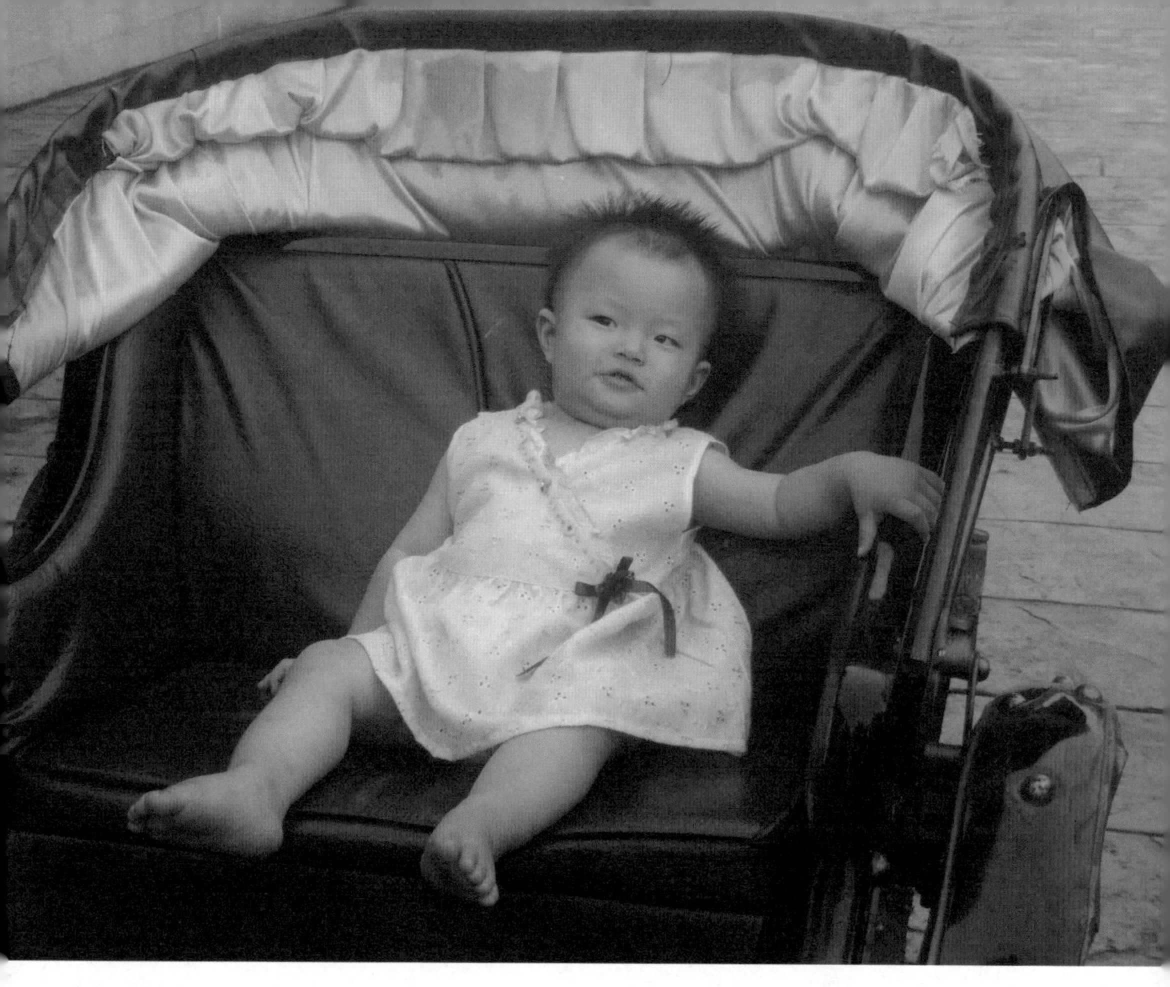

我们太多忙，背带我们选了康贝的SKV-4。这是一款可以从出生起一直用到两岁的背带，非常值！这个背带有一块硬板，是保护刚出生宝宝脊柱的。一位妇幼医生特别嘱咐我们，小孩6个月前不能竖着抱，一定要横着抱。

看到很多年轻妈妈在孩子那么小时就竖着抱或被动坐立，很替他们担心。人的内脏之间都由一层隔膜连接，小孩子在6个月前这层薄膜没发育完全，如果让他竖立或被动坐立，非常容易造成内脏下垂或伤害。在这里我奉劝爸爸妈妈不要过早让宝宝竖起来，更不要认为宝宝提早坐起来是一件好事，那很可能伤害到你的宝宝。

好了，言归正传，继续说背带。SKV-4的硬板就是考虑到这个因素，让宝宝在5～6个月前一直处于横抱的状态。等过了6个月，宝宝的脊柱硬了，把硬板抽掉，然后竖着背。我的宝宝从出生第三天起，我就一直用康贝的背带背他，背着他我起码可以解放出双手。每次坐飞机、出门坐车都非常方便。更重要的是宝宝前3个月时睡眠容易惊醒，我用康贝背带背着他，再攥住他的小手，背带挤挤的，很像在妈妈肚子里的感觉，在背带里睡得很香，而且也不会惊醒。

以上是我使用的感受，妈妈们可以参考一下。/（王大猪）

宝宝坐车出行

【妈妈经验谈】

有宝宝的爸妈一定要看，血的教训

爸爸妈妈坐车时，千万别抱宝宝坐前排，自家车最好买个宝宝专用座椅！

写完这句话，我又哭了。我要是以前看过上面这句话，该多好呀！或许很多人知道这是基本的安全常识，可从我家宝宝出事的那天到今天，我仍看到不少抱着宝宝坐在前面的父母，很替宝宝们担心。所以想写一下我的经历，不想再有家庭承受我们失去宝宝的这种悲痛了！

血的教训：

我家宝宝50天时，那天中午我像往常出门一样，抱着她坐在了副驾座位。可这次出门，她再没能进家门，路上出了车祸。她没有一点皮外伤，却永远地走了！因为坐前排，车祸的撞击力让她娇嫩的头部承受不起！“一次普通的车祸对成年人来说，或许没什么，但对我们亲爱的孩子来说，却是致命的。”这是我在我们现在买的新车说明书里看到的一句话。其实，不单抱着宝宝坐前排是危险的，抱着宝宝坐车都是危险的，宝宝应该坐儿童安全座椅。

希望这个血的教训能给大家敲敲警钟，告诉身边的朋友们，为了自己的宝宝，为了自己家庭的幸福，开车一定要小心，千万别抱着宝宝坐前排。有条件的最好给宝宝配置专用的座位，我在网上查过，价格偏高的，基本上都要一千多。前几天出差我去了义乌商贸城，问了一下价格，好的才三百来块钱，希望这个消息对大家有用。/（zh20050926）

搭乘飞机出行

【妈妈经验谈】

婴儿搭乘飞机备忘录

我宝宝是52天时坐飞机回老家的，3个多月时又坐飞机回来。当时带了宝宝出生证，在机场买一折宝宝票时需出示出生证并填单。因为喂母乳所以没带奶粉，但空姐很好，飞行途中我如果要冲奶粉，就把奶瓶和奶粉一起给她。回去时坐南航的飞机，宝宝车直接带上了飞机。回来时坐川航的飞机，宝宝车不能带上飞机改为托运。飞机起飞和降落时，因宝宝很小，一直处于睡眠中，所以我和我妈一个人将宝宝的耳朵遮住，一个人将宝宝的嘴稍稍张开。现在宝宝的听力很好，一点都没有伤到听力。/（Hehehe）

现在确实不可以带液体和食物上飞机了。我安检时看到有人被检查到，要立即把液体喝掉或倒掉。

我之前听说了，所以没带暖水瓶上飞机，奶粉照带，这个是不能不带的啊，安检时也没有问题。

上飞机后，我就按服务铃跟漂亮的空姐打好招呼。准备起飞前麻烦她给我40℃的温水，乘务员都很热情，还给了我一个小枕头和宝宝用的安全带。起飞前就系好安全带、冲好奶给宝宝喝了。

但意外还是发生了，在飞机向跑道开过去的时候，我就给宝宝喝奶了，谁知道喝完了，飞机还在等候起飞。我的天啊，平时都没喝得那么快，这次可能我故意之前不给他喝，所以他饿了。大家一定要吸取我的教训啊，一定要在飞机开始加速时才给他喝。

还有一个意外是，回程时宝宝在飞机上睡着了，我怎么也弄不醒他，降落时他没有喝奶，害我担心了好几天。这几天我都有意识地测试他的听力有没有问题。还好，没什么问题，连他爸爸的鼻酣都能把睡梦中的他吓醒。

另外宝宝的票价是总价的10%，不需要交附加费和税。

宝宝车的重量要在5千克以下，体积范围都有规定，所以我宝宝的车车就不能带上飞机了。/（Salomi）

十一、意外事故的处理

瓜子塞进鼻孔后

【妈妈经验谈】

2009年4月23日中午。妈妈打电话说，我女儿可能把一颗瓜子塞进鼻孔，弄不出来了，然后是焦急地描述瓜子塞进鼻孔的可能过程。

我想会不会是妈妈搞错了，女儿的鼻孔这么小，能塞一颗瓜子进去？她不算调皮，塞个东西进鼻孔可能会感到不舒服，她自己肯定不会故意这么做的。

不过既然有这件事，还是先上网查一下，看别人碰到这样的事怎么处理的。

不看还好，看着人家分享的信息，心里越来越慌。原来宝宝把小杂物塞进耳朵、鼻孔的案例还挺多的，尤其是1～3岁的宝宝，经常会干这样的事。

网上信息说，发现孩子往鼻子里塞东西，要到医院找耳鼻喉科医生检查治疗，千万不要自己取。取鼻腔异物有时很简单，有时较复杂，弄不好可能损伤血管引起严重的鼻出血，或将异物自鼻腔内推至后鼻孔。这时异物可能掉到喉部或气管内，引起喉异物或气管异物，甚至有引起窒息的危险。

天啊，原来这么严重，心里有点慌慌的。不过想起之前看过的育儿书籍和网上的妈妈经验分享。孩子生病或出意外时，父母一定要冷静，保持思绪清晰，才能找到帮助孩子最合适的方法。

我尽量让自己冷静，继续网上搜索，看有没有什么可用的信息。终于找到一篇文章说医生可能会怎么处理这样的情况，其中四个方法印象比较深刻：

（1）用小钳子，不过我家没有合适的小钳子，再说自己使用不熟练，估计不会用。

（2）大人用嘴对着宝宝的嘴使劲吹气，这样大量的气会从鼻孔喷出，从而把杂物一起喷出。这么恐怖，我可怜的女儿，你的初吻就将这样被妈妈夺走了。我悄悄用手捂着嘴巴和鼻子，呼了一口气。还好，不香，但也不难闻。

（3）让她闻胡椒粉，刺激她打喷嚏，借助喷嚏的力量把杂物喷出。

（4）如果宝宝听得懂大人说话，愿意配合，可以捏住她一个鼻孔，让她使劲喷气，看能否把杂物喷出。这个估计不适合我女儿，她还小，处于选择性听懂的阶段，这么复杂并且不好玩的事，她肯定不会配合我的。

处理方法基本准备妥当，我就请假回家，准备看看是否真的把瓜子塞到鼻孔了。要是真的话，我估计先选用第三个方法，或许尝试一下第二个，还是不行的话就送医院了。路上经过超市，我买了一小包胡椒粉，胡椒粉真能刺激打喷嚏？我将信将疑打开闻了一下，就一下子。嗯，确实挺刺激的，鼻子痒痒，想打喷嚏。

回到家，女儿不在家，于是出门找，她正在荡秋千，远远看见我，她喊着“妈妈”向我飞奔过来，跟平时没什么区别，应该没事吧？我想。抱着她走回家，一路上妈妈又絮絮叨叨地描述那个过程。我说先回去看看，要是真有就去医院。

回到家里，女儿像平时一样，拿出我的手机当游戏机玩，我把她抱到阳台，让她躺在我的腿上，仔细一看，左边鼻孔中间赫然一颗瓜子，深入到只露出一点点。瓜子处于这样的位置，我估计就算女儿不动，随便我怎么折腾，都没信心把瓜子取出来。

我慌了神，想起刚刚看人家分享的信息，尤其是有位妈妈遇到这种情况，及时送宝宝去医院而安然无恙的信息，我想一定要去医院了，同时心里充满了自责，我为什么要买瓜子给女儿玩？真是笨死了！因为女儿喜欢玩沙，小区的沙池挺脏，玩完了手经常痒，所以……

不要慌，不要慌，我使劲让自己冷静，重温我在公司收集的处理方法。又想到瓜子碰到水会变滑。先试一下胡椒粉吧，让她呛到打喷嚏流鼻涕，或许可以出来，一定要直着身子抬着头，要不然会滑得更深。再说去医院，也不知道医生怎么搞，如果要强行摁住她让医生折腾，那也是很痛苦的事。小家伙力气挺大，我都没信心能全程摁住她一动不动。

可能我慌张的情绪感染了女儿，她开始紧张起来，不让我看她的鼻子，不让我靠近她。

我用手抓了一小把胡椒粉，用中指一下塞到她正常的那个鼻孔。可能太呛了，女儿一下子咳了两下，就“哇”地一声哭起来，边哭边企图挣脱我的控制。不能让她仰着头，不能低着头，我当时想，因为她这么一呛一哭，呼气使劲吸气也使劲，我怕躺着或仰着头瓜子会往里滑，于是使劲抱着，摁着她保持直立身体的状态，并让妈妈摁着她的脑袋不准仰头不准低头。小家伙力气真大，就算我们两个大人对付她，她脑袋还是左右移动，企图挣扎脱离我们的控制。就这样她涕泪并流地呛着、哭着，我和妈妈使劲地摁着。我突然看到她胳膊衣袖上粘着一颗有点湿湿的瓜子。

“出来了，是出来了吧？”我激动地喊着，鼻子酸酸的，有点想哭的感觉，不过心里充满了喜悦。妈妈一看说：“应该是的。”同时一把把瓜子捡过来，毫不犹豫地伸出舌尖舔了一下。不好意思，有点恶心，外婆太紧张外孙女了，这个时候她根本顾不了什么了，说：“应该是了，有点咸，鼻涕的味道。”

我检查了一下瓜子，安抚好女儿，把她抱到阳台上再看看，鼻孔里确实没瓜子了，我悬着的心终于放下。

补充说，从塞胡椒粉到她鼻子到瓜子出来，可能是两分钟之内的事情。

/（小巫妈妈）

宝宝吞硬币后

我的宝贝名叫李睿，2004年出生，为了防止意外发生，我从他能听懂时，就开始培养他的安全意识。比如说爬到有尖锐东西的地方桌角、抽屉处要保护好头，不要撞到；不能动热水瓶；窗户不可以爬。当然还有一点我不会忘了告诉小睿，就是玩具不可以放嘴里咬，硬币、小弹珠也不可以。

宝宝一直很懂事，玩具和吃的东西从小就能分开。不该放在嘴里的东西，也从来不会塞嘴里去。所以，每次有长辈看到我宝宝拿小弹珠或硬币玩说我时，我总觉得他们太大惊小怪了。我还一直自信满满地说："与其天天记得把家里的小东西放好，不让宝宝拿到，不如从小教育他这些东西是不能放嘴里的。"直到那一天，2007年的6月9日，那个没有任何特殊迹象的夜晚……

刚给宝宝和自己洗了澡，进房间里开了空调，打开笔记本电脑，上床坐在宝宝边上，准备登录旺旺。宝宝在床上找了个五角的硬币，捏在手上，在玩变魔术的游戏，假装把硬币变成了糖。他还很开心地把手伸到我面前，问我要不要吃糖果。我还回了一句，不要，这个糖不好吃，另外变一个好吃的给我。然后他就很开心地变去了。

意外就在一刹那发生了：他手没握紧硬币。因为他是躺着的，硬币刚好掉进了他正和我说话的小嘴里，条件反射地吞了下去……宝宝自己也吓坏了。从小就知道这个东西是不能吃的，他一翻身坐起来，使劲吞了一下，缓过劲来就想哭了。我马上扔开了电脑，坐在宝宝的面前安慰他。虽然我也紧张得要命，但我知道不能让宝宝知道我紧张，那样他会更害怕。

我提醒自己不要慌张，要冷静，脑子转得很快，在想应该怎么处理。这时老公说，帮宝宝催吐吧，我想都没想就拒绝了。我觉得当妈妈的都有避祸的本能，我当时没有想到，为什么我想都不想的就拒绝给宝宝催吐。发现宝宝没有明显的异样，我才稍稍放心了点。半小时后，我们一家人就已经在医院的急诊室外了……没想到，事情才刚刚开始。也正是因为之后的这一段经历，让我决定一定要把这段经历写出来，让其他碰上这种意外的妈妈有个借鉴。

到医院半小时后，片子出来，没有意想中的在胃部，而是卡在食道的正中间段，不上不下。我看到年轻医生脸色变了一下。我一直在询问医生，可不可以吃点东西把硬币吞下去，或者有没有手段直接把硬币拿出来，但得到的回答很失望，而且一般的医院不会有儿童用的胃镜。

我们留院观察了一个晚上，这个晚上，宝宝一直说，妈妈，我想吃东西。然后我就一直在问医生可不可以给宝宝吃点东西，都没有得到允许，说是孩子的食道很薄，如果卡住的话，吃东西可能会造成食道破裂！无奈之下，我只能一直给宝宝喝开水。第二天早晨6点不到，医生给宝宝做了胸透，说硬币还在老位置，一点都没有动，让我们自己马上选择是转院到杭州儿童医院，还是转去金华的大医院。

我当时心里一沉，难道真有这么严重？医生说，我们这边是没办法了，你们马上转院吧。说实话，那天晚上发现宝宝吞硬币，我只紧张了几分钟，发现宝宝没有异状，我就基本没什么担心的了。因为硬币肯定没有进气道，我觉得食道里危险应该不大。毕竟硬币不是尖锐的东西，应该没什么大伤害。却没想到，医生一直叫我们转去大医院，我心里开始怕了，开始觉得严重了。

于是我马上和老公开车到金华中心医院，我们到金华中心医院时是上午10点了。宝宝从昨晚上到今天上午10点，只喝了点水，什么东西都没吃。我们一进急诊中心（这是我们这边的医院医生说的，到了马上挂急诊号），急诊中心的医生就说，这是要去耳鼻喉科的，马上就给我们转到耳鼻喉科了。

我当时就奇怪，怎么是转到耳鼻喉科？那个急诊医生说，异物吞入就是在耳鼻喉科看的。耳鼻喉科的一个老医师，头发已经半白了，估计快60岁了吧。她一看到我宝宝的片子，就说："你这个孩子马上就要住院，要手术，现在开始就不能进食了。"狂晕，天都塌了，我真的没有想到，一个硬币而已，怎么会要住院动手术呢？于是我又问："请问动的是什么手术，什么样的麻醉？""食道异物取出术，用食道镜，小孩子要全麻。"天啊，要全身麻醉，大家都知道全麻对孩子的影响有多大，而且用的是食道镜。我解释一下食道镜：就是一根硬的铁管，扁的，中间是空的，类似宝剑的那种形状。然后把宝宝全麻了，把食道镜从宝宝的嘴里捅进去，再从中间的地方把异物取出来。因为孩子的食道小，而且和气道挨得近，所以，当食道镜插进去时，很可能会压迫到气道而造成窒息。是一种成人都要谨慎使用的器械！

然后我接着问："那如果现在入院，什么时候可以手术呢？我本来想，如果是门诊手术，做了就可以走，那也会考虑一下做，结果医生回答说："现在入院的话，一般三天左右做手术。"晕呀，我问她："那这三天我孩子就不能吃东西，他不会饿死吗？"这个死庸医，居然说："可以打点滴。"我被这个情况吓呆了，我真没想到一个小硬币而已，怎会弄到宝宝要饿三天，住院，全麻，用食道镜手术！

我和老公呆呆地坐在医生的办公室外，不知如何是好。真是心乱如麻呀，我舍不得宝宝去做这样的手术，去受这样的苦，当时真是恨死自己了，怎么会这么不小心。自以为从小教育得很好，却还是出了这种意外 。然后我就一直告诉自己，冷静，一定要冷静。宝宝一直在说他饿，要吃饭。我考虑了10分钟，就做出了我这辈子最庆幸的决定。

我跟老公说："走，先带儿子去吃饭，炒点韭菜，买点香蕉，先让宝宝吃饱了。吃完了如果硬币还是卡在那里，我们明天就直接上杭州的儿童医院去动手术。至少儿童医院的医疗条件肯定比金华好。"我当时心里想过很多，因为宝宝吞硬币前在洗澡，出了很多汗，洗前、洗后都没吃什么东西，很可能硬币吞下去时就因为食道干才会粘在上面。就像我们就这么吞胶囊时，如果食道太干，胶囊会粘在食道上下不去。然后吞下后我又没给他吃东西，结果到了医院医生又不许他吃东西，后来就一直躺着，可能就是因为这样，硬币可能粘在食道上了。我只能赌一把，带宝宝去吃饭，看看能不能把硬币吞下去。吞不下，就只有上杭州了，我是绝不会在金华的医院用食道镜给宝宝做手术的！

我们一行四人，找了十多个饭店，才找到一家有韭菜的店。宝宝真的饿坏了，吃了四根香蕉，一碗饭！吃完了我们就准备带着宝宝回龙游。准备到了龙游再去医院做一次腹透，再考虑明天去不去杭州。没想到回家的路上，遇到了朋友的舅舅，他是金华人民医院的五官科主任！他看了我宝宝的片子后问我："能不能确定是五角的硬币？"我说："肯定呀，百分百就是五毛的。""那肯定没事，五角的硬币这么小，肯定能下去的。"他说，"你们带他去吃点饭，过几天就拉出来了。"

我心里想，怎么和那个医生说的差这么多，然后就把宝宝的病历给他看，他看了也吓了一跳。他说："千万不要用食道镜呀，上次一个成人异物卡住，用食道镜，不仅没取出来，后来还造成了他食道内的感染，花了30万还没完全控制。"天呀，我听完就觉得好庆幸，还好当时没让那个医生吓住，去住院呀。

然后他就告诉我们，看错科了，不能去耳鼻喉科，要去消化内科或儿科。然后我们又回到医院，挂了消化科，结果消化科说不接收儿童，只好又挂儿科。儿科排了一个多小时的队，轮到宝宝时，医生看了片子，只问了一句话："吞的是多大的硬币？"我说五角的。医生就说："五角的有什么关系呀，弄点东西吃一下，给他吞下去，过几天就拉出来了。如果三天后还没拉出来，再回来看一下好了。"狂晕呀，就这么简单的几句话！同一个医院，楼层只差一层，上午耳鼻喉科在五楼，下午儿科在四楼，作出的结论怎么会差这么多？

我把上午耳鼻喉科的医生记录给儿科医生看，儿科医生也吓一跳，马上问我："有没有办住院？"我说没有，当时考虑了一下，先带孩子去吃饭了，准备吃完还下不去的话，明天直接上杭州。医生马上夸我，说我做的决定太对了。还好没听信那个耳鼻喉科庸医的话。然后儿科的医生摸了摸宝宝的小肚子说，没关系的，这么软软的。她还说，你记住，如果三天没拉下来，而且肚子摸上去硬硬的，那可能是堵在肠里了，那就要来看。才是五角的硬币，肯定会拉出来的，尽管放心回去吧。就这样，一场虚惊！回到龙游是下午6点20分，我们又去医院做了一次腹透，显示已经在小肠里了。做腹透的医生说，不出意外，两天内肯定会拉出来的。直到这时，我才真正松了一口气！

宝宝在第四天才拉出来。事情过去后，我一直在想，如果我们这边医院的医生有点经验，同意我给宝宝吃东西，可能宝宝就不用受那么多苦了，如果自己有点经验，也就不至于这么慌乱，以至于差点让那家医院给宝宝做那种危险的手术，还好自己头脑当时比较清醒。

之所以写这篇东西，就是为了让更多的妈妈看到，万一碰到这种事，可以有个经验参照一下！以下是我在这件事后的总结：

如果宝宝吞了硬币

妈妈一定不能慌张。你的冷静与否，直接关系到宝宝的安全。一定要记住你是宝宝的妈妈，就算是天塌了，你也要帮宝宝把天撑起来！

第一种情况

一旦发现宝宝不小心吞了硬币，马上注意宝宝有没有明显的憋气、呼吸不畅、嘴唇发紫的现象。如果有，那就是最糟糕的一种情况，硬币是进入了气道，卡在气道中。这种情况很危险，宝宝可能随时窒息。这种情况，只要身边有人，应该马上打120。然后抓住宝宝的脚，把宝宝的头朝下倒拎起来，用力拍打宝宝的后胸，一般的硬物进入气道，用这个方法可使异物咳出。

第二种情况

如果宝宝表情无大碍，无痛苦，无呼吸不畅。那么，硬币就是进入了食道。我要特别提醒一点，如果进入食道，绝对不可以给宝宝催吐！因为硬币大，不一定吐得出，而且宝宝毕竟小，吐的时候难受会哭，一哭一吸气反而容易把一些东西吸进气道造成更严重的伤害。所以，这点是绝对禁止的。

然后，要先确定一下，宝宝吞下的是什么币值的硬币。比如，新版的一角和五角硬币相对小一些，出现问题的可能性会少些；一元和老版的一角硬币就相对大一些，更容易出现其他问题。然后马上带宝宝去医院。如果是晚上只能挂急诊，如果是白天，记得一定要挂消化科。有些医院的消化科不接收儿童，那就转挂儿科，千万不要挂耳鼻喉科，这是我的教训，大家一定要吸取。

先拍个片子确定硬币在哪里。如果硬币已经在胃里，而且是比较小的那种五角、一角的硬币，那就可以回家了，让宝宝多吃点韭菜，韭菜全是纤维，可以很好地帮助孩子把硬币排出。多吃些香蕉等润肠的东西，还有粗粮，比如玉米、红薯等，粗粮能增强宝宝的肠胃功能，促进排泄。一般硬币都能在第二或第三天排出，在这几天里，妈妈一定要非常注意宝宝的便便，不要拉出来了也不知道。

如果拍片显示硬币卡在食道里了，先弄点东西给宝宝吃，让硬币下去。在那几天里，一定要多给宝宝吃通肠的东西，要注意宝宝的小肚子会不会胀气，硬硬的。如果有，要马上就医。

第三种情况

如果吞进的硬币较大，或是其他尖的异物，尽快去大医院，用儿童胃镜取出。儿童胃镜是软管，对宝宝伤害很小，门诊就可以操作，不用住院，是最佳的方法。不是成人胃镜哦，成人的胃镜基本每个医院都有，但是给宝宝用太大了，所以要去大医院用儿童胃镜。比如浙江省杭州儿童医院就有儿童胃镜。如果医院告诉你是用食道镜，那就更不用住了，马上走吧！

/（吉祥如意妈妈）

十二、其他常见问题

怎样帮宝宝剪指甲

外婆对带小孩很有心得。我们宝宝出生后就喜欢抓人，特别是要睡觉时，总要用力抓着大人。有时指甲长了，会把人抓出血痕来。给她剪指甲，刚剪的指甲就更锋利了，抓人很疼，还会把她自己抓伤。

外婆看后教我下面的办法，个人觉得很好，和大家分享一下：

剪的时候，只用指甲钳在宝宝的指甲边上剪个小口，然后慢慢地把指甲撕掉，这样指甲既短了，宝宝乱动时不容易剪到她的肉，口子也不快，不会把她自己或大人抓疼抓伤。个人觉得这个办法很好用，特别是对新生儿，一方面指甲柔软，容易撕，另一方面，新生儿自己抓自己都不知道痛，抓出血都不管，特别是什么地方痒的时候。

对了，撕的时候一定要小心注意撕的深度，撕得太靠里就不好了。宝宝指甲都比较软，好撕。如果个别宝宝天生指甲硬，或者宝宝长大了，指甲变硬了，撕的时候小心点，如果不好撕别勉强。/（索伽）

如何给宝宝挖鼻屎

【妈妈妙招】

99%成功——给宝宝安全挖鼻屎的好办法

我家宝宝一直鼻屎很多，而且超级深，对着光亮的地方才能看到，鼻孔里面的鼻屎快要遮住鼻孔了，不然还以为没鼻屎呢。月子里都开始给他挖，参考了好多办法，有些很危险，有些成功率不高，而且都会惹得宝宝发很大脾气。

后来才发现了非常有效又安全的办法。我家宝宝也非常配合（其他办法他会发脾气），而且笑嘻嘻很开心很享受的样子。

1. 需要投资一些工具

（1）棉签。

（2）吸鼻器。大概30元左右，我用的是黄色小鸭的，要有吸管的，宝宝舒服些，也安全，贝亲也有这种款的。

（3）鼻屎专用镊子。大概20元左右，我用的是贝亲的，前面是圆的，不会伤着宝宝。

2. 步骤

（1）先用棉签蘸水在宝宝鼻子转1圈，再蘸水多用几次，多让一些水分进到宝宝的鼻子，湿润那些干的鼻屎。如果本来就不太干，鼻屎很松，这个步骤可以省略。有些宝宝在这个步骤后，打几个喷嚏就可以把鼻屎喷出来。我家宝宝很少这个步骤就能自己喷出鼻屎，遇到没喷出来的，就要接着用后面的办法。

（2）稍等1分钟左右，鼻屎湿润松动了，就用吸鼻器帮宝宝吸，有时候这个步骤也能把鼻屎吸出来。我家宝宝最喜欢这个步骤，因为吸鼻器“嗞嗞”的声音他很喜欢，会很开心让我帮他吸。

（3）即使鼻屎没吸出来，也会有一部分到了鼻孔边上，用镊子一钳就出来了。

试了几次了，每次都成功弄出鼻屎，宝宝还很开心。99%成功，有个条件，即宝宝不排斥吸鼻器。/（fendy69）

宝宝便秘怎么办

【妈妈经验谈】

便秘原因及应对方法

大多数孩子都有便秘的历史，但有些孩子会反复便秘，其实是有原因可循的。如果妈妈稍微留心一些，孩子就会远离便秘。我家宝宝还没满月时，由于我身体不舒服，独自去医院，孩子喝奶粉容量没调对，后来引起便秘。那时候孩子才两个月大，便秘了很长时间才好转。

我分析孩子的便秘，大致有几个原因：

（1）吃奶粉的孩子便秘，说明孩子对奶粉不适应，可以换奶粉，或者给奶粉加伴侣或其他清火的食品。其实奶粉很热气，平时大人喝奶粉多了都会热气，何况婴儿。多给宝宝喝水也很有必要，再者添加一些果汁，可以慢慢调节孩子的肠胃，苹果就很好。

（2）吃辅食的孩子便秘，很多时候是饮食不均衡引起的。因为很多孩子有偏食的习惯，特别是现在很多孩子不爱吃青菜，不爱吃米饭，吃的多是零食，这样很容易引起便秘。我觉得孩子不是不爱吃青菜，而是大人没给孩子养成吃青菜的习惯。有些家里大人都不爱吃青菜，所以家里本来就很少吃青菜，孩子怎么可能喜欢上吃青菜呢。

要让孩子有好的习惯，大人必须有好的习惯。刚吃辅食的孩子可从碎菜吃起，长牙齿时慢慢过渡到吃大块的青菜。孩子长到什么程度吃适合他的食物，吃得越杂越好，青菜、水果、米饭、肉类、汤水都要吃。这样宝宝不仅长得快，也不容易引起便秘了。/（天天的微笑）

【七嘴八舌】

应对便秘，我有良方

1. 食疗类

（1）煲北芪水或煲苹果萝卜水喝

由于我家宝宝出生后一直大便不太畅通，经实践研究总结了两个方法，供各位妈妈参考一下。

宝宝的便便颜色状态正常最好，如吃人奶的宝宝便便是稀黄色的。如果宝宝总是两三天才拉，可能是宝宝气弱，妈妈可以煲北芪水喝，帮宝宝补气，一般当天见效。

另一种是，宝宝热气或纤维素摄取不足而便秘，可以切半个苹果加半条红萝卜一起切碎，用一碗半水煲至半碗让宝宝喝，最迟第二天就有大便。这个分量是1～3个月宝宝的。/（ZengV）

（2）吃红薯粉

宝宝一个月后以吃牛奶为主，之后持续一个月便秘，急死了一家人，四处请教，试过了无数办法：换奶粉、喝开水、加奶伴侣、喝菜汁果汁、吃妈咪爱、喝小儿七星茶，小家伙简直是百毒不侵，每次不得不用开塞露解决。谁知民间自有高人，小区里一位老太太讲可以用“红薯粉”试试。结果只吃了一天就见效了，之后一直便便都很好，真是令人欢欣鼓舞！/（黛黛）

（3）吃红枣木耳糊

我家宝宝便秘有20多天了，两三天才拉一次，小屁屁经常出血。想过很多办法，吃合生元、清火宝、七星茶、金银花露，一天一个苹果、一个香蕉、蔬菜若干，但便便还是一粒粒很干。后来宝宝甚至都抗拒大便了，一把就哭个不停。每次只能用肥皂条才拉，就在我快绝望的时候，在一本书上看到了一个小偏方，我试了一下，居然一试就灵了。

昨天下午5点钟左右给宝宝吃了点红枣木耳糊，到7点多她就自己拉便便在身上了。今天中午又拉了一次，虽然大便还是有点干，不过这是20多天来宝宝第一次自己主动拉便便，相信再吃一天就能恢复正常了。

详细的做法：

取一小把黑木耳（大的黑木耳6～7片），用温水泡发后洗净，再取20粒红枣，洗净去核。将泡发后的黑木耳和去核的红枣一起放入粉碎机里，加一小碗水，打碎成稀糊状，然后再倒入锅中。因糊状的易烧焦，一边烧一边用勺子搅和，烧开后就可以关火了。每天下午孩子空腹时给他吃上小半碗，吃三天就够了。/（新之火舞）

2. 按摩类

我家宝宝一直吃母乳，一天吃一餐奶粉。有一天我吃了钙片，结果他便秘了。本来一天四次大便，变成了半天都没有，但他一直很用力，拉不出来很着急。后来给他按摩了一下，20分钟后顺利拉出来。以后，我再没吃钙片了。如果见他很用力拉不出来，都用按摩的方法，非常有效果，而且不用吃药。

呵呵，这个方法还能治疗腹泻呢，当然，要反着来按摩。

治疗便秘是从指根到指尖，而腹泻是从指尖到指根。

方法如下：沿宝宝食指根部向指尖方向按压，按压宜20分钟左右，左右手各10分钟。/（我_笑笑）

3. 外涂类

用凡士林等油质外用药涂宝宝肛门，垫上手纸轻轻推按肛门，推一下，停一下，如此慢慢做10次左右。

我是用橄榄油帮宝宝涂的，大家用这个方法后，记得要把一下宝宝，帮他排便，一定要有耐心，最好每次把他半小时。/（Emily。。。。。。）

4. 活动类

让宝宝仰卧，做双腿同时屈伸的运动，即伸一下，屈一下，慢慢做10次左右。双腿做完后，再分别使宝宝单腿各做运动10次左右。/（Emily。。。。。。）

【妈妈经验谈】

便秘带孩子做灌肠

可可的便秘困扰我8个多月了，我妈去年7月份来带她，没多久她就开始便秘了。她明明想拉，可似乎是条件反射，知道拉大便会疼，满地跑不让你帮她把。好不容易哄着她抱来拉，她都得憋好大劲，甚至会满头大汗。每次我的心都悬着，甚至也有点恐惧，只要一听到那大便掉到便盆里，是那么响的一声，我就很难受，依然还是便秘！

已经半年多了，什么方法都试过了，那大便几乎像塑料做的一样，硬梆梆的。我可以想象，可可要费多大劲才拉得出来！更要命的是，几乎每次帮她擦屁股，纸上都印出血来！我的心也在流血。我妈年后就回去了，现在每

次打电话也还在担心这个问题。真像心上一块重重的大石头。前不久我终于忍不住带她去儿童医院检查。我想，如果真是生理上的问题，现在吃这个药那个药都无济于事，而且吃得很冤枉，查清楚了，才好对症下药啊！

儿童医院开出的检查是钡灌肠，开始我以为像大人做胃镜一样，要伸管子进体内来查，很怕可可会很抗拒。这小妮子乖的时候很乖，可闹起来脾气很臭的。结果那天到了医院，护士让我们先用开塞露把大便排干净。这儿童医院，真是一点都不人性化，明知来看病的都是小孩，人又多，排队又久，小孩要拉屎尿尿都很正常的，怎么就不在走廊备几个便盆什么的。本来打算去厕所弄，但那天风大，如果在厕所，一来容易感冒，二来没有凳子可以坐。没办法，只能在走廊弄。

以前在家也给可可用过开塞露，她每次都很抗拒的，可没办法，今天要做检查。那护士还吓我（后来才知道是吓我的）：如果不排干净，一会儿灌肠是要重新做的！可可爸问护士能不能来帮忙？我说我刚才过去问时，一大堆人围着她们呢，哪里会来帮忙！可可爸让我来挤开塞露，他说他下不了这个手。我又何尝下得了手？可一想到要检查清楚，也只有狠下心了！

小家伙自然是又哭又闹，我只挤了半瓶进去，护士说要用两瓶呢，我心想：看她拉了多少再说吧。过了一会儿，可可果然就拉了，前面的还是一粒粒的，后面就有点稀了，估计是开塞露起了作用，但明显不多，可可不愿意拉了，只得穿上裤子抱着她。

我跑去找护士，那护士忙得不可开交，头都不抬地问我："拉得多不多啊？如果不排干净，一会儿灌肠是要重新做的！"我心想，鬼知道怎么算多啊？我又不知道她有多少大便！挤开塞露和灌肠相比，应该是灌肠更难受一点吧？为了可可不多受罪，那就再挤一回吧！于是我又回头，重新给可可挤了一回开塞露进去。那开塞露的瓶子设计也是有问题的，非得把整个瓶子都倒着竖起来，才能把里面所有的液体挤出来。可可是肯定不愿意乖乖趴着的，她爸是打横抱着她。为了就这个瓶子的位置，只有头朝下，屁股往上翘，可可还一边闹着一边直蹬腿。哎，总之是弄得大人小孩都一身汗。到最后，我记得我是挤了三次，用光了三瓶开塞露，可可也哭闹了三次，把她爸的衣服也弄脏了。可这，只是开始……

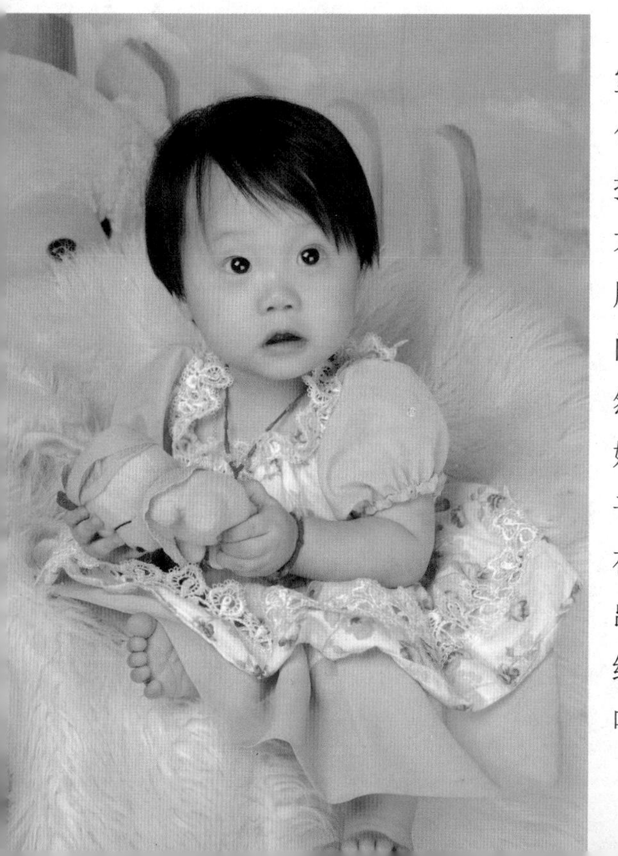

接下来，我们把可可抱进了护士室，护士配了大概200毫升左右的粉白色液体，像打吊针一样挂着，叫我们脱掉可可裤子，原来是要洗肠。我们后来才知道，灌肠是最后一步，洗肠是为灌肠做准备的。就是用一条管子插进肛门，把这些粉白色液体灌进去，可可自然闹得更厉害了，我们只有紧紧地按着她，自己心里也是揪成一团。可怜的孩子，爸妈都不愿意看你那么难受啊！正在灌着的时候，我们看到还是有粪便排出来了，幸亏开始拿几块布垫着，赶紧给接住。那护士就说了，你看你看，都叫你们要排干净的啦。

我实在是很气愤，小孩又不是大人，什么都不会说，就算是大人，又怎么知道怎样就是排干净呢！你们就只会说，也不见你们来帮忙指导我们该怎么做！那200毫升灌进去后，护士说最好憋10分钟，我只有使劲按着可可不让她起来。一会儿那护士又说，算啦，孩子都憋不住了，你抱她出去吧！我就抱她出去，刚走出门没几步，想着要给可可穿裤子来着，哪知道她一下子把刚才灌的全拉出来了，幸亏没弄到别人身上，全拉在楼梯上了。那护士也是，一点没提醒我注意，我心思全在孩子身上，还以为那些液体会停留在体内……

OK，帮可可清理干净，护士告诉我们要去放射科。到了放射科，被安排到了4号室，我们在外面等了好久，那门上“工作中”的红灯一直亮着，好一会儿才看见医生从外面走进去。原来里面是没有医生的，那“工作中”是骗人的！真是！又等了好长一段时间，才轮到我们，都11点多了。就是说，我们从早上8点半到医院，已经折腾了3个小时了，这检查还差最后一个环节。

我们都不知道这个环节到底要怎么做，我就让她爸趴着门边听听里面的动静，听有没有小孩的哭声，她爸听了一会儿说，没有，很安静，我们这才稍稍放心。但是，过了一会儿，她爸又趁医生开门出来的机会瞄了一眼里面的情况，原来也是要从肛门插管子进去的！不过那孩子很安静地躺着，躺在一部好大的机器上，没有闹。难道比洗肠舒服一点？

等到我们进去才知道，原则上来说，跟洗肠的程序是一样的，不过这回灌进去的是钡，而且灌完了，还不能马上起来，要让可可躺在那部机器上，分别从正面、侧面和背面拍几个片子。也许这一早上可可已经习惯有东西塞在肛门了，在拍片的时候她比之前安静多了，只是哼了几声，我一唱歌她就不哼了。

好容易搞完了，医生叫我们第二天早上这个时候还要来做一次复查，说是不用挂号排队，来了进去就好了，然后第三天就有结果了。真晕啊，我还以为当天就可以拿到结果呢，照这么说，还得等上两天才知道到底有没有事。哎！

第二天他爸在家有事，我一个人带着可可，又来到了儿童医院，又让可可躺着照了几张片子，说不用等明天了，一小时后就可以拿结果。这话把我高兴的，我可以少担心一天呢！可我同时又很担忧，不知道一小时后会拿到什么样的结果。如果真是肠有问题，那又该怎么办？

一个多小时后，我和可可爸一起到医院拿结果。一看，真是肠有问题啊。说是“排钡功能迟缓，乙状结肠冗长”。之前我们只听说过巨结肠，这个什么“乙状结肠冗长”还是第一次听说。刚好我们认识的一个医生在上班，我们赶紧打电话找她，她让我们把片子拿给她，她去找其他医生看一下。于是我和可可留在车上等，她爸自己拿片子进去。一会儿可可爸回来，手里多了张检查单，好像是查什么“直肠压力”的，还说外科医生建议做手术。

我一听做手术就更晕了，当即决定不去做这个检查，光是做钡灌肠已经很折腾人了。而且，我不是不相信儿童医院，而是以前老上广州妈妈网，大家对这家医院是贬多过褒，为了不多负责任，爱用排除法来诊断病情，查了这个查那个，也不管小孩子的感受。

周一一上班我马上就上网查资料，看这个所谓的“乙状结肠冗长”是怎么一回事。这才知道，简单来说，乙状结肠是储存大便的地方，过长就会导致大便在排出来之前，水分被过分吸收，那就很难排出来了。一般是保守治疗半年后，无效才施行手术的。

知道结果后，我就开始四处打电话，联系同学、朋友、同事，想方设法寻找好医生。才隔了一天，有个朋友就帮我联系到了海军某医院的张医生，是消化内科的博士后，让我们晚上直接到医院去找他。张医生穿着一身白色的军装接待了我们，很有权威的样子。他看了片子后建议我们还是要手术，他认为要趁现在症状还不明显赶紧手术，如果发展下去变成巨结肠就更难处理了。

我们问如果手术，哪家医院最好。他说北京儿童医院，广州的话就是儿童医院、中山一院和南方医院，手术做得多的医院，才知道哪种手术方式最合适。从医院离开后，我们的心情都有点沉重，才不到两岁的孩子，真要手术，可不是一件小事情。医院的选择、手术的风险、术后的护理等，都是需要慎重考虑的。

告别张医生后，已经是晚上8点左右，我们还约了可可爸一个在中山三院做儿科医生的中学同学陈医生，要赶去他家咨询一下。没办法，白天都要上班，老是请假也不好。这个陈医生的说法跟张医生的可是差得十万八千里，他认为小孩子便秘很常见，即使我跟他说可可老是拉得肛门出血，也没见他皱过眉头。

他要我们别太紧张，说他自己的孩子是当农村小孩来养的，现在5岁了，也长得好好的。我们看他女儿确实如此，健康可爱、活泼大方，不用她爸吩咐，就自己跑进房间换了舞蹈衣服，打开录音机跳舞给我们看。反正我们待了一个多小时，陈医生的观点就是，很多小孩都便秘，比可可严重得多的都有，只要少喝牛奶，多吃水果、蔬菜，通过食疗就好了，不需要动手术。可我觉得，是不是他每天见的病例太多，已经麻木了？

4月28日早上，也就是知道结果的第三天，我一上班就赶紧找我们单位的文总。我很早就知道，她婆婆是南方医院返聘的老中医，而张医生提到手术做得好的，其中一家就是南方医院。文总马上帮我打电话给她婆婆，可很不巧，她婆婆只有周二这天坐诊，而且只坐诊半天。

WELCOME
ABOARD

我身上没带病历，如果回家拿，时间太赶了，而且最好是带孩子一起去看医生。没办法，就约了第二个周二，也就是5号。也是周二这一天，我在QQ上向一位比较熟的同事求助，想他们是本地人，认识的人多一些。她跟我说帮我问卢总，因为他爱人是中山二院的。没一会儿，她就把中山二院特诊中心陈主任的电话给我了，还帮我约好了周三上午过去找她。

周三一早我们来到中山二院，陈主任很热情，直接把我们带到了钟老教授的诊室，交代了一下，又帮我们挂了号，就先离开了。后来钟老给我名片才知道，他是享受国务院特殊津贴的，曾任儿科副主任。轮到我们时，我就跟他说了可可的病情，他只说了一句就把我给问住了："谁告诉你一天拉一次或两天拉一次，这也叫便秘？"我一想好像也是，一直是我们觉得是便秘，一去看医生就跟医生说可可便秘怎么怎么样，但从没有医生反驳过我啊！

钟老的意见也是先保守治疗，通过食疗，再加上他开的药，中药西药都有，先吃两周的药看看。我和可可爸都觉得他的话有道理，拿点药回去试试。

我一回家马上交代婆婆熬中药，然后自己喂可可吃西药。西药倒是很简单，就三种：双歧菌、多维合剂和维生素B1，也不难喂。然后我记得，第二天，也就是30号晚上，我下班回家，婆婆就说可可的大便好转了，还说就在垃圾桶里，让我去看看。我一看，果真是没那么硬了，而且也不是好多小块组成的一大条，那样容易造成肛裂，这个才是我最心疼的。

5月1日，我把可可带到了佛山我姐家，自己带了她三天，每天都坚持给她吃点青菜和番薯。到5月6日，中药停喝了，西药还在继续。可可依然是一天一次或者两天一次大便，但一次都没有肛裂。而且，她每次拉也不难受了，愿意让你抱着她拉，就是前面那截出来时有点难，后面的都软了，这跟以前的差别可大了！我总算长长地舒了一口气！

现在，半个多月过去了，可可的大便还是一天一次或两天一次，没再出现肛裂，她也愿意坐在便盆上拉了。我们给她添加了益力多，水果和蔬菜的分量都比以前增加了，还让她多喝汤水。我在家就下楼买玉米给她吃，她很爱吃，虽然拉出来有些玉米还是整粒的，但那能帮她排便；晚上还榨橙汁给她喝；牛奶只是一早一晚，每次150毫升左右。我不再强求她喝奶了，有些事情真是强求不来。现在弄东西给她吃都要迁就她的口味，不爱吃的要不就得哄她半天，要不就是她含进去吐出来，白费心思之外还得打扫卫生！

/（可可妈）

第二章
宝宝在成长，妈妈真开心

一、亲子故事分享

我家宝宝的童言童趣

我说几件我家小屁孩的趣事！闲暇时想起来总是让我回味无穷，呵呵。

我家小屁孩3岁了，以下发生的事情请看年龄阶段！

1. 小两面派

人物：小屁孩

年龄：1岁10个月

表现：现在会用词表达自己的意愿了 。

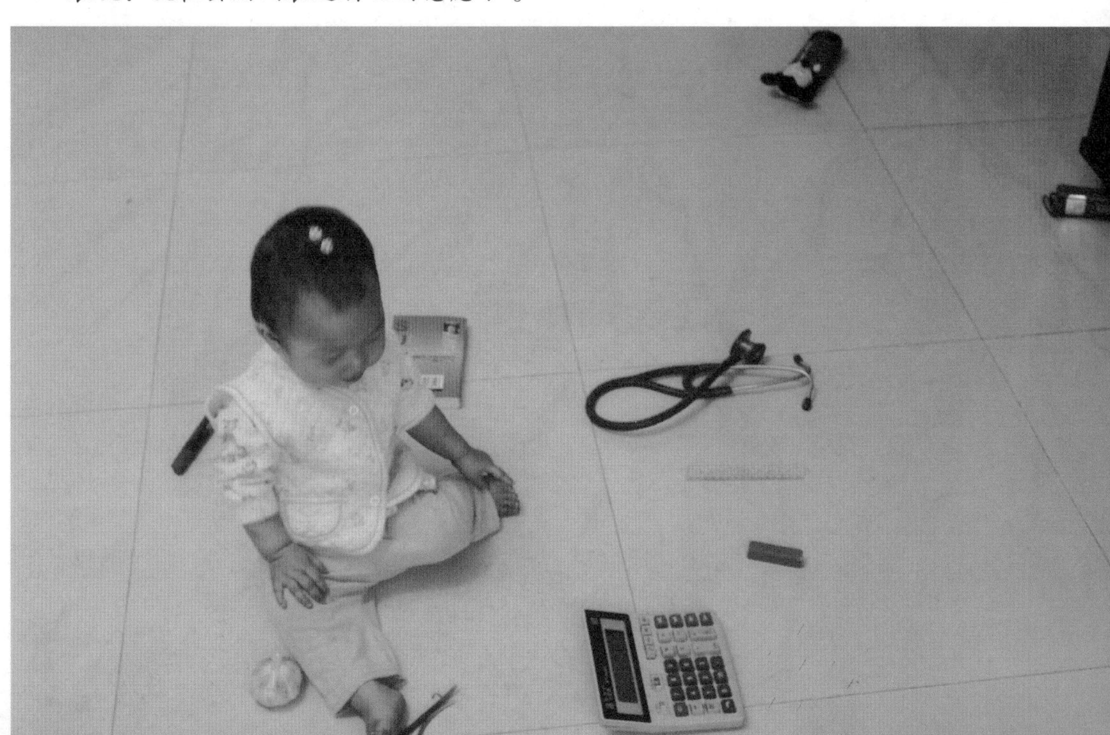

明天就要带小屁孩回爷爷家了，小屁孩的姥姥对小屁孩说：“你明天就回爷爷家了，你想回去吗？”这时我也很想知道他会怎样回答，没想到他竟然说：“不回爷爷家！”而且还说好多遍，把他姥姥哄得嘴都合不上了。第二天很快就到了，在小屁孩爷爷家住了没几天，小屁孩的爷爷也问小屁孩：“过几天你就要回姥姥家了，你想回去吗？”我还以为他会说想姥姥呢，没想到他却说：“不回姥姥家，不回姥姥家！”这下子他爷爷嘴也合不上了。呵呵，我这才知道，我家的小屁孩是个小两面派。

晚上小屁孩的大大问小屁孩：“是大大做饭好吃，还是爷爷做饭好吃呀？”我们都在等小屁孩回答，没想到小屁孩抬眼看了看我，竟然说：“妈妈做饭好吃，妈妈做饭好吃！”哎，最后他们的火力都冲我发射了，我怎么这么冤呀！我现在总结如下：我家小屁孩是个小两面派，还是个小政治家。

2. 尿尿趣事

人物：小屁孩

年龄：2岁

小屁孩会自己说尿尿了，可还不太会扶自己的“鸡鸡”。有一天，他说尿尿，就捂着自己的裤裆，我就给他退下裤子，让他学会扶“鸡鸡”。他说：“妈妈扶。”我问他：“如果上幼儿园怎么办？”他想了想，说：“阿姨扶！”我又问他：“如果上学了怎么办？”他又想了想，说：“老师扶！”我就没有往下问！

3. 我不是China人！

人物：小屁孩、虫虫姐姐

年龄：2岁1个月

周六小屁孩的姐姐来了，我对小屁孩说："你告诉虫虫，你是什么人？"小屁孩说："我是中国人。"虫虫说："哦，你原来是China人呀！"小屁孩说："我不是China人！"我说："你以后要做什么？"小屁孩说："我要当解放军叔叔。"虫虫又说："哦，原来你要当兵呀！"小屁孩说："我不当兵！"我说："你要保护什么？"小屁孩说："我要保卫祖国，保卫妈妈。"哈哈，我大喜。

4. 小人精

主要人物：小屁孩

年龄：2岁 6个月

晚上我回家后，听小屁孩姥姥说他今天特有意思。小屁孩想玩小妹妹的玩具，他对小妹妹说："我给你拿我们家的橡皮泥、剪刀玩。"呵呵，最后还用一张破纸说是一百块钱，可以买东西，把小妹妹的玩具忽悠到手了！

说起这个又让我想起他的一件趣事！9月天气还不是很冷，我们家楼下好多老太太中午都晒太阳。我家小屁孩很喜欢卫老太太的椅子。那天他下楼看到卫老太太坐着呢，他跑过去说："我给您吃面条，您给我椅子坐。"然后卫老太太就起来让我家小屁孩坐了。没想到他刚坐下就说："我不给您吃面条了！"哎，这个小家伙呀，真拿他没办法。现在我真不知道要怎么给他做榜样，怎么教育他了。因为他总有话来回答你，而且总有问不完的问题！

5. 吃饼干

主要人物：小屁孩

年龄：2岁 11个月

我家小屁孩再过一个月就3岁了，我发现只要我撅嘴，这个小家伙就会乖乖地把爱吃的东西双手献过来，哈哈。我有时候想，我是不是有点像后妈呢？

有一次，别人给小屁孩几块饼干，小屁孩特爱吃，早晨他就剥了一块。我见他吃饼干就说给我吃一口，他就给我吃了一大口。后来我贪心又管他要，他就又给了我一块，这样我连续要了四次。我看他一口都没吃，还可怜巴巴地看着我，我就奇怪地问他："你怎么不吃？"他说："妈妈，还想吃吗？"我很奇怪，我问他想吃吗？他说他想吃。当时我就眼泪汪汪地说："那你吃吧！"他就不客气地把剩下的五分之一吃了！呜呜……有时小屁孩真让我心疼呀！

其实我也给自己解释一下，他吃的是巧克力饼干，这种饼干小孩吃会上火。所以他一旦吃这种巧克力的东西，我就会和他抢！哈哈。我也很无辜的呢，因为吃完了我就上火了！哎，我不入地狱谁入地狱呀！

小屁孩自从会说话后，有时会冒出一两句让人哭笑不得的话。今天早晨小屁孩洗脸时，我让他洗完后不要动别的东西，他就问我为什么。我说一会儿要吃饭，如果碰别的东西会把细菌吃进肚子里的。小屁孩却说，肚子的牙会把细菌吃了的。我说肚子里可没有牙。他就问细菌有没有牙？呵呵！这个小屁孩！

6. 伶牙俐齿

主要人物：小屁孩

年龄：3岁

晚上给小屁孩过生日时，让小家伙许愿，小家伙竟然把愿望说出来了。吹灭蜡烛后，小家伙不小心把一块蛋糕碰到桌上了，小家伙说了一句："蛋糕我来啦。"然后张嘴就咬。后来让他切蛋糕给长辈，最后轮到自己时都有点不知所措了。我当时看小家伙的表情，我想小家伙肯定心里说，怎么光给长辈不给他呢？

今天早晨带小屁孩去颐和园了，在昆明湖边上想和小屁孩照一张相，可他看着水那么深怎么也不配合。我对他说："如果我让你掉下去，我成什么啦？"本人的意思是，如果我让小家伙掉下去的话，我都成后妈啦。谁想小屁孩说：

“成鱼了。”事后我反应了半天才明白，原来小屁孩理解成，如果我让他掉下去的话，他就成鱼了！

晚上回来后小屁孩临睡前说：“妈妈，我胳膊上蚊子咬的包刚好，腿上又被咬了一个包。”听完后吓我一跳，因为小屁孩特招蚊子，所以我特注意这种事，我让他指指包在哪里，他就指他脚踝骨处。呵呵，当时逗得我直乐，他把骨头当蚊子咬的包了！

一天早晨带小屁孩锻炼回来，爷爷对他说：“祝你节日快乐！”小屁孩就问什么节日？爷爷回答：“六一儿童节。”小屁孩说：“那过六一儿童节了，还上什么幼儿园，不上了呗。”哼哼，这小家伙想得还挺美！/（水晶兰）

我家宝宝的成长趣事

清明三天假，每天都带着小宝出去玩，发现这个阶段小家伙长得特别快，几乎天天都有新鲜事，现记录趣事几则：

1. 皱眉头

不知道小家伙从哪儿学会了皱眉头，而且是那种像领导一样地、很严肃认真地皱眉。淡淡的眉毛都快拧成个“川”字了，再配上高高的额头、炯炯有神的眼神，一副准备要办理大案要案的样子，让我想起了电视上看到的黑脸包公的表情，难道未来要当法官？

2. 指东西

小家伙开始爱用手指物。值得一提的是，有一天下午我带他去中大，他对路边球形的白色路灯产生了兴趣，每经过一盏路灯，就要用手指一下，我就赶紧跟他说：“路灯，那是路灯。”就这样一路指一路说，从中大东门到北门，说得我口都干了。

3. 很愤怒

昨天晚上跟小家伙在书房玩，他突然在我腿上狠狠地咬了一口。我立刻把他拖起来，很严肃地打他手心，告诫他不能乱咬人。很明显，他自己也知道这不对，因为过去已经告诫过他。所以小家伙有点心虚，一声不吭地看着我打他。打了几下，我觉得问题还没解决，为了让他知道咬人有多疼，想想就在他腿上也咬了一口。结果这下小家伙不干了，不仅"哇"地一声开哭了，而且非常激动地挥舞着双手来拍我的脸。当然也不敢重拍，但那表情里有愤怒，有伤心，有委屈，有不甘，还有无可奈何，潜台词是："你打我就算了，你还咬我，你欺负人啊你？你到底想怎么样？呜呜……"看得我也怪不忍心的，但还是要让他明白，无礼的行为会遭到别人的反击，甚至要付出双倍的代价。

4. 好奇王

小家伙开始想走路了，于是活动范围迅速扩大，客厅里的茶几已被我们挪到了一边，腾出地方来让他扶着柜子和沙发走。小家伙最爱各种开关和按钮，包括音响、消毒碗柜上的。这对跟着他的大人来说绝对是个挑战，要时时刻刻注意他的安全。有次见到豆豆妹妹，人家坐在车里，小宝扶着车就想伸手按妹妹身上系的安全带的开关按钮，曾叔叔还夸他聪明呢。

/（yaoyuanfeng）

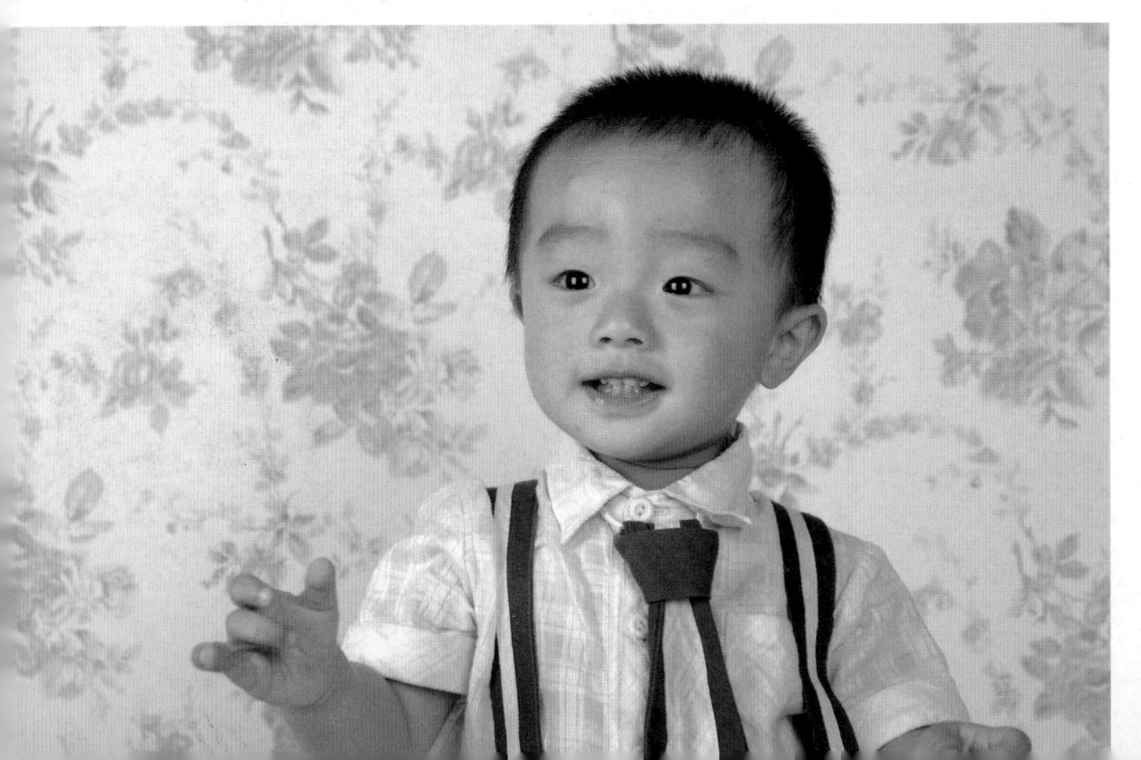

二、育儿感言

当妈的感觉

我当了50多天妈，才琢磨出点味道来。幸福的感觉才有那么一点点。快乐，呵呵，等着慢慢体会吧。

我不知道别的新妈妈是什么感觉。最初，我丝毫没有电影电视中描述的那样：激动得泪流满面，心里充满了千丝甜蜜、万般柔情。相反的，看嘟嘟的爸爸奶奶围着她转来转去，我只能一动不动地躺在床上，吊针输完了都没人发现。从被人捧在手心里的孕妇，到躺在角落的“怨妇”，失落的感觉无以言表。

能下床了，我也开始围着那个小人儿转。一回家就开始忙，什么月子啊，早忘到脑后了。忙碌，真忙。小家伙不停地吃。换尿布我看不惯别人的方式，什么都要亲力亲为，恨不得自己是全能超人。没几天，就熬不住了。于是，心里开始埋怨：我的生活啊，我慵懒惬意的生活啊，被这个小家伙打破了。甚至在睡眠不足时，很极端地想过……

小人儿一天一个样，望着她的小脸，每一天都比前一天好看，每一点成长新发现都让我激动。我经常抱着她，对自己说：“我的！她是我的！”这样的成就感经常把自己感动得热泪盈眶。其实，当妈之后心变得更是软绵绵的，泪腺也发达起来。很多时候看到、听到一些关于孩子的悲剧性故事，马上会想到那个妈妈心里有多难过。这样的事情，一定不能发生在嘟嘟身上。这样的浮想联翩让我的心剧烈颤抖，不止是对小朋友这样，现在我也格外爱惜自己。多吃一口饭，多穿件衣服，过马路小心车子。生怕我有什么闪失，谁来疼我们嘟嘟呢？我就是少爱她一天都不行！

每次出门，我心里都像有一根线牵着，线的那一头就系在嘟嘟身上。恨不得在路上快一点，再快一点，不要饿着我们的嘟嘟。我从各个地方收集育儿知识，然后近乎偏执地执行：不要枕头、不要摇晃、不要穿太多衣服、

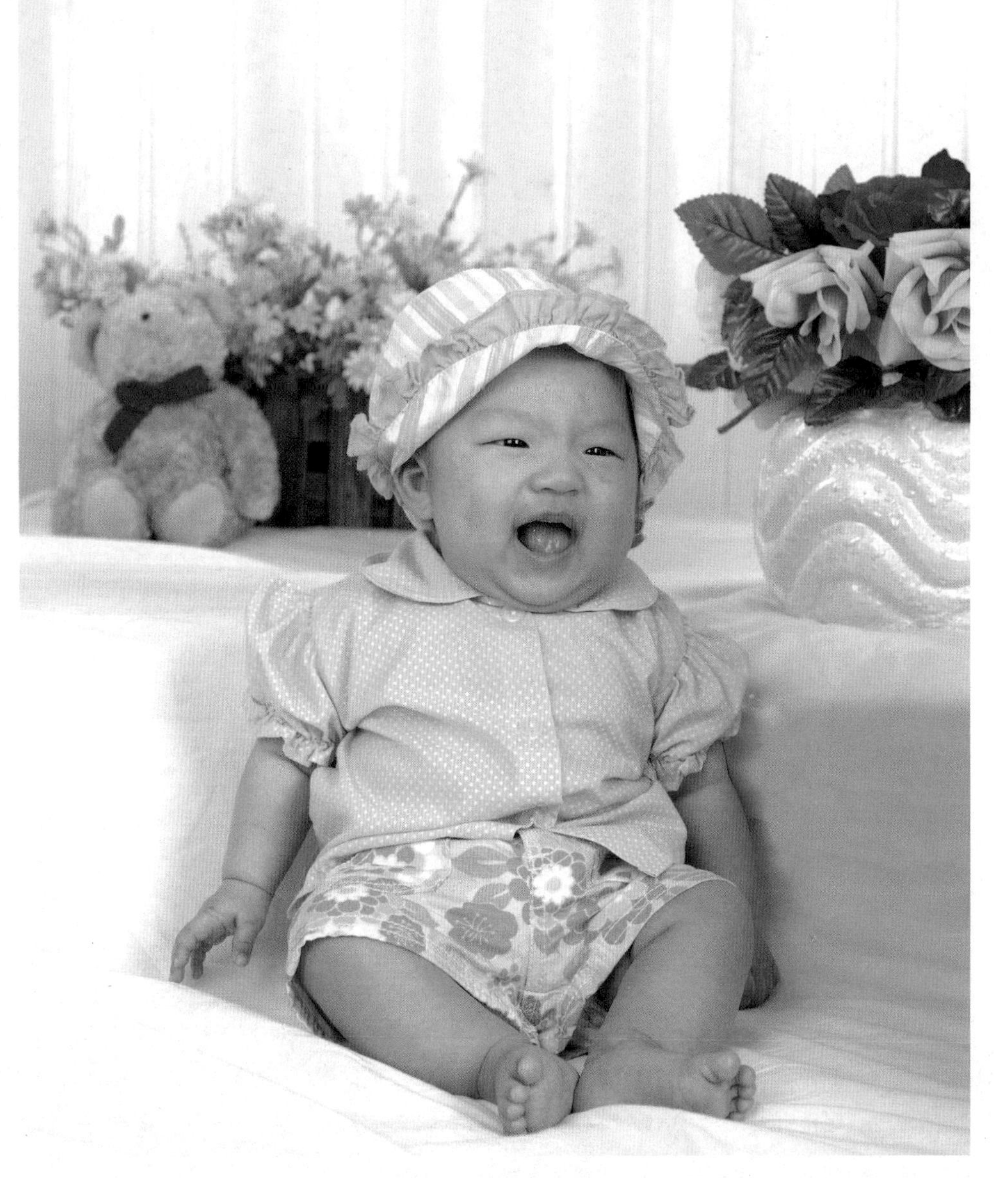

不要……太多的不要。我就这样守护着我的小宝贝，不惜和身边的人拉下脸来。我要让这个从我身上掉下来的小人儿，每天开心快乐。

这么多天了，我从没有那种强烈的爱的感觉，但是一点一滴的爱都在我心里。嘟嘟从我肚子里出来，变成了我心尖上最嫩、最柔软的那块肉。这样幸福的感觉，不一定要用笑容来表达。甚至很多时候，我都有流泪的冲动，可是我知道，我依然是幸福的。/（fishare）

小乖乖，1周岁了

2008年5月9日，田田在广州南方医院出生。记得当时在手术室，很想知道是男宝宝还是女宝宝。医生告诉我是女宝宝。光阴似箭，田田1周岁了。恍惚间，那种阵痛似在昨天，历历在目。那一阵手忙脚乱，日夜颠倒的日子，想起来就感慨。

这一年里，就这样陪着田田长大，真是踏实。无数次，在心里总想象着，田田第一次喊我妈妈时，我将是怎样的心情，或激动，或惊喜，或……无从想象，只知道一定很开心。当田田喊我妈妈时，心里确实开心，但实际没有想象中的惊喜。因为，孩子都是在一点一滴地成长，每一点成长，每一点长进，都融进了生活里面。从田田“呀呀”地说话，我就整天教她叫“爷爷”、“奶奶”、“爸爸”、“妈妈”，而田田也总是含糊地喊着。有时是“奶奶”，有时是“妈妈”，潮语中“奶奶”和“妈妈”差不多，只是轻重音，无从确认。所以，当她很清楚、很大声地喊“妈妈”时，我开心，但惊喜确实是没有太多。

现在，田田已经分清“奶奶”和“妈妈”了。当田田很勇敢地东倒西歪地走完一小节路时，我惊喜着，而在她露出了胜利的笑容时，这种时刻，我的心情是多么风和日丽啊。

田田3个多月时就开始长牙。现在1周岁了，上面4颗，下面4颗，一共是8颗牙。自她长牙，我就给她吃一些磨牙的饼干，有时是水果。现在她一点都不挑食，什么都能吞下去。这得益于我看过一本书，书中说宝宝的咀嚼敏感期，应该提供多种多样的辅食给她，而且要慢慢过渡给她一些固休的食物，这对于现在她吃东西真是有帮助。

由于田田长得又瘦又高，所以还算是比较灵活的，三四个月就会翻身，而且翻得很溜，但一直到8个月的时候才会像模像样地爬。到现在1周岁了，田田会走路了。在站不稳的情况下，如果听到音乐，还要跟着扭屁屁。所以，摔倒对于学步的田田来说是家常便饭。

说来惭愧，田田到了半岁时，我都没给她买过衣服。不过，这也是有原因的。因为田田有一个妞表姐，妞比田田大半岁，个头也比田田大。所以，田田出生时，已经有好多妞表姐退下来的衣服了。这些衣服大姨妈都保存得极好，给田田她舍得，给别人还不舍得呢。于是，田田一出生就捡了一个大便宜。

还有，田田的姑妈乐此不疲地给田田买新衣服。每次逛街看到可爱的，就给田田买，还有姨姨们也给田田漂亮衣服当礼物。所以，田田的衣服是多到穿不完。这样子，做妈妈的再跟钱过不去，就真的要挨批了。像现在，家里还有十几套衣服裙子没拆标签，可以等到夏天穿。再说，田田只长高不长胖，去年的衣服，今年也能穿，只是裤子变成七分裤，袖子也只能是五分袖了。

田田出生时，母乳总是不够喝。第一次喝牛奶，60毫升都喝不完，慢慢地喝多了，90毫升，120毫升，……一直到现在的250毫升，都不眨眼地喝完它。田田深知奶粉贵如金，自出生喝牛奶就没浪费过，都不用围嘴，每次喝牛奶嘴巴都干干净净。辅食的添加，田田也是顺利过渡，所以田田不抗拒任何食物，一点都不挑食，这令我很欣慰。

现在的田田，早上7点起床，吃一碗粥，一条黄鱼。10点的时候喝奶、睡觉。11点半左右醒来，刚好吃午饭，吃小半碗干饭，还有N多的蔬菜、鱼和肉。下午3点的时候再喝奶，之后再睡一觉。5点多醒过来，吃一碗蒸蛋，晚餐时再吃一点其他的。晚上8点半，再吃一瓶奶，然后睡觉。晚上睡觉就不再吃了，一直到第二天早上。有时候晚上田田醒过来，都会站在她的小床边上喊妈妈，很温柔，很小声的。每次只要我起来抱一下她，她就继续睡她的大觉了。

田田在广州出生，从出生到两个月时，把我和她牛爸爸忙得焦头烂额。所以，在两个月时，我跟田田回到娘家。外婆家是比较适合小宝宝住的，很广阔，是一个天然的氧吧，田田在外婆家愉快地度过了夏天。3个月后，带着田田回到广州时，田田很不开心，第一天晚上到达时，足足哭了几个钟头，这是田田自出生以来哭得最凶的一次了，哭到最后我都跟着哭。

之后在广州的3个月，田田心情都是极度的抑郁，不开心，不喜欢陌生人。田田心情不好，身体、智力的发育都停滞不前；抵抗力也下降，感冒，发烧，咳嗽，反正就是总上医院打针；晚上睡到一半时就起来哭。那时候，我真的不清楚是怎么回事，不知道要怎样看医生，从哪看起。折腾了3个月后，刚好春节，我们就带她回到外婆家。

没想到，一进外婆的家门，田田整个人就活跃起来，要外婆抱抱，要到处看看，要看狗狗，要看花。而且第一晚在外婆家就从晚上7点睡到第二天的8点多，好像想把这3个月的觉都补回来。我这才恍然大悟，田田是不愿意离开外婆家，她不会说话，只能用情绪表达她的意愿。所以这次我们一住就住下了，而田田也在各方面配合起来，要是不听话，那可就要回广州哦。

田田会叫奶奶、妈妈、叔公、姐姐。家里的狗、鸭子，她都会叫。妈妈在前面数一二，田田会跟着数三。现在也会走路了，就是东倒西歪的。田田喜欢参加外事活动，去做客，去游玩，如果去别人家做客会很乖。所以，所有见过田田的人都赞她乖、懂事……

田田1周岁了，在这里祝愿田田健康快乐成长。/（德芙娜）

早教幼教篇

随着孩子一天天长大，爸爸妈妈的肩上又多了一重责任，即早期教育。0～3岁，是孩子早期智力开发的萌芽期。3～6岁，是孩子性格、秩序的形成期。如何进行早期启智教育，培养孩子各种良好的习惯呢？来听听各位妈妈们的经验吧。

第三章
每个孩子都能好好吃饭

宝宝不爱吃饭，就算吃也得折腾半天，每个家庭都出现过这种情况。让宝宝乖乖吃饭确实是个难题，专家说的“黄金法则”也不一定管用，还是来听听妈妈们有什么小妙招吧。

一、7个让宝宝乖乖吃饭的招数

【七嘴八舌】

我家儿子5岁，让他吃饭是我们最头痛的事情，各位有何妙计？/（乐趣厨）

多鼓励，多表扬

他自己吃的时候多表扬他，就算饭粒掉在桌边也先别管，陪他慢慢吃！/（yuanmeng~sun）

听音乐吃饭

我家宝宝要边吃边听音乐！/（fanny_姐妹）

先“饿”其体肤

我儿子虽然只有2岁，只要他不是饿急了，肯定搞到天一半地一半，进他肚子里的都没三分之一。只要狠心点，他下一餐就吃得多些！

我家的情况是这样：“来，宝宝乖，吃饭啦。”“嗯……”然后就摸摸筷子，搞搞别的饭碗，然后把饭菜都打翻了，就走开了。“好，你不吃，等一下一个下午我什么都不给你吃，奶奶(奶粉)也别想吃了。”到了大概下午4点就吵着要吃奶，我不理他，跟他说吃饭时不吃，现在什么都没得吃，现在才4点，还没到吃晚餐的时候。接着就对着我哭，我知道他饿了，然后到了5点，就喂他吃饭，他能吃满满的一碗(大人碗)，还喝一碗汤！就这样，我试验过一个星期，重了两斤！/（伟民妈妈）

看医生，吃开胃药

饿小孩的办法并不适用于所有的小孩，有的小孩越饿胃口越小，越不吃，恶性循环。所以还要看小孩的个体情况。建议去看看医生吧，开些开胃药，调理一下。我家宝宝吃饭也很令人头痛，饿他还有点用，加上表扬，加上吓唬，现在好一点了。/（请你微笑每一天）

用按摩法调养肠胃

用按摩的方法调养肠胃效果不错。我只试过给孩子捏脊柱，就很管用了。最近每天捏，孩子胃口明显更好，吃得更多。大家可以试试：每天给孩子捏脊柱，从下往上6遍。孩子的吃饭问题，主要看大人的重视程度，齐心协力没有训练不好的。还有就是大人要做榜样，如果自己边吃饭边看电视，孩子一定也会这样。/（jocelyn1025）

规定吃饭时间

规定他在一定的时间内把饭吃完，先告诉他时间一到就收碗，没吃饱只能饿肚子，没有任何零食吃。我女儿现在都能在规定的时间提前吃完。/（小_林子2008）

饭前少吃零食，想吃再喂，不强迫

吃饭前不要喂太多零食，如果他不吃就先饿他一下，等他想吃时再喂。如果可以，可根据宝宝的兴趣给些玩具让他玩，然后一边喂饭一边让他玩心爱的玩具。注意不要让宝宝到处走，一定要让他坐在饭桌前。如果可以，最好大人和小孩子一起共餐。饭菜要做得美味有营养，宝宝不吃时不要强迫他吃，以免宝宝对吃饭产生恐惧感。/（金猪宇妈）

二、6天让儿子自己吃饭

【妈妈经验谈】

饿了吃，这是人体最基本的功能。可现在的小朋友，很难让身体发挥这项功能。当当一岁半左右已经会拿勺子，把固体食物放进嘴巴，会用杯子喝水，奶瓶已被当作量杯。但平时阿姨、奶奶怕麻烦，“赶时间”，基本是哄着来喂完。战情最坏的就是午饭，虽然都是在饭桌上和大人一起进餐，但当当常常显得无所谓，只顾玩儿、说话。妈妈直皱眉头，再过半年就要上幼儿园了，要赶快行动起来。

第一天：我告诉他，你已经长大了，应该自己拿勺子吃饭，不用别人喂了。自己想吃什么就拿什么，多自由。然后，把勺子放在他手里。小朋友已经开始意识到事态发生了变化，而且意识到不再享受：可以一边玩儿，一边有人喂。

“阿姨喂！”他指着阿姨。阿姨瞧了瞧妈妈，摇摇头。“奶奶喂！”奶奶不理。妈妈更加摇头：“妈妈要吃饭哩。”“不吃！”“不吃下来。”我答。

吃饭时，当当坐在一张加高的凳子上，要大人抱才可以下来。“不下来！妈妈抱！”“不吃饭不抱。”我指一下钟，语气平和地说：“再过半小时，阿姨就收碗。”当当开始闹，我把他抱下地，当当大哭着要找人抱。多次失败后，狂哭着要钻桌底到达奶奶的“根据地”。我把他拉出来，平静地说：“你看每个人都自己吃饭，不吃饭就自己去玩儿，到晚上才有得吃。”

每5分钟，我就指着钟报一次时，当当哭得更惨了。这时奶奶已经受不了，赶紧吃完跑去阳台不想再看了。偷偷地感谢奶奶，真是给面子，配合我作战。我确定当当的耐力超强，狂哭了半个小时！“到点了。阿姨，收碗吧。”当当一边踩脚摆手，一边看阿姨把战场清理干净。

好了，睡午觉吧。当当喝了一口水，躺下，小脸挂着泪水。我跟他说：“吃饭是自己的事儿，中午当当没吃好，只有晚上才有得吃了，晚上要好好吃哦。”当当：“哦。”睡了。晚上饿了，把任务完成。

在入幼儿园前的半年，妈妈要教他一句话：自己的事情自己做。

第二天：当当哭，眼睁睁地看着桌面变得一干二净。中午不吃饭的话，下午只能吃一点点水果。平时小朋友爱吃的酸奶和小点心是没得吃了，当当只能面对现实。

第三天：“总司令”听说这边战火纷飞，赶紧来视察慰问。老人家担心坏了，只好老着面皮，嘴巴哄着，把着当当的手来喂两口，就这么吃完。对有高血压的“总司令”爷爷，作为“军长”的妈妈是要给点面子的。

第四天：当当开始拿勺子自己吃了一半，要下来。好吧，自己吃的话，下午可以吃酸奶。当当下午玩的时候，不经意地跟妈妈说：“不吃饭，阿姨收碗。”

妈妈笑了，点头。

第五天：对小朋友的刺激，转变为跟大人抢吃，不抢，就没动力了。只要当当停下来，爸爸就把头伸过来张大口：“爸爸吃！”当当就不理勺子里面爱吃不爱吃，将食物啃进嘴巴，宁愿嘴里东西多了吐出来。

第六天：家中阿姨十分好，开始研究儿童食谱了。午饭开始花样百出：饭、面、粉、面包、叉烧包、饺子、麦片、番薯，还有五颜六色的菜。小朋友觉悟有长，自己吃饭了！

总结：在幼儿园工作的小姑说："才这么小就规定时间，吃饭会有压力呢。"妈妈答："我宁愿他在家里挨饿，好过将来在幼儿园炼仙。"奶奶背后把这次事加了一个标签：炼狱！

路漫漫其修远兮啊。

妈妈总结了一条养河马经验：每周有一到两天，只给清粥、清淡青菜吃，再加些清热消滞的茶汤，清一下肠道，会开胃。这个经验是来源于一个养河马的故事，大概意思是不给饱饭吃，河马反而长得壮。/（小子子）

三、坚持让儿子独立吃饭的理由

【七嘴八舌】

因为我和家人的忽视，儿子从小养成了不好好吃饭的习惯，心不在焉、说话、唱歌、留意身边其他的事物，反正就是不把注意力放在吃饭上。我用尽了所有方法，还忍无可忍地用了我知道的不对的方法：

（1）不吃就撤，不给东西吃，让他饿。试了几次，他好像真的不是很饿，有就吃，没有也无所谓。家里人多，总有人心软给点零食。

（2）不吃完就不准下地。我气得冒烟，他坐在餐椅上玩手指、找人说话，硬是从晚上 6 点坐到 8 点，最后还是我喂的饭。

（3）狠狠地打屁股。打了几次，打的时候很委屈，过不了 10 秒钟还是玩起来了。前几天有一次打完，儿子眼泪直流，嘴里说："我要去无人的地方，我要回家，回无人的家。"听他如此充满怨气的话，我心软了。

我投降了。有经验的妈妈过过招吧，我该坚持吗？还是继续喂饭？

/（晨光）

必须养成自己吃饭的习惯，坚持就是胜利。

一定要坚持，千万不要心软，家里的人要统一意见，如果他不吃就不给他吃，饿了自然会吃，让他自己吃，别喂。我们家宝宝以前吃饭是一边看电视一边喂，后来觉得这样不行，就让他坐在餐椅上和我们一起吃饭。首先一定是要大家一起吃，不能让他先吃，然后告诉他，菜是大家一起吃的，不是他一个人独享的。如果他不吃，我们就会问清楚，是不是真的不吃了。如果他说是，我们就尊重他的意见说，“好的，宝宝，你不吃妈妈也不勉强，不过过了吃饭的时间，就不会有饭或零食吃了。”他如果还坚持，我们会把饭撤掉，也不再给他吃任何东西。几次后，宝宝就知道一定要吃饭，不然就会饿肚子。

（1）去检查一下微量元素，是不是缺锌。

（2）全家人特别是老人家，一定要统一意见，不要有人唱对台戏，让宝宝知道，没人会对他妥协。

（3）在同一个碗里把饭和菜分开，宝宝喜欢吃什么就让他吃什么，如果有汁的话淋在饭上面。

（4）宝宝有自己的饭碗和勺子，让宝宝知道，要吃饭就要用自己的饭碗和勺子，不和大人混着用。/（eva88）

吃饭可以慢慢来，妈妈们有两种倾向：一种是让孩子养成好的吃饭习惯；一种是让孩子吃饱。我是后者。当然，并不是说我只喂不管，我是在喂的基础上尽量、逐步地让孩子自己吃。饿他不是一种好方法，因为孩子饿了虽然会吃，但也只吃个八成饱，不饿了他就去玩了。长此以往胃会变小，因为他习惯了这种半饱的状态。我建议妈妈耐心一些，鼓励他，逐步让孩子养成自己吃饭的习惯。/（绿色长城）

第四章
每个孩子都能乖乖睡觉

每个小孩都有阶段性的睡眠问题，表现方式各不相同。有时是让大人陪睡，有时要抓住大人的衣领、抱着才入睡，有时非得开灯……虽然要求五花八门，让父母应接不暇，但是办法总是有的。

一、让宝宝按时睡觉、准时起床

【七嘴八舌】

宝宝晚上精神十足，怎么都不肯睡觉，给他唱歌、讲故事，他却越来越兴奋；不理他，他又拼命喊人，有时还会哭着吵你，还会自己唱歌或在床上跳，一直到夜里十一二点，甚至更晚才入睡。

虽然已经不再是听摇篮曲就能入睡的乖宝宝了，可让他们养成按时睡觉的办法总是有的，看看其他妈妈怎么说？

让孩子听音乐，讲故事

晚上6点30分用晚餐，天气好会出去逛一圈。8点30分洗澡换睡衣，放他自己在床上玩，同时放胎教时候的音乐。9点喝120～150毫升奶就入睡了，一小时后偶尔会哭闹一会儿。凌晨2点吃一次奶，不哭闹，接着就直接睡到早上6点 ，基本上都准时起床。/（嘛鬼烦）

轻柔熟悉的音乐或安静的环境下，让相对固定的人哄着睡觉。还有睡前让宝宝情绪安定，也是比较有效的方法。/（宾宾有你）

每到晚上9点，就抱宝宝回房间，把灯关了换上小夜灯，光线很昏暗的那种，然后放点轻音乐，都是以前胎教听的音乐，抱他一会儿，等他安静下来就直接放在床上。

刚开始他会哭闹，轻轻摸摸头，慢慢就会安静下来，然后自己一个人玩，玩着玩着就睡着了。现在我家宝宝一点都不怕黑，之前一关灯就哭。整个过程不要逗宝宝，不要让他兴奋。/（宝宝来了）

睡觉前给他听点轻柔的音乐或者给他讲安徒生童话故事。/（dz2006）

养成习惯很重要

从小就要培养睡觉习惯，我一个同事在这方面坚持得很好，所以孩子作息很正常！不过听说跟孕期妈咪的睡眠习惯有关。我女儿也是晚上很难入睡，中午在幼儿园也常常睡不着，早上就赖床，烦！/（盈多妈咪）

二、培养孩子独立入睡的切身体验

【七嘴八舌】

我儿子现在5岁了，之前一直跟大人睡，1～3岁跟奶奶睡，3岁后跟我睡。睡的时候特不规矩，翻来覆去的，每天晚上对我都是个大折磨。

前个月曾计划培养他的独立能力，送他去全托。后来咨询了心理辅导师，他觉得像我儿子的情况，还是在家培养他的独立能力更好。于是就想跟他分床睡，做了差不多一个月的铺垫后，终于在两周前为他买了张小床。

第一晚他很期待一个人睡，但睡下去后，发现不可以和我抱着聊天、亲亲，就有点想退缩。但我装着没事儿，不停地鼓励他、赞美他，他终于独自睡了一个晚上。

第二天大清早我起来后，他就醒了，大发脾气，双腿狂踢床。我装着不知道，夸他厉害，乖，长大了。晚上吃饭时，我在爷爷、奶奶、爸爸面前特意表扬他，结果这就成功分床了。

周末回到自己家，也用同样的方法，让他自己一个人睡一间房，超爽。

自从和宝宝分床睡以后，他真的长大了，接着我又教他自己冲凉，现在他也基本学会了。我又用同样的方法，教他用筷子吃饭，他也学会了，就是吃得不专心，不知如何纠正。看着儿子一天一天进步，我开心坏了。

/（乐趣厨）

三、3天成功让宝宝独自入睡

【妈妈经验谈】

不知不觉，宝宝已经3岁了，这小丫头从出生到现在一直和我们睡。虽说这是非常温馨的三人行，但总归有一些不便。而且小丫头每次都要大人陪着才肯入睡，有时还闹着要给她讲故事，非常黏人。我和老公一想到以后分床睡的问题就头疼！慢慢有了培养她独立入睡的想法，这个星期开始付诸实行，跟大家分享一下战况。

3月23日　周一晚

如常督促丫头刷牙、洗脸、换衣服后，把她抱到床上。孩子她爹把小音箱搬进卧室，开始实行我们的音乐“催眠”计划。放的是自己刻录的光盘，里面有许多旋律优美的民歌。小丫头以前午睡时常常放给她听，所以她对那些歌曲比较熟悉，也不抗拒。一切就绪后，我们跟小丫头道晚安后，就怀着紧张忐忑的心情待在客厅里，想不到小丫头心情极好，竟然没有闹。过了约10分钟，我们蹑手蹑脚地跑到卧室，小丫头已经安然入睡！激动得我们两个紧紧地抱着互拍后背，边感叹：我们的丫头长大了！

3月24日　周二晚

孩子她爸说要换换音乐，于是我们把孕期听的CD（古典音乐）放给丫头听。她爸爸还在床边伴舞，但丫头似乎不买账了，闹了好久。我们尝试不理她，后来在厅里听到她的哭声，只好重放昨晚那张碟。但小家伙似乎还在生气，于是只好乖乖地躺在床上陪着她。等她睡着了，我们一起感慨：看来丫头没有音乐细胞，那么好听的古典音乐却不会欣赏！

3月25日　周三晚

现在晚上10点多了，孩子她爸值班还没回来，卧室里放了音乐，宝宝还在床上，不知道睡着了没？刚才还让我拿幼儿园奖励的苹果帖给她。我跟她说，妈妈要洗澡，要工作啥的，让她自己乖乖睡……/（肥猫fat）

第五章
每个孩子都能够懂规矩

自从孩子学会走路、学会说话，也意味着他们走进了“无组织无纪律”的阶段。不是把手中的玩具随手乱扔，就是大呼小叫，甚至都无法预料何时何地又将出现什么让人头痛的事情。这个时候，该教他学点规矩了。

一、洗漱

3个让宝宝爱上刷牙的小秘招

【七嘴八舌】

仔仔以前一直对我刷牙很感兴趣，还经常模仿。他1岁8个月时我就训练他刷牙，开始很配合，因为觉得好玩。但热情过后就没耐性了，现在还很抗

拒，不管怎么哄就是不配合。下个月仔仔就两岁了，觉得是时候让他早晚刷牙了，大家是如何让宝宝爱上刷牙的？/（靓哥斯拉）

投其所好，买他喜欢的卡通牙刷

买个漂亮一点的牙刷，有他喜欢的图案或卡通人物。/（琳琳肥妈妈）

准备一首刷牙小曲

很早就叫他学相关的儿歌，然后给他牙刷，我刷牙时让他学着一起刷。

儿歌：《小牙刷》。歌词是：小牙刷，我爱它。短短的毛，长长的把。每天早晨都用它。呼噜噜，刷拉拉。上下左右来回刷。漱完口，把嘴擦。镜子面前张嘴巴，咦，哈哈，牙儿干净啦。爸爸妈妈齐称赞，真是讲卫生的好娃娃。

这是我小时候妈妈教的儿歌，我家小毛头现在每天早晨和临睡前，都拿着牙刷高兴地念这首儿歌。/（小毛头妈妈）

我家宝宝天天每天早上自己刷，但要我拿牙刷在一旁一起刷。一边刷还要一边唱，“你刷刷，我刷刷”（就是花儿乐队的歌）。但老喜欢刷下牙，刷上面的就应付两下。/（天天快长大）

各式各样的善意谎言

我告诉女儿，如果不刷牙，就会像大笨象那样，牙齿会长出来，长长的，会好丑，她就会自觉刷牙了，说要牙齿白白的、漂漂亮亮的。还可以和她一起刷，因为小孩都喜欢和妈妈做同一件事。/（瑶瑶珠妈妈）

我跟小孩说，如果不刷牙，牙齿会变黄、变黑，时间长了会像广告中的黑牙那样掉出来，牙齿掉了就什么都不能吃，他就每天很自觉地刷牙了。/（昊仔妈妈）

开始是我帮她刷，后来和她一起刷。现在告诉她不刷牙，牙齿坏了要去拔牙，她早晚都和我一起刷牙。/（英子0724）

有机会带他去看看拔牙的痛苦样子和烂牙的图片，包他以后都认真刷牙。认真刷牙的习惯要从小培养。我家的两个小孩就是让他们从玩耍开始，一岁半就开始学，刚开始什么都不用放，就让他们装模做样地刷。两岁后用不含氟的可吞咽的儿童液体牙膏，慢慢地宝宝就会刷得认真，大人再来跟进检查。/（雪糕猫）

宝宝刷牙的心得体会

【七嘴八舌】

儿子现在2岁7个月，一直很抗拒用牙膏刷牙，随便刷几下就当刷牙了，怎么办啊？/（persila）

以身作则，让宝宝模仿着刷牙

儿子3岁时我才开始给他用牙膏。儿子在阳台刷牙时，我就在窗子另一边厨房的洗碗池里刷，作为榜样，巩固他坚持刷牙的习惯。/（mountie）

用宝宝专用牙膏

我家宝宝快两岁时用牙刷牙膏。先让她练习用凉开水刷，会吐水了再用宝宝专用牙膏。电视中有教宝宝刷牙的正确方法，生动、形象，我家女儿超喜欢。她原来也不爱刷牙，现在每天吵着刷几遍，还不停地问：“我的牙齿白不白。”/（niuniu_ma）

我家宝宝两岁半左右开始刷，开始用的是那种吞下去也没关系的牙膏，一直坚持到4岁多了，每天都自觉刷牙。平时我很少给她吃糖类的零食，上次我去看牙医，带她也去检查了一下，医生说她的牙很好。/（xy_snowr）

用淡盐水代替牙膏

我家宝宝2岁4个月了，到现在还是用淡盐水刷牙，最近正在培养他早晚刷牙的习惯。/（ivymei）

我女儿一出生就开始用纱布给她洗口腔，开始很抗拒，就泡一点点盐水给她洗。现在长了8颗牙就开始用牙刷了。/（为了明天）

我家宝宝也是两岁开始的，先用温开水刷，有时也用盐开水刷，教她吐水，不要吞，到会吐了才让她用牙膏。看到有些资料说，能吞的牙膏不可以用太长时间，因为预防蛀牙的效果不好，还有资料说幼儿最好不要用含氟的牙膏。我后来就买了不含氟的木糖醇儿童牙膏给她用。/（石榴花）

经常鼓励宝宝

我家宝贝从长牙时就开始清洁口腔，刚开始用纱布，差不多两岁开始用牙刷、牙膏刷牙。养成习惯需要一个过程，要很有耐心，经常表扬她牙齿像牛奶一样白，像小白兔一样可爱。几个月以后，她就不用督促了，因为刷牙已经成了一种习惯。/（魔魔公主）

独家招数让宝宝学会自己洗漱

【妈妈经验谈】

家有宝宝，做父母的总要想方设法出招，对付每天的洗漱活动。养成了好习惯，宝宝会一生受益。

记得我小时候，每天早上刷牙，必是父亲在我身边，和我一起刷牙。那时候家里地方小，我和父亲会蹲在门前街边刷牙。常会有一对父子路过，那父亲总指着我对他儿子说："看看这个小朋友多乖，会自己刷牙哟。"我听罢，心里总是窃喜，越发卖力地在那儿刷牙。

诺诺自从会拿牙刷了，也喜欢拿着那只漂亮的小牙刷，放进嘴里乱捅一番。我教她，她还不虚心学习呢。幼儿园老师专门跟小朋友讲了刷牙的课，还让小朋友带小牙刷回幼儿园练习。诺诺学习后，在家里刷牙时还真有点像样了。为了让她每天都刷牙，我决定和她一起刷牙。

家里的洗手间小，两个人怎样才能一起刷牙呢？瞥见角落里有一个没用的盆子，于是就拿来装脏水。我和诺诺两个人面对面蹲在盆子两边，各自拿着自己的杯子、牙刷，开始刷牙了。诺诺很喜欢这样像照镜子一样的刷牙方法。我怎样刷，她就怎样刷，每个举动都学得不漏。如果比我快了一点儿，还哈哈大笑，以示赢了。慢慢地，她会每天定时拿盆子、杯子、小牙刷等工具出来刷牙，养成了习惯。

从诺诺出院时起，她就习惯了躺在大人腿上洗头，我婆婆教的。她的身体躺在大人腿上，大人一手扶着她的头、一手帮她洗头。这样的习惯一直延续着，到诺诺大了点，她便开始在洗头时跟我或诺诺爸聊天、玩耍：有时摸爸爸的胡茬，笑爸爸下巴有很多"针"，有时指着妈妈的睡衣，跟睡衣上的小猪说话……洗头洗得很舒服。诺诺爸妒忌地说："你就好啦，每天可以免费泰式洗头，我们要泰式洗头还花钱的呢。"

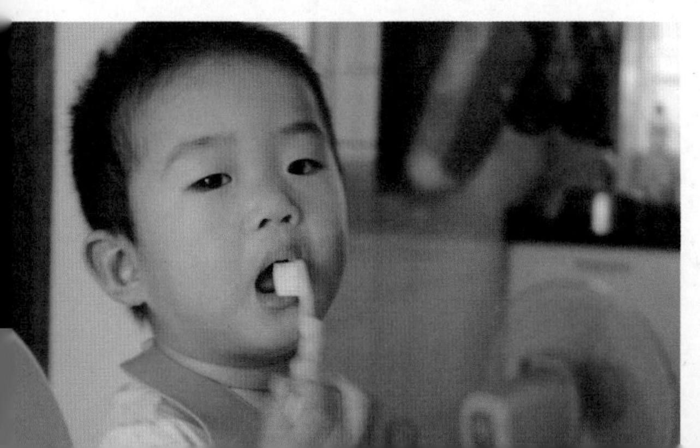

诺诺小时，喜欢坐在长形洗澡盆里洗澡。我们会让她自己选几个小动物玩具放进盆里陪她玩，玩着玩着就洗完澡了。诺诺大点时，愿意站在洗手间里用喷头洗澡了。我在洗手间的墙壁上，贴上一些卡通动物贴纸，诺诺在洗澡时，会跟墙上的卡通动物说话。分散了注意力，我帮她洗澡时她乖多了。当她发现身上的沐浴液被水冲到地上，出现很多大大的泡泡时，喜欢得不得了。时而捉身上的大泡泡，时而踩地上的大泡泡，洗澡洗得好开心。

这些每天都要进行的活动，如果家长的招数得法，宝宝会很喜欢的，一定能养成好习惯。

诺诺现在6岁半了，早已学会了自己洗澡，刷牙洗脸更不在话下。

/（小精灵诺诺妈咪）

二、吃手指

吃手指是锻炼协调能力的过程吗

【七嘴八舌】

宝宝总爱吃手指，怎么办？4个月的宝宝，大概是太闲了，总在摆弄自己的小手。有时候把手举到眼前晃晃，忍不住就塞进嘴里了。好像小手就是一块好吃的红烧肉。小东西有时候不吃手则已，一吃就是两只手一起填进嘴巴里。我宝宝有可能是没有母乳吃的原因，感觉他特别爱吃。宝宝吃手指比吃奶还起劲，连啃带吸，啧啧有声，夺都夺不下来，真的很郁闷。真不明白，感觉手指有点脏，可宝宝为什么那么爱吃呢？是时候长牙了吗？有时候我觉得他吃手指，可能是对外界事情认识的开端，不知道该不该让他吃！

/（sherie_leung）

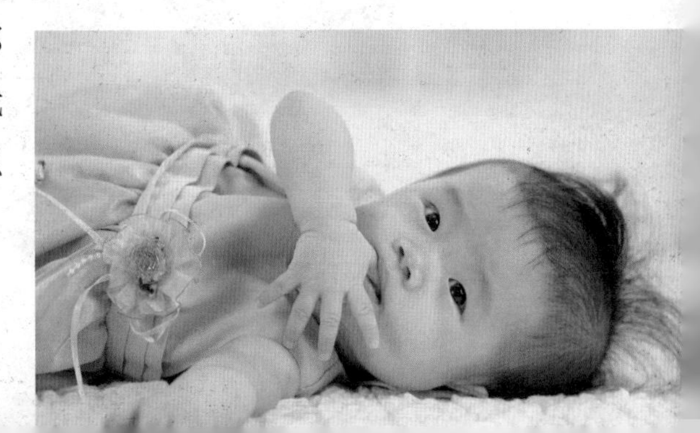

这是宝宝协调控制能力的锻炼过程？

1. 赞成的妈妈这样认为

我女儿也是，50天就吃手指了，而且是两只手指轮流吃，感觉这是必经阶段，把手洗干净就行啦。/（丑怪女啊丑怪妈）

宝宝两个月左右开始吃手，是对自己协调能力控制的锻炼过程，从不会吃到想吃就能吃到，而且吃得啧啧有声，都是宝宝的进步。长大了自然就不吃了，不要担心。/（雨佳）

吃手指是宝宝探索世界的一个过程，半岁以后吃手指才要去管，现在让他去吃就可以了。/（like213）

宝宝吃手是他大脑神经系统发育的必经过程，不光是手。我宝宝对大人的大手、各种玩具，甚至手边一切可以抓到的东西，都要放进嘴里尝味道。呵呵，其实不必担心，到了他知道啥能吃啥不能吃的时候，他自然就不吃了。/（s_j0321）

宝宝是有一个吃手的过程的。吃手指也是乐在其中呀，能让宝宝感受到手指的妙用呢。我家宝宝从2个月吃到8个月，刚开始是整个手往嘴里塞，现在换着手指啃，啃了这只手指换那只，还会把指甲放在牙齿上拨得“咔咔”响。/（angelafxzh）

2. 反对的妈妈这样认为

我儿子基本上不吃，刚开始有苗头时就不让他吃，不要到养成习惯才改。我儿子小时候一放手到嘴边，我就拉着他的手玩、唱歌、做操，或给他玩具。他想吃玩具就用另一个吸引他，跟他换。只要多陪他玩，他就不吃了。过一段时间他就完全没有吃手指的念头了。我不认同让孩子吃手是协调控制能力锻炼的理论。周围环境太脏时你不让他吃，他不能理解，也做不到，协调能力可以用其他方式锻炼。/（span22）

我儿子快7个月了很少吃手指。只要他把手放进嘴里我就给他玩具，然后逗他玩，或给他喝水。他几乎没吃过手指！我个人认为吃手指不卫生，就算洗手了，他玩了玩具也会很脏，不吃手指也一样会很聪明！/（lina～li）

3位妈妈帮宝宝戒吃手指

【七嘴八舌】

1. 时刻注意，一发现就纠正

说说我家宝宝戒手指的过程吧！几个月就开始吃手指，看了好多资料，说这个对小朋友手口协调有帮助，所以就没有制止，任她吃。

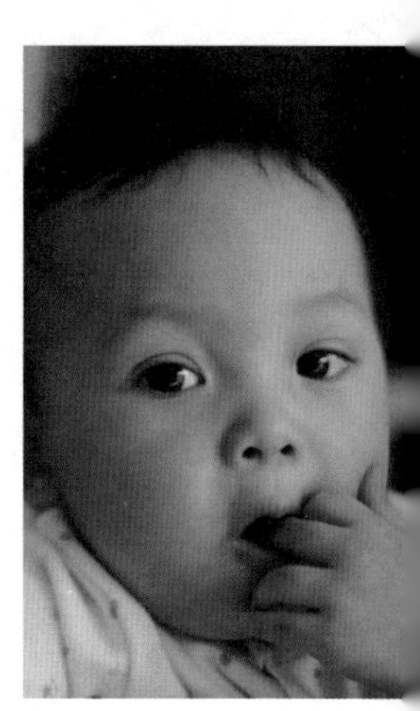

到了1岁多，2岁多，都吃，不同的是，2岁多的时候，只是饿了或想睡觉了就拼命吃，其他时候基本不吃。她只吃左手大拇指，所以大拇指上一直有一个厚厚的类似茧子一样的东西。

但孩子大了，相对就较难保证卫生了，开始想让她戒吃手指。苦口婆心也试了，打骂也试了，手指水也试了，始终戒不了。清醒的时候可以完全不吃，但一到睡觉，就一定要吃着手指睡，不准吃，就大哭，有时为了保障她的睡眠，不得不妥协。

2岁半左右进了幼儿园，老师也投诉她睡觉时要吃手指。小朋友进了幼儿园后，开始知道羞了，有时候也觉得吃手指不好。于是我经常和她说吃手指不好，在她想睡觉的时候，尽量不让她吃手指，或者她一睡着，马上把手指拿出来，不让她一直含着。慢慢地宝宝居然就不吃了，印象中是快3岁才戒掉呢！/（小鸡囡囡）

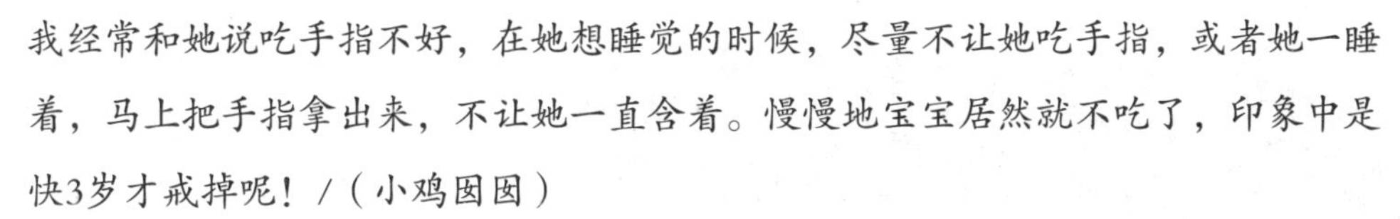

2. 坚持，坚持，再坚持

我家宝宝戒了两次才成功。

第一次是在1岁的时候，就是用类似这样的手套绑住小手，他只吃左手大拇指，其他手指不吃，所以只绑了左手。本来我妈妈已经帮他戒得差不多了，后来给爷爷奶奶带，没有坚持，结果第一次就这样以失败告终。

第二次下决心给他戒吃手指，是看他因为要吃手指而睡不好觉，每天睡前都拼命地吃，睡到半夜翻个身也要吃，严重影响了睡眠质量，因为他每次要吃很久。为了让他能睡个好觉，我在他1岁半的一个双休日，开始在他睡觉前，给他套上那种长长的袜子，一直到手臂上的，还套上两双。睡着的时侯再给他的左手绑上手套，刚戒的第一天因为吃不到手指，哭了好久，样子很可怜，就像戒奶时哭得那么可怜。可我只能狠下心来，抱着他直到他睡着。没想到，第二天，他居然主动说要套上袜子，虽然临睡时还是试途要脱下，但因为那时小还脱不下来，结果闹一下就睡着了。这样坚持了几天，就基本戒掉了。

不过为了彻底戒掉这个坏毛病，我们坚持了整整一个月，所以一定要坚持。/（言妈）

3. 戒的时候要坚决

不用担心难戒，其实这么小的宝宝，记忆力很一般。我宝宝11个月之前对吸手指很上瘾，她白天不吸，就是晚上睡觉前吸，到半夜吃手指吃得翻来覆去，啧啧做响，你强行不让她吃，她就大声哭，很凄惨。真像吃毒品上瘾的样子，我当时很担心她以后戒不掉。试过给她奶嘴，一点兴趣都没有，试过涂万金油、风油精都没用，照吃不理。后来想这样会严重影响睡眠，不得不下决心戒掉。

当时是冬天，就让她穿了长睡袋，保证她的手在袖子里吃不到。然后抱着她在屋里走动，分散她的注意力，直到她困得不行，在我怀里睡着了。半夜好几次咬袖子，我都拍拍她，不让咬，竟然也睡过去了。这样持续了大概一周，中途有几个晚上因为吃不到手指猛哭，我硬是把她安抚过去了。一周后，她竟然自己也忘记怎么吃手指！大拇指、食指放在嘴里划几下，就是不知道怎么吃，她也就没兴趣了。

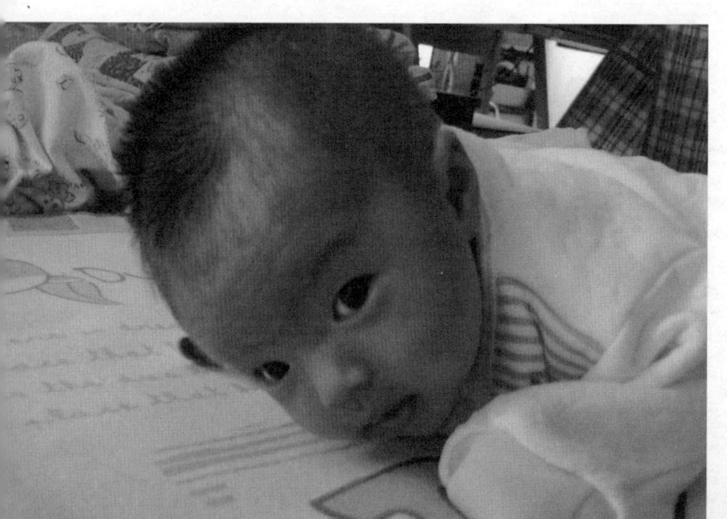

本来我非常担心，因为她真的很上瘾，想不到这么容易就戒掉了。之前给宝宝吃手指原是想满足她的生理欲望，但严重影响睡眠才不得不戒掉。

我想应该不用太担心戒不掉，关键是戒的时候要坚决点。我觉得贴胶布的方法应该可以，但宝宝越大越容易自己把胶布撕下来，那就没什么用了。关键是不让他把手指整个吃到嘴里，分散注意力，多给他点安全感。/（gudogudogudo）

三、扔东西

如何让孩子戒掉扔东西的坏毛病

【七嘴八舌】

很多小朋友在1岁半至3岁之间很爱扔东西，吃什么扔什么，拿什么扔什么，甚至连碗、玩具也扔……心情好的时候扔，心情不好的时候更是扔得厉害，真是让人心烦。耐心讲解简直就是对牛弹琴，要是再不想办法解决一下眼前的难题，家里的东西都得遭殃啦！如何对付爱扔东西的宝宝？

1. 故事“疗养”法

我一般在睡觉前把宝宝不好的表现，以小动物的身份编一些故事讲给他听。告诉他小动物开始因为这些坏习惯而失去了朋友，后来改正了，又重新获得了朋友，效果非常好。/（microsoft_good）

2. 实物教导，什么能丢什么不能丢

有一次学校开心理专题培训，一散会我马上“抓住”心理专家，咨询我儿子爱丢东西的问题。她说孩子进入了探索世界的敏感期，他通过丢东西时产生的声响、物品接触地面的质感去了解世界。另外孩子还会利用丢东西的方式去发泄不良情绪。

她教我在家里准备一个废纸箱，专门给孩子丢东西，然后告诉他什么东西可以丢，什么东西不能丢，丢了以后的后果是什么。每天都要拿着丢烂的东西去教育他，进行强化。所以我儿子很早就知道塑料、陶瓷、不锈钢等不同质地的东西，丢出去会出现什么状况。/（paliaoni）

3. 小孩成长的必经过程

我们家那个也是这样，而且是从2岁多扔到3岁半，直到现在有时候还会扔东西，不过已经比以前好多了。也没有刻意去教育他，只是尽量将东西换成不易碎的。大一些时告诉他扔的东西会痛的，要是换过来将宝宝这样扔到地上也会痛的，慢慢就不再扔了。不过好多宝宝都要经过这种成长过程，只要慢慢引导就好了。/（Sally_yh）

孩子大一点就会好了，是小孩成长的一个必经过程。/（XGZ）

听说这是宝宝在练习手的抓握能力。/（sweetorange）

不要阻止他，找些育儿书看看，孩子都有这个时期，他是想改变物质的状态。妈妈们看管好贵重物品不要放他旁边就行。/（枫儿88）

这是宝宝发展的必经阶段，想要改变周围的环境，让事情发生又或是一种发泄。建议买一些小沙包或球类东西给他扔，并告诉他哪些是可以扔的，哪些不可以扔(虽然可能不听，不过慢慢就听了)，同时自己把贵重物品收好。就把它当作是宝宝锻炼手指、手臂肌肉力量与关节的灵活吧。/（jessin001）

4. 用“捡”、“放”代替“扔”

小朋友会有一个扔东西的敏感期，通过扔东西感受空间及物品的位置是可以改变的。只要妈妈们意识到小朋友扔东西是在学习体验空间，就不必过于惊慌了。扔完东西后，妈妈可以试着和宝宝一起把东西捡起来，让宝宝明白东西不但可以扔出去，也可以捡回来。

如果是很贵重的东西，妈妈要很严厉地告诉宝宝，这个不可以扔。因为宝宝此时还不会分辨自己行为的好坏，需要妈妈来引导。而且，当宝宝扔东西时，如果妈妈的表现过于激烈，比如：打骂宝宝，这些行为都会引起宝宝更大的兴趣，使他更加喜欢扔东西。

所以，当宝宝扔完东西后，尽量让宝宝自己去捡起来，也可以用玩游戏的方式让宝宝捡起来。如妈妈可以假装没看见宝宝把玩具扔在地上，用很惊奇的语气问宝宝：“玩具去哪里啦？怎么不见啦？宝宝有没有看见啊？”尽量使宝宝注意到他把玩具扔了。所以我觉得，要让宝宝不再扔东西，妈妈的注意力不应该放在“扔”这个动作上，而是放在“捡”这个动作上。/（CCE）

最近我教他“摸”，他爸抱着他时，我就用手轻轻地抚摩他爸的脸，一边说：“这是摸。”宝宝认真地看着，一两次后，他再抓我，我就说：“要摸。”他就一边说“摸”一边轻轻地摸了。

扔东西也可以用这种方法，教他“放”很有效。其实我宝宝很早就知道要将玩具放进箱子，当然，都是扔进去的，不会轻轻放下。/（旅游的幸孕）

四、看电视

让不让2岁前的宝宝看电视

【七嘴八舌】

现在很多家庭都不让宝宝太早接触电视，一怕辐射会影响宝宝身体发育，二怕电视内容给孩子不良影响。妈妈们，你们让不让2岁之前的宝宝看电视?

1. 不赞成让孩子看电视

我家只要宝宝在都不开电视，只有宝宝出去玩、睡了，才会看看电视。/（lolachenxy）

我家老人一天到晚抱着孩子看电视，我说过这样不好，但老公说，“不让他们看，他们能做什么呢？除非你能解决这个问题，否则说了等于白说！”哎，这就是现代人的悲哀！/（晋宇妈妈）

2. 理性地看待电视，电视上也能学到有用的东西

不是很赞同，应改成不要让2岁前的婴儿过多地看电视。在说看电视的缺点时，也可能忽视了看电视的优点。小婴儿当然越少看越好，大一些适当看电视会增长见识，学习一些新知识。当然，将电视当成保姆就不可取啦。/（庆麟妈妈）

极不赞同这种说法，不相信宝宝2岁前看点电视会变痴呆，有自闭症。我们上一代还不是这样把我们带大了，我们还不是很正常。你说哪个小孩看电视机后有自闭症，有什么根据？难道大多数宝宝2岁前看电视都会这样吗？/（幺幺妈）

3. 该看的就看，不该看的别看

普通电视节目不给他看，只看一些幼教的节目，看时陪着他，用他理解的语言一边看一边讲，这样看完后，他会讲节目的内容，其实也不错的，关键是跟他交流，而不是为了让他安静图省事才看电视。/（meibo）

哎，都知道看电视不好，但是做不到不看电视，我也很无奈。/（芊芊妈咪）

有个节目专门是说教育方法的，外国人思想和中国的就是不一样。那个节目鼓励家长让2岁前的小孩多看电视，因为电视里有很多东西可以学习，也不用担心小孩的视力会受影响，因为2岁前孩子的视网膜还没发育完好。大概意思就是这样吧，因为是很久前看过的片子。

我女儿也是不看电视吃不下饭的那种，平时我们看新闻她也偶尔会盯一下。反正不让她太靠前看，别看太久就行了。我去欧洲旅游时，就看到外国的小孩在冰天雪地里吃雪糕，后来同去的有个专家说，外国人没什么上火、咽喉炎这一说，因为常吃冷冻的东西。我女儿从小到大都喝凉开水，多训练一下她的肠胃，不用太娇气的。/（chanixlulu）

凡事也不好绝对的，我家宝贝也看电视，我不会绝对禁止。早上的《Baby First》就非常适合1～2岁的宝宝看，可以认数字、颜色。小孩的认知可以通过多种方式培养，除了书本、早教机构、成人，电视也不错啊。只是凡事要适可而止，每天半小时以内，应该不会有什么不良影响吧？/（CHUWK）

宝宝迷上看电视，4招合理保护视力

【七嘴八舌】

我宝宝18个月大就迷上电视，而且喜欢盯着看，不让他看就哭闹。我真担心他会得近视眼，有何高招解决吗？

1. 营造良好的生活环境

最简单的方法就是不看，只要宝宝在场大人都不看。小朋友的习惯是慢慢形成的。我家孩子也喜欢看，而且老人家还叫他看电视，用不同的电视节目吸引他。我在场时就会跟他说："小孩子不可以看电视，我们大人也不看。"任他哭闹都不妥协，让他知道不是哭闹就可以达到目的。教小孩子是一件艰巨的事，除了孩子本身之外，大人、周边环境都很重要。/（ANNA123）

小孩2岁前不要看电视，这是最基本的要求，只要小孩还没睡，我们家的电视都不开。为了孩子，电视是家里的摆设而已，没有什么奇怪的。/（B女妈咪）

2. DHA的配方奶粉可防近视

年纪小小就近视，多半是大脑视力发育的问题，可以选有DHA的配方奶粉。当然太长时间看电视也不好，出去散散步可以分散他的注意力。/（冰封的心）

第一要让孩子养成良好的习惯，第二要注意宝宝脑部视力功能区的发育，补充科学含量的DHA。/（阿咪小宝）

3. 好的生活习惯和充足的营养是视力的保证

预防孩子的近视首先得养成好习惯，其次是注意各方面的营养！/（收藏你的爱）

4. 注意看电视的距离，控制用眼时间

孩子爱看电视已是天性，要纠正的只是看电视时的距离和控制用眼时间啦！/（love芸儿）

五、东西归位

5天让孩子学会东西归位

【妈妈经验谈】

2008年9月11日

这两天妈妈把你的玩具筛选后，把你现阶段要玩的摆到了玩具架上。摆好后让你来架子前观察，并告诉你："妈妈把玩具都摆好了，以后要记住它们的位置，玩完后要归位。"你点了点头。下午，妈妈看到你的鼓放在桌子上没归位，妈妈就提醒你归位。你拿着鼓准备放到玩具架上时，又扭过头问妈妈："是放在这里吗？"妈妈对你点了点头。晚上妈妈做饭时，看到你端了一筐玩具玩，可等我们吃完晚饭妈妈才发现，地上一个玩具都没有，妈妈好惊喜。

2008年12月17日

今天妈妈看到你嵌板图的图块乱七八糟地躺在地上，妈妈提醒你归位，你说你在看书。妈妈就在你旁边自言自语："哎，这些图妈妈找不到它们的家在哪里，请经纬帮个忙，帮它们找到家好吗？"你很高兴地站起来，妈妈拿一个，你嵌进去一个，一会儿就嵌完了，你高高兴兴地归位了。

2009年2月18日

这一段时间你开始不喜欢归位了。每次回到家鞋子一脱就让它躺在客厅里，让你归位你好像没听到。有一次妈妈气得说这鞋子没人要，等会儿当垃圾扔了。你着急了，急忙去归位，可第二天仍旧这样。看来妈妈的方法实在有点不合教育常识，让你爸爸知道又要受训了。

妈妈苦思冥想，觉得自己好笨，怎么没利用你喜欢听故事的方法来解决问题呢。这天你又缠着妈妈讲故事，妈妈就讲了一个小兔子不归位，后来给它带来各种麻烦的故事。你听得很认真，接连几天你都让妈妈讲这个故事。好像真的很有效，妈妈发现你又开始归位了。

2009年2月23日

今天你午睡时床上还有衣服没叠，你一上床就嘟囔着说："怎么这么乱啊！"妈妈赶紧把衣服叠好，你才躺下来睡觉。你睡觉时有个妈妈带孩子来我们家玩，把玩具搞了一客厅。你睡醒后来到客厅，很生气地嚷："怎么乱七八糟的。"那位妈妈不好意思地说："阿姨马上帮你收拾好。"今天是你第一次这么明显地表现出对"乱"的厌恶，看来归位及秩序感已在你心中生根了，太让人喜悦了。

2009年4月26日

今天回家你的鞋子又躺在地上，妈妈提醒你归位，你说请妈妈帮你归位。这句话这几天已经说过好多次。妈妈走到你的鞋子面前，开始扮演鞋子说：“我的主人经纬，请帮我归位吧。我好累了，很想回家休息，你送我回家吧。等我休息好了，下午我们再一起去玩。”真有效，你竟然起来去归位了。/（经纬妈妈）

六、打人

宝宝爱打人的分析

【七嘴八舌】

我家衡衡1岁7个月了，最近几天开始喜欢打人。有时候大人语气温和地叫他不要干什么，他就装出很生气的样子说“打”，然后打下来，有时候是真打，有时是打着玩。怎么说都不听，越说他越打，怎么教好他呢？总不能以暴制暴吧。/（车厘子妈妈）

属于敏感期的一种表现，正确引导

是不是家长有时也打过他呢？出现这种情况，立即把他拉开，不要去强调这个行为，温和地对他说："不可以这样。"不要说"打"字。/（sygls2005）

宝宝打人是处于敏感期，当宝宝出现打人现象时妈妈可以把"打"字淡化，告诉宝宝这是粗鲁的行为，不可以有。然后问宝宝，你很喜欢哥哥或谁谁谁吗？我们摸一下哥哥，把"打"字改为"摸"，宝宝更多的还是模仿家里人的行为。/（七月秋）

小孩子是有一个喜欢打人的阶段，正确引导过了这个阶段就没事啦。/（fulin～姐妹）

七、哭闹

轻松化解宝宝的5种常见哭闹

【妈妈经验谈】

我们见识过诺诺五花八门的哭闹，她每次哭闹时我们稍微分析一下，就能对症下药将哭闹化解于无形。

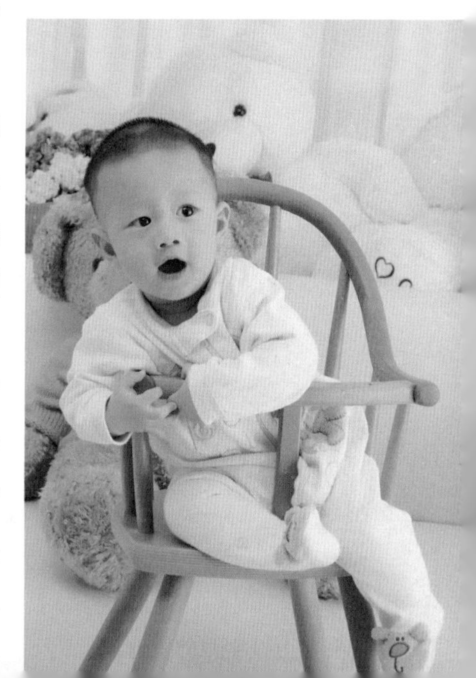

（1）跌伤、夹伤等造成的哭闹，那是发自内心的哭。她不看大人的脸色，不听大人说话，虽然我们会安慰她，但她要哭到自己收声。这时候我们得忍，不要火上浇油就行，通常她哭的时间都不长，会自动停下来。

（2）如果在街上哭闹要买这买那，那她肯定看大人的脸色。如果我们心软，如她所愿，她下次就会再使用哭闹这招。如果我们狠心一些，不理会她的哭闹，她通常走一段路就会停止哭闹，因为她知道哭闹没用。

（3）有时她用语言表达不了自己的意思，就会用哭闹来表达。这时候我们得分析她的需求是否合理，然后猜测她的意思来化解这种哭闹。

一天早上出了门，她要求回家拿一张纸，我说出了门就不回去了，她一时半刻表达不了自己的意思，就哭起来，一定要回家拿纸。我见她这么坚持就回了家，拿了一张白纸后，她就停止哭闹了。我猜着问她："是不是老师要求你带一张白纸回幼儿园啊？""嗯。"原来如此，于是我教她，以后老师要求做的事，要早点告诉妈妈，合理的要求妈妈一定满足，她就不用哭了。

（4）有一种哭闹明显是开玩笑，她会一边只打雷不下雨地嚎哭，一边看大人的脸色，目的是让我们注意她的存在。尤其是在我们专心致志地看电视不理她时，这种哭闹只要我们理睬她了，或学着她的怪样子嚎哭，她就会马上破涕为笑。

（5）有时候早上叫她起床，她会不大愿意，"哼哼哼"地小哭。这时候给她一点吃的东西，就能使她停止"哼哼"。比如一小块苹果、一小片面包、一颗棉花糖或一杯蜂蜜水。诺诺外婆说，要是大家早上心情好，这点小手段还是挺有用的。

小孩哭闹并不可怕，多观察多揣摩，就能找到对付哭闹的各种方法。/（小精灵诺诺妈咪）

第六章
0～3岁宝宝的能力培养

每个父母都有“望子成龙”、“望女成凤”的夙愿，从宝宝呱呱坠地的那一刻起，父母就在用各种不尽相同的方式培养宝宝的各种能力，如走路、说话、简单的自理等。0～3岁期间，如何培养宝宝各方面的能力呢？如数数、识字、阅读，看看妈妈们是怎么做的？

一、识数字

1岁多就能识数的方法

【七嘴八舌】

我女儿2岁多了，还不认识1到10。我花了很多心思教她，但她好像没什么兴趣。我家住5楼，基本上天天看见5都会教她认。但直到现在，她都不认识5！但她对小动物就很有兴趣，整天问这个是什么那个是什么，而且很快就认完一本书上所有的动物了。有没有什么好方法教小孩子识数呢？邻居小妹妹比她小3个月，都会认10以内的数字了！/（mini2006）

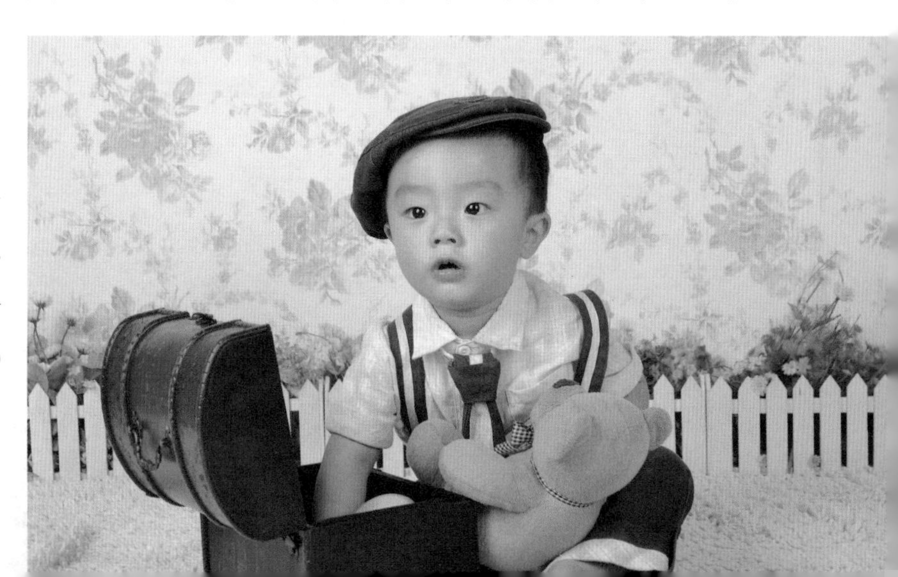

1. 每个孩子特点不同，学的有早有晚

每个孩子的学习敏感期不同。我大儿子2岁多就认识了10个数字和上百个汉字了。小儿子现在4岁半了，才认得10个数字和上百个汉字。但我不觉得小儿子笨，他表现得“牙尖嘴利”，很会辩驳，大儿子显得内秀一些。

认识数字和有“数”的概念，又是两回事。有“数”的概念，大概也要到4岁以后。不信，你可以测试一下，拿3颗小糖果和2个大苹果问问孩子，哪个多？孩子有“数”的概念会知道糖果虽小但多。但如果还没有“数”的概念，他会看到苹果大，占的空间大，就觉得苹果多！不是孩子笨，是孩子的认知能力还没到那个水平。/（AB宝贝）

2. 适当运用方法，开发宝宝的智力

我家儿子1岁半时会自己从1数到10，现在1岁7个多月能数到二十几。我抱他上下楼梯时就数数，慢慢他就记住了。有时我说英文字母，他在我说时也能接上几个字母。有些早教专家说小孩可以很早就认字，还说早识字可促进大脑发育。

儿子1岁3个月左右我开始教他识字，没有每天坚持，想起来就教他，用的是杜曼的方法。有时候读书让他识书名，现在基本上读过的书名都认识。儿子现在大概已经认识几百个汉字了吧，我没具体统计过。儿子也非常喜欢认字，只是我偷懒没有好好坚持。看冯德全的早教书上说，好多孩子1岁就已经认识上千字了，当然识字不是真正的目的，目的是开发孩子的智力。

当然有妈妈肯定会反对，觉得这么小就让孩子学习不好。其实识字在我们看来是学习，孩子却认为是游戏。我让孩子认字也不是刻意去教，每天也不过几分钟。/（broadsky）

我家宝宝2岁半已经认得1～100的数字了，我的方法是：

（1）买数字卡片，循序渐进，一天认两个。第二天先复习昨天学的，及时给予表扬与鼓励，激发他的兴趣再学新的。

（2）利用家里的日历表，每天跟他讲今天星期几，是几号，然后考考他，答对了就亲亲他。

（3）利用电梯，每次回家上电梯就拿他的小手指按楼层。最起码家里住的楼层他会记住，走楼梯时也可以利用这个方法。

（4）利用公交车牌，每次等车时就带他看公交车牌，认数字。这就是我的方法，但愿对其他妈妈有帮助。/（Nvrenmafa）

每个小孩都是聪明的，每个小孩都有自己的特点。我女儿2岁前自己看DVD，认识了A至Z共26个英文字母。主要是她自己有兴趣，喜欢反复不厌烦地看，数字也是在2岁前认识1至10的。所谓的认识是指打乱了她也能准确地说出来，不是按顺序读。

现在我女儿2岁半，认了70多个字，会数数，10以内的准确率高一些，然后说出一共有多少。她在学习方面很有兴趣，家长教了一半，另一半源于她看DVD。总之，学习是这样：让孩子在兴趣中学习，在玩中学，一旦发现孩子没兴趣就立刻停止，有兴趣时再趁热打铁，教的时间不可以太长，还有就是要重复，等等。/（百合上的露珠）

二、识字

让孩子熟记汉字的5种方法

【妈妈经验谈】

没有不成才的孩子，只有懒惰的家长。

刚开始我也没打算刻意去教儿子认字，不过他很喜欢听故事，每天要大人给他读，有时候忙就让他自己看。因为有些故事书真是读了N遍，估计看图他也会了吧，可他理直气壮地说："我不会读，我不识字。"还有一个原因他可能希望我陪他玩。

他说的也不是没道理，他确实不识字，所以我想利用平时给他读故事的机会一点一点教他，为以后培养他的阅读能力做好铺垫。

儿子已经3岁5个月了，其实现在教他认字也不算早了。我以前的同事，她也是做幼教的，现在就教他2岁的儿子认了，效果还不错。

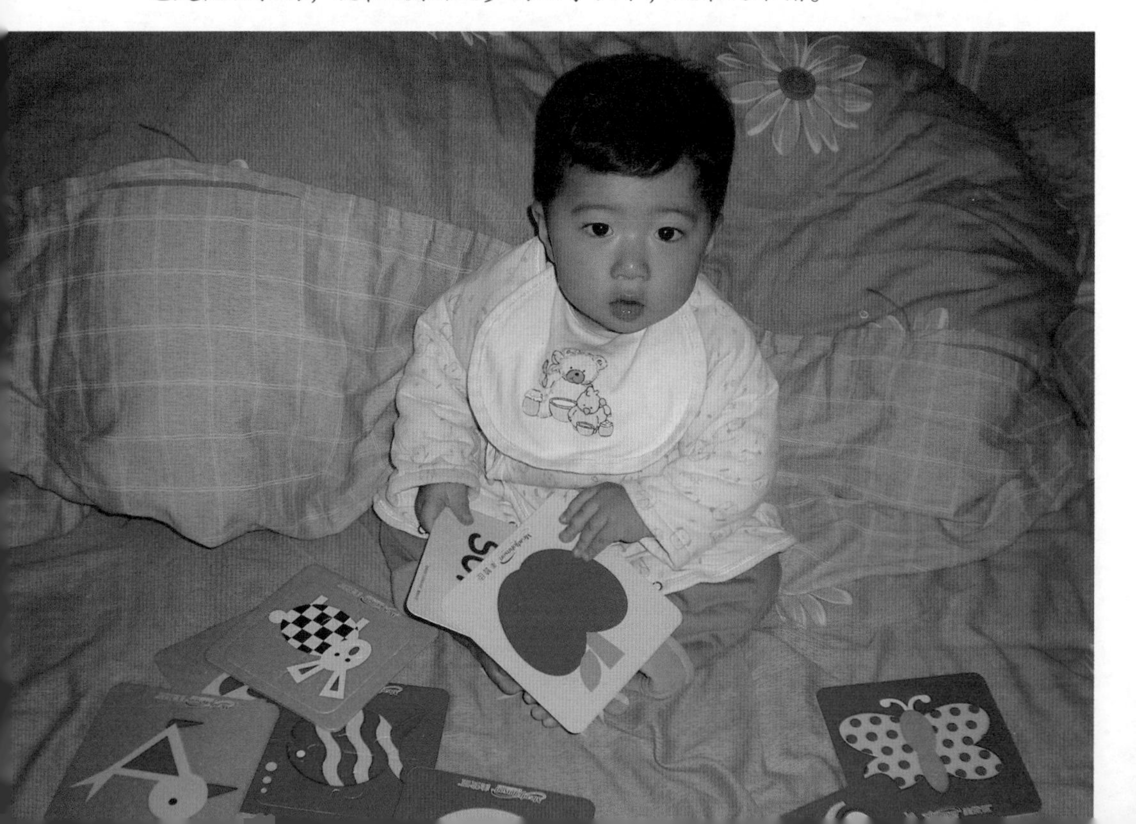

刚开始教的很少，隔几天才教一个字，我是自己用打印机打些常见的字，或者家里的各种东西，如：水、门、杯子、电话等，将字贴在相应的物体上。相信很多妈妈都这么做过，平时就拉着他这么认。

买故事书时我都专门挑字大点的，有些书设计得不错，大字体的句子中又凸显某个词语，如：小熊很喜欢吃蜂蜜。每次读的时候我就指着那特大字告诉他是什么，渐渐地他就认识了。如果读的时候遇到有平时我教他的字，我也会问他那是什么字，不断加深他的印象。孩子其实很聪明，记忆力也很好，每个孩子都如此，只要不断重复他就能记住，记得很多。

有些围绕某个主题的故事、汉字、词组会重复出现，我就会让他找出哪里还有跟这个字长得一样的？

逐渐地他认识一个一个单字后，就把那些单字组合起来。他先认识了大、小、鱼、山等，就可以放在一起给他读：大鱼、小鱼、大山、小山。

有时教汉字可以形象化的来讲解，方便他记，如："哭"是"两只眼睛，流眼泪了，看，有一滴泪"，"雨"是"刷刷刷，好多小雨点"等，大家可以发挥想象力，接着教词"雨水"、"雨伞"。

只要父母肯去做，方法很多，学习讲究循序渐进、积少成多，切忌操之过急。/（京京妈咪）

三、爱阅读

1岁宝宝爱看书，环境最重要

【七嘴八舌】

我同学的宝宝比我家宝宝还小一个月，我家宝宝差不多2岁，同学的宝宝喜欢叫大人讲书上的故事给她听，可我家小妞好像还没这个需求。虽然，她也会安静地看书，十来分钟吧，拉你的手示意读给她听，可是讲故事这些都没有要求过。大家的宝宝是从几岁开始爱看书，要求讲故事的呢？/（爱宠儿）

1．1岁就能培养阅读的兴趣

我家宝宝8个月的时候把《海尔兄弟》里的人物全都记熟了，自己看书也像模像样的，不论你问谁，都会准确地指出来，也很爱惜书，很少撕书。/（月亮河里的宝宝）

我家宝贝好像1岁半开始喜欢大人读书给他听，现在2岁2个月，每天都吵着要看书，听故事。/（broadsky）

我家宝宝也是1岁多要求大人读书，读得我都累死了。那时候是些儿歌，天天要读，其实我也没要求他读。现在2岁多了，要讲有情节的故事，那些书又有些长，一本下来我口都干了，天天要读。/（sunnyslh）

我儿子1岁半左右就开始要翻书了，到2岁就会一页一页地翻，指着书上的字从1数到10。/（我爱茶）

我家宝宝10个月的时候开始喜欢看书。现在1岁半了，看了几十本书了，家里的书可能买了有100多本了，等着她看呢。/（huihui08121）

我女儿大概4岁左右吧，开始爱看书、画画。每次逛书店，她都要从书架上拿书看个饱。我帮她办了一个图书馆的借书证，每月借书两次。现在每晚都坚持看一会儿书才睡觉，喜欢听我读书、讲故事。/（小精灵诺诺妈咪）

因人而异吧，我姐的女儿，6岁时到我家，成天就捧着《本草纲目》认字，那时候没别的书给她看。我老公弟弟的儿子，6岁多从未见他拿过一本书。/（子予妈妈）

2. 耳濡目染，父母的示范很重要

我觉得培养阅读习惯，父母的示范很重要。我们夫妻都很爱看书，尤其是杂志，宝宝耳濡目染，大约半岁时就学着大人的模样翻书。后来开始学说话，就开始指认书里的东西了，从“奶”、“宝宝”、“车”等看得多的东西开始。/（snowball_1）

四、专注力

夹豆子、玩拼图能提高孩子注意力

【七嘴八舌】

我发现女儿的注意力非常不集中，我带她去书店看书，讲故事给她听，她听着听着就去看旁边小朋友的书。走路也是这样，她一边走一边看，看别的小朋友或其他什么东西，经常是边走边转身看其他东西，都不看路的。好烦恼啊，她快3岁了，怎样才能提高孩子的注意力呢？/（平淡如水）

夹豆子，玩拼图

每天让她练习夹豆子，我家宝宝也是注意力不集中。现在每天晚上睡觉前，必须夹完豆子才能睡，感觉注意力比以前好多了。/（kang_kang）

我家的方法是给宝宝玩拼图。现在虽然也觉得小家伙还是常走神，但随着年龄的增长，我觉得她比以前好多了。/（蛋蛋妈）

五、学说话

5招让孩子开口说话

【妈妈经验谈】

我女儿说话比较晚，说说我们的经历。

1岁9个多月时，跟她差不多大的小孩能说好多话，她只会说单音或叠声。她不属于那种性格内向不爱出声的小孩，相反她性格非常外向，谁都想逗一下，整天依依呀呀说个不停，但就是不会说话。

语言能力包括理解能力和表达能力，首先她要理解然后才能表达。我女儿就属于理解力较差的那种。人家的小朋友1岁不到就能听好多指令，她1岁半以后都不会听。我们叫她都没反应，但我肯定她听力没问题，唯一的解释就是她听不懂，这严重阻碍了她的说话能力。所以，虽然她外向大胆，但还是不会说。

家里语言环境比较复杂也是一个原因，有广州话、普通话、客家话。看她这个样子，我们心里也好急啊。但是

从1岁10个月开始到2岁2个月期间，她进步很大。现在基本可以用简单的整句来表达，这个过程中我做了不少努力。

首先，我要求家人尽量用同一种语言跟她说话，让她不要造成理解上的混乱。

第二，多讲。逮着机会就跟她讲，无论洗澡、睡觉、上街，看到什么讲什么，做了什么讲什么，让她积累、理解。例如，看见树，就讲“树，好高的树”，“树是绿色的”；看见花，就讲“花，好漂亮的花”，“花有好多种颜色，有红色、黄色、白色”，“这是什么花啊？这是玫瑰花”……反正看见任何一样东西都跟她说一番，无论猫啊，狗啊，车啊，蝴碟啊，等等。

说的时候要慢、清晰，让她接收，还有就是重复，加深她的记忆。除了讲是什么，还讲做什么，例如，我们在坐车，坐出租车；我们去买水果，买好吃的水果等；多说些形容词“漂亮”、“可爱”等。除了日常见的，还给她买了好多图片和书，跟她一起看，告诉她是什么。

我比较喜那种分类的挂图，如水果、动物、乐器、形状，一类一类地教她，这样她好理解。在图片和书中学到的，我又特意带她去生活中识别，多方面加强她的记忆。电视上看到的也不放过，告诉她是什么。

第三，多问。我曾经在网上看到一个问小孩的方法叫“六何法”，可激发孩子的思维，促进她开口讲话。所谓的“六何法”就是：何事(What)、何人(Who)、何时(When)、何地(Where)、为何(Why)、如何(How)。当然不会问得这样文绉绉的，就是问她：你刚才做了什么？去了哪里？跟谁去的？那是谁的？看见谁了？……

刚开始你别想她能答出来，问完后停几秒，先让她想想，然后你帮她答。不知不觉她总吸收到这些信息，突然有一天就能答

出来，吓你一跳。还有就是看见什么问什么，生活中的，书上的，电视上的都问，这是什么？什么颜色？什么形状？……逮着机会就问，重复又重复，不要怕啰嗦。

第四，多听。现在的小朋友都喜欢看碟，虽然有些碟内容很好，但视觉刺激太强、太快，小朋友集中看，没集中听，没有思考的空间。后来，我在房间里弄了一套小音箱，让她听儿歌、故事，她也好喜欢。听着听着就跟着说了，这样也强化了她的语言能力。放些优美的儿歌，陶冶她的性情，一般她是一边听一边跟着唱，一边跳。

第五，多唱。为了要她早开口，除了给她听儿歌，我还学了好多儿歌，随时随地唱给她听，教她唱。看见什么唱什么，看见大象就唱“长长的鼻子，长长的鼻子，谁来了？谁来了”；看见蜗牛就唱“蜗牛背着那重重的壳呀，一步一步地往上爬”，等等。除了唱，还让她跟着跳，这样培养了她的节奏感，提高了她的兴趣。慢慢地，好多歌她都会唱了。

我还想讲故事给她听，但她没耐心听，喜欢听CD放的，一页书还没讲完就翻到后面了，可能她的理解力还是不够，我还需要努力。

除了我讲的这些，最重要的还是鼓励！她有一点点进步就夸夸她，让她有成就感。她说对了，就发自内心地表扬她，为她高兴，她就更有极积性了。孩子有很强的理解认知能力，开口说话只是一个愿不愿意的问题了，如果你适当鼓励，就水到渠成了。再不然就是神经和口腔肌肉的问题，可能还没发育到能开口的时候。但我认为，语言能力最关键的是理解，如果她这方面过关，就不成问

题，开口是迟早的事。当她积累了一定量的词汇，神经和口腔肌肉都发育好了。终有一天她会爆发出来，给你好大的惊喜。/（亲亲妈咪）

众妈妈谈家有说话晚的宝宝

【七嘴八舌】

吾儿鑫宝，男，2006年7月17日出生，是一个说话很晚的小孩。书面说法应该是语言发育滞后或语言发育迟缓。

鑫宝2岁前只会说不到10个单字，2岁至2岁1个月会说的单字增加到20个，2岁1个月至2岁2个月会说的单字增加到40个。这个月的进步很大，会说好几个三个字或四个字的！比如："自行车"、"公共汽车"、"三角形"、"爸爸开车"、"妈妈抱抱"、"好多鱼啊"。

简单讲一下儿子的情况：他属于大运动发育很好的那种，84天会翻身，七八个月会爬，爬得很好很快，11个月就会走了。之前我一次也没牵过他的手，就是靠他自己学会走路的。也许是大运动上太让人省心了，上帝就开始考验咱做父母的耐心，开始出难题了：这孩子说话特别晚。

2岁前几乎是不开口，也很少听他发音，要什么东西就是指指点点或拉着大人的手去要。那时候没经验，不知道这是大忌，总是很快就满足他了，可谓有求必应。他也就失去了说话的必要。

2岁后我开始觉得，需要加强孩子的语言训练了。这才在网上发现好多和我们家一样的家长。曾经有段时间，大约在鑫宝1岁7个月左右，有一个月时间，每天起床，鑫爸就会给鑫宝开电视看DVD，一般都是《小小爱因斯坦》或《天线宝宝》。那时候我经常熬夜，黑白颠倒，每天起床都是很晚了。

我经常看到鑫宝坐在凳子上很认真地看，大约这样过了20多天。我偶然在网上发现了一篇文章：《不要给3岁前的孩子看电视》。一下子将我彻底打醒，此后经过一个月，慢慢将鑫宝看电视的坏习惯给戒掉了。一直到现在，鑫宝每次看电视不会超过半小时，也不需要每天都看。想想最初那几个月，鑫宝每天看电视一小时以上，天天都必须看，不让看就哭，好在都过去了……

现在想来，看电视那段时间给鑫宝的语言发育确实造成了一定的影响。加上我和他爸都不爱说话，以前跟鑫宝的交流特别少，也许这也是一个重要原因吧。说来真不称职，鑫宝第一次听故事已经是2岁以后的事了。自从开始讲故事后，鑫宝对书突然来了兴趣，以前从不看一眼的书，现在每天都要看上一会儿，特别喜欢有关动物和车的书。他现在已经会说好些车了，如“轿车”、“摩托车”、“自行车”、“出租车”、“公共汽车”、“面包车”。

1岁8个月鑫宝上了幼儿园，可我感觉他的语言发育并没有像其他妈妈说的那样，上了幼儿园就会说话了。2岁后我开始抓紧跟鑫宝在一起的分分秒秒，不停地跟他说话。有时候都觉得自己有点啰嗦了。现在看来进步还是挺大的，相信在不久的将来，鑫宝一定能说出他的第一个句子。

家有和鑫宝一样的孩子的妈妈，大家是怎么做的呢？/（姐妹1245）

1. 把心态放正、耐心等待，给宝宝时间调整

我也说说我家宝宝钊钊吧。他6个月多一点长牙齿，1岁2个月左右开始自己走路，基本符合婴儿长牙和行走的规律，但是他从不爬行，说话也是2岁后才开始说。3岁左右就自己把《国歌》一字不落地唱出来，发音基本正确。现在差不多3岁半了，说话的内容也越来越多，很多人都说他是个“口水佬”呢！我发现，每个宝宝的生长发育都不同，有快也有慢，不要一味参考书上说的或过分参照别人的宝宝。不妨观察宝宝一段时间或带他到医院检查一下，把心态放正，给宝宝一个调整的时段。/（QXLF761109）

男孩说话会晚一点，不要着急。我儿子1岁10个月才开口，也不会说什么，但2岁后明显进步很快，2岁4个月后说的话都不像小孩说的，特别逗。再多观察观察，不要着急。/（驹驹妈）

“只要不聋，总会说话的。”这是我同事说她的女儿。她女儿也是2岁多才开始说话，现在孩子很聪明，才读大班已经会负数加减了，别担心，好好教他，没事的。/（mathsyan）

不用担心！每个宝宝的发育程度不同。我老公小时候是2岁半才开始说话。那时候我公公还以为他有毛病，要带他去医院刮舌根呢。举个例子，爱因斯坦小时候也是4岁才开始说话的，他不是一样当了出色的科学家，所以不用担心。可能宝宝的语言天分不足，但并不代表他以后说话差或其他方面差。/（紫琦）

耐心些，他不说不要逼他、批评他，一旦说出来立即表扬。试一下简单的词，用词语轰炸的方式不停地说，例如，看到他在注意某样物品，就指着那个物品，不停地说。/（可可贝贝）

不用太担心的。我邻居的小孩2岁时也不大会说话，上幼儿园后就什么都会说了，而且说得很好。顺其自然吧，别逼宝宝太急了，要多鼓励不能批评！/（chenlx）

没事啦，我家的也是满2周岁后开始讲话多了，等到会讲的时候会讲好多的。我宝宝现在是大人教什么他就说什么，连音调都是一样的，乐死人啦！/（jenny7612）

如果你担心他说话慢，自己就要推进，上面很多妈妈讲的都是方法，否则你就等他顺其自然？一分耕耘一分收获，我自己也是每晚陪儿子读书、读卡片、问话。这几个月儿子说话已经比之前有了很大进步。教的词语基本可以发音准确，反复的词语可以记牢，1～10的数基本能掌握，当妈妈不容易啊。

有些宝宝说话比较慢，妈妈要有耐心一点。多放歌曲给宝宝听，出去玩要告诉宝宝看到的是什么。如果宝宝需要东西，不要在他用手或其他方式表达时，

Jeux
de Mains
Jeux de
Vilains

马上帮他说出来或满足他，坚持要宝宝把需要的东西说出来。教宝宝说话尽量用夸张的表情，最好让他看到嘴唇。要多跟宝宝说话，不要以为宝宝不懂就不说了，语言环境很重要。/（翔宇妈妈）

2. 建议到医院检查

如果不放心就去儿童医院看一下吧，听一下医生的建议也好。/（190013413）

小孩到3岁还不会说话就有问题了，你宝宝现在才2岁等等看吧，多和他一起玩、沟通，一起看简单的故事书，读给他听。/（07快乐猪）

注意观察，看是否有自闭症的倾向。/（猪妈妈姐妹）

去儿童医院检查一下。别担心，我家丫头是2岁生日过后才开始发威。搞得保姆说这丫头以前不讲现在讲个不停。现在已经5岁了，口齿非常清楚。/（彦儒妈妈）

我儿子2岁2个月时也只会说叠字，当时去中山一院医生说是舌头短要剪，后来去市妇幼医院，医生说短是短点但不影响说话，说我儿子现在这种说话程度算正常，只是稍稍慢了点。如果到26个月时还没什么进步，就要去医院接受语训。又过了两个月突然话多了很多，什么都跟着说，只是说的不是很清楚，说不了太长的句子，反正比看医生前进步了很多。/（俊辉妈）

我女儿2岁半了，说的话也很少，我带她去儿童医院做过检查，听力什么的

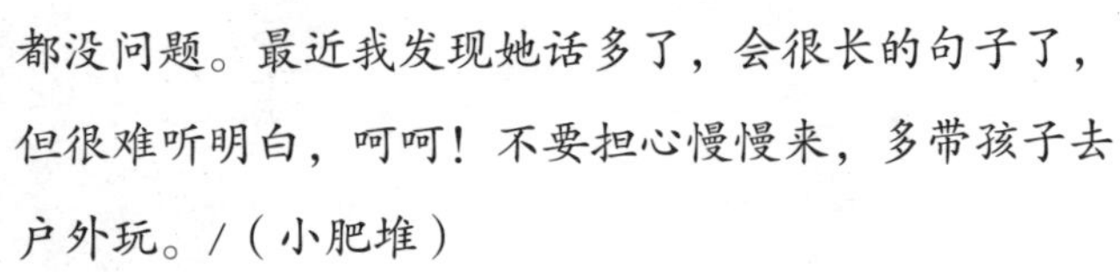

都没问题。最近我发现她话多了，会很长的句子了，但很难听明白，呵呵！不要担心慢慢来，多带孩子去户外玩。/（小肥堆）

3. 5招教儿子学说话

我家小胖子基本的话都能表达清楚。短的故事在不断鼓励下也会说一些，我很注意这方面的教育。

（1）多跟他说话，不要怕麻烦。比如你要出门，我们从月子里就会跟他说：现在要出去了，妈妈在穿鞋子，鞋子好漂亮哦，是什么颜色的，还带了宝宝的推车，一个包。这些词汇在小朋友脑海里慢慢积累，一旦会说就能把你平时跟他说的一一说对。

（2）千万不要孩子手一指点就帮他做事。比如，要你抱或拿水果，不管哭得多厉害，一定要他说完整的话："妈妈请抱我"，"妈妈请帮我拿水果"。哪怕他哭，前几次无论他说得怎么样，都要夸奖一下他，让他觉得自己说了这句话很了不起。

（3）我不认为看电视不好。其实宝宝的语言很多是从电视上学的。

（4）尽量用统一的语言跟小朋友说话。比如：普通话。

（5）这点很重要，千万不要当着小孩子的面说自己的小孩说话慢，这样小孩会形成心理障碍。/（宝宝爱妈妈）

六、艺术潜能

小孩的兴趣是培养出来的

【妈妈经验谈】

现在都认同"要根据孩子的兴趣去发展"，当然这个道理完全正确。但我个人认为有时候"小孩的兴趣完全是培养出来的"。

就拿我女儿来说，3岁3个月时，我带她去学舞蹈，和大部分家长的初衷一样，不是想让女儿成为舞蹈家，只是想女孩应该练练舞蹈，气质方面相对来说会好些。往往有时候小孩不能跟大人有一样的想法。开课那天刚进去2分钟，她就哇哇大哭，我想这下完了，怎么说都不再进舞室了。没办法只好搁下这个计划，或许因为当时她年纪太小。

但这个想法始终在我脑海里。过了半年，我又一次带她去了这个地方，刚走到门口又退了回来。后来我用了很多玩具诱惑奖励的办法，女儿终于进了教室。但非常遗憾，只上了一节课，第二节课又不愿意去了。

我想了一个办法，每个星期六都有舞蹈课，我在课前两天就开始跟她讲，如果她能坚持跳完两节课，就奖励"巴啦啦小魔仙棒"。星期六她如期

又去了，进教室前我不断重复着说，跳完了奖励魔仙棒，她这才进去了。后面真的坚持了下来，这一次我真的很高兴，她终于坚持下来了，奖品也如愿地给女儿买了。当然，女儿也觉得非常开心。

后来，我每个星期六都带她去跳舞，女儿开始几个星期都要奖品，后面慢慢跟她讲，奖品不能要了，因为跳舞会变漂亮，会长高。慢慢地，她就喜欢上了舞蹈。

女儿学舞蹈仅仅只有3个月，但从刚开始非常不标准的“青蛙式”姿势，现在已经越来越标准，进步真的很大。令我欣慰的是，她已经喜欢上了舞蹈，每个星期六都会很早起床去跳舞。/（徐鼎妈）

第七章
情商要从宝宝开始培养

孩子越来越有自我意识了，“不要”、“不准”、“我就是这样”这类话越来越常听到。真不明白小脑袋瓜在想什么。长大了？有脾气了？孩子的性格越发分明，父母的引导也显得越发重要。在日常生活中，每一个细节都可能影响孩子的情绪、心理变化，甚至影响孩子的一生。

3招让宝宝找回安全感

【七嘴八舌】

宝宝刚满2岁，平时较胆小怕事，不太合群。第一天放学回家和平常一样，没什么变化，听老师说中午没午睡，晚上可能会早睡，可惜到了晚上却一直不肯自己睡，要背着才能入睡。第二天也是没午睡，晚上还是要背着睡，还老吵着要上街，不肯留在家里。晚上9点睡到凌晨2点要起来玩，一会儿要上街，不肯留在家，一会儿要看电视，一会儿又要喝奶，就是不肯睡，救命呀！/（Lilykong）

入园前先带宝宝熟悉环境，并讲述入园是多么美好的事情，让宝宝心里很喜欢。/（丁丁姐妹）

让孩子抱喜欢的毛公仔睡啊！/（蛋蛋）

如果条件许可，建议上半天，午饭后带孩子回家午睡。孩子在幼儿园焦虑，吃不下饭，睡不好觉，身体抵抗力一下降就容易生病。/（Forest）

挫折教育——有效对付敏感宝宝

【七嘴八舌】

宝宝今年4岁了，发现他常因为一件很小的事就哭。别人说话大声点，他就以为在说他呢！家里的人平时说话做事，他一般不会哭，除非骂他打他了。可是不是家里的人，别人稍微语气不好，或因为要过路，他挡住路了，别人拉他一下，他也会因此而眼睛湿湿的，很委屈地要哭……不知道这是不是属于心理承受能力差，还是太敏感？/（lisa008）

适当进行挫折教育，培养良好的心态

要锻炼啊，适当给孩子接受挫折教育，让他知道做错事要接受批评，以后要受的委屈会更多，承受力必须要有的。/（小精灵诺诺妈咪）

孩子都很敏感，不过这个年龄的孩子这样，可能有点过了。也许是从小生活在一个很平和的氛围中，被家人呵护惯了。不管怎么样，4岁的孩子，应该要经历一些必要的、正常的挫折教育。可以有意识地设置一些这样的教育，就算不是让他亲身经历，也应该利用身边的人或事顺势教育，让他知道：生活决不会总是一帆风顺的，哪怕是对方的错，伤害和挫折也在所难免，关键是要培养他良好的心态。

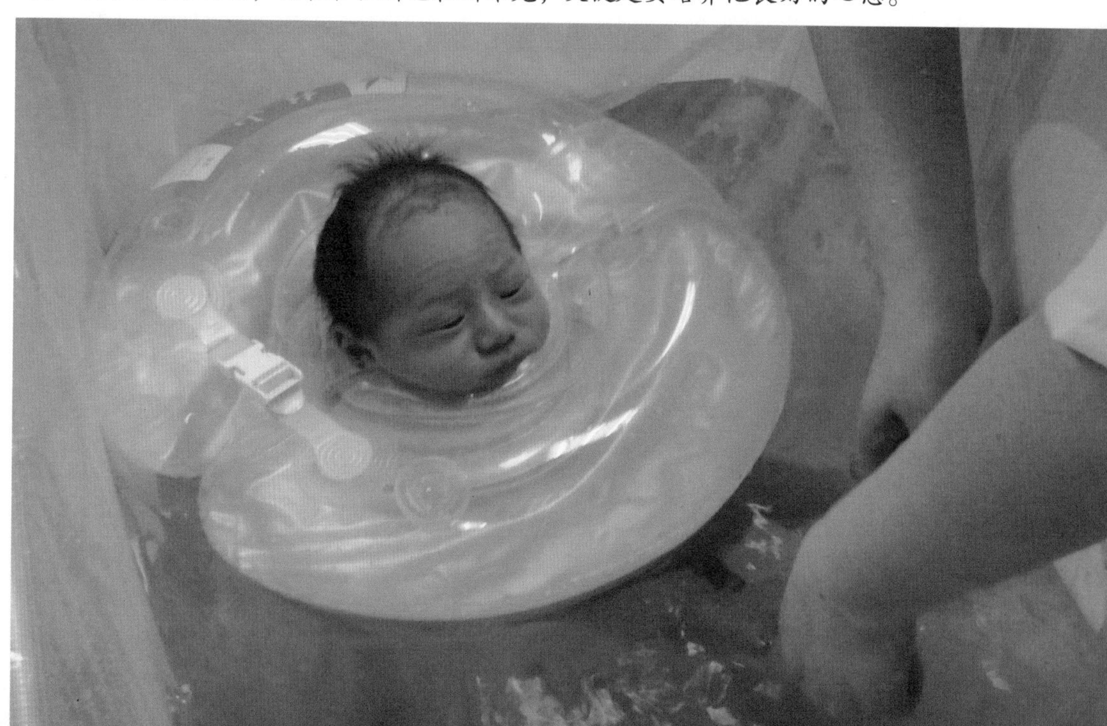

如果孩子只是近期突然这样，并不是一直这样，家长应该细心观察一下，或跟孩子及幼儿园老师沟通一下，看看究竟发生了什么特别的事让孩子突然受了这种刺激。/（勉之妈妈）

教女儿学会谅解

【妈妈经验谈】

对女儿，我并不是千依百顺，尤其反对诺诺爸的“黄大仙——有求必应”的育儿策略。女儿带给我生活上的不便和麻烦，我没少抱怨，也常常讲道理。我就是想让女儿知道，生活中不能只顾自己，也应顾及旁人，尤其要顾及一起生活的爸爸妈妈。不希望女儿成为一个太以自我为中心的人，希望她能从小学会理解和体谅别人。

女儿的作息时间比我稍早，通常晚上10点睡觉，早上6点半起床，而我通常是凌晨一两点睡觉，早上7点后才起床。女儿起床后叫我，那时候我眼睛实在睁不开，便对她说：“你自己先出去刷牙、洗脸、上厕所，妈妈睡得晚，要多睡一会儿。”女儿会问：“妈妈你为什么不早点睡觉呢？”“妈妈要用电脑做功课，要花很多时间，所以晚睡了。”后来很多时候，女儿起床后就自己出房间，不吵醒我。

晚上睡觉前，我通常会和女儿读一会儿故事，聊一会儿天，陪得差不多了就问她：“还要妈妈陪吗？妈妈要出去了。”“要啊。”“但妈妈还有很多事要做，比如：洗碗、洗澡、洗衣服，还有做功课。”“……好吧，你出去吧，我自己睡就行。”有女儿的理解和体谅，我就多了一些时间做家务，也会更卖力地和她进行睡前的嬉戏，以快乐的心情结束一天的生活。

早上上幼儿园时看见天上乌云密布，我担心地说：“天很暗哦，可能要下大雨了。”女儿马上接上嘴：“哦，那快点走吧，早点去幼儿园，你早点回家收衣服吧。”还拉着我的手快步前进。见女儿如此懂事，我反倒安慰她：“不怕，我们家阳台有绿色的雨篷挡着雨水，衣服不会湿的。”

下午接女儿放学，她习惯性地要去对面的超市看一会儿书。如果哪天我准备煲老火汤会跟她说："今天妈妈要煲老火汤，起码要花两小时，我们得早点回家。改天不用煲汤了，我们再去看书，好吗？"女儿会明白事理地说："嗯，好吧，改天再去看书吧。"看着曾经一意孤行要去超市看书的女儿，现在懂得配合妈妈的时间安排，我有点欣慰。

放学回家后，我忙于煲汤做饭，女儿则在大厅中自己做功课或画画，做到不懂的地方会叫喊着"妈妈、妈妈"。我没空搭理她，她索性就进厨房拉我的衣角，担心她碰到开水，就把她拉出厨房告诉她："妈妈现在要煲汤做饭，吃饭前都没时间陪你的，你先做懂的，不懂的地方留着，妈妈吃完饭有空了就陪你。"反复多次之后，女儿很少进厨房叫我了，自己坐在书桌前静静地写字、画画。明白事理方面，她又有了进步。

吃晚饭时，女儿要是遇上自己喜欢的菜，会拼命吃，看到此情景，我假装担心地提醒她："你记得要留点给妈妈哦，你要是吃光了，妈妈明天中午就没菜吃了。"女儿一听我这么说，马上停嘴，并且把碟里的菜分成两份说："这份是爸爸的，这份是妈妈明天的。"这种情景经常发生，只要我一提醒她，她马上会醒悟过来。

我当全职妈妈后，接送女儿上学放学全是我的事，时间一长，女儿就问我：“为什么爸爸不来接我？他很久没来接我放学了。”“爸爸还没下班呢，妈妈接一样呢。”“哦……”有段时间的休息日，诺诺爸要帮别人干活，都是我和女儿两个人去公园玩。她觉得奇怪，以前爸爸会和我们一起去公园玩，最近不陪我们了，便问我：“妈妈，为什么爸爸不陪我们去公园玩了？”“爸爸要帮别人干活呢，没空陪我们去公园玩，有妈妈陪就行喽。”“哦……”女儿渐渐明白道理了，不再胡搅蛮缠，她在成长呢。

女儿快6岁了，一天比一天懂事，身边的亲人都明显感觉到她越来越懂得理解和体谅人。教女儿学会理解和体谅，我们一起生活便少了麻烦、多了快乐。/（小精灵诺诺妈咪）

女儿的执拗敏感期

【妈妈经验谈】

儿童在敏感期是他们的需要没得到满足的外在表现。这表达了他对某种危险的警觉，或对杂乱无序的反感，只要他的需要得到满足或危险被消除，他们就会平静下来。（摘自蒙台梭利《童年的秘密》）

女儿差不多2岁5个月了，近几个月来，一直处在执拗的敏感期，有时弄得你哭笑不得。好在我对儿童教育有深刻的认识和了解，每一次执拗的出现都让周围的人给予她尊重和理解。相信等她度过了这段非凡的时期，她的人格力量会更强大，同样她在此期间也学会了尊重和理解。

事件回顾：

（1）回家开门必须她先进来，如果有人先进，必须重新出去，等她进来你才进。

解决办法：每次让她先进来。

（2）一次去百佳，她进门时推了两次没进去,保安好心把安全门搬开让她进来。结果她气得躺在地上大哭,嘴里还喊着“我要自己推”。我抱她起来，对保安说不好意思，示意他把安全门放回原位，女儿自己一推就进去了。她心里需要的就是这个过程，没得到满足她情绪会失控，可能需需要很长时间的安抚。

建议：处在这个阶段的幼儿家长要注意了，不要和孩子对着干，在对环境、周围的人、他自己不造成伤害的情况下，尽量去满足他的内心需求。

（3）每天起床后帮妈妈拿眼镜，如果我忘记已经戴上了,必须放回去让她拿。

解决方法：放回去就好了。

（4）进门脱鞋子，有几次我顺手帮她脱了，她气得大哭。

解决办法：再帮她穿上就行了。

（5）走路有台阶时，我本能地去牵她的手下来，结果她不领我的好意，急得大叫。我赶快放手让她重新走回去再跳下来，问题即刻解决。

几个月以来，这样的事情每天都在上演，这些事情对成人来说觉得很不可思议，可对于儿童来说就是她这段时间的发展所需。

只有你懂孩子了，才知道怎样去爱她。/（lily101）

对孩子进行情感教育

【妈妈经验谈】

由于职业的熏陶和专业的学习，让我对儿童有一种深深的崇敬。所以我周围的亲人朋友都受到了我的影响，一直对女儿很尊重。女儿从小在一个比

较好的教育环境中长大，所以小小年纪，相当有想法，连她爸爸都常说她好有性格。这段时间她独立的性格显得尤为明显，经常听她说“我不同意”、“我不愿意”、“不好”。她爸爸倒是挺高兴她的表现，我却开始沉思了。

昨天我朋友在我家待了两天后要走了，对女儿说：“宝贝，阿姨要走了，可以抱抱你吗？”女儿直接就说：“我不同意。”我同学又说：“我很想抱抱你，行吗？下次我要很久才来看你。”女儿仍然不同意。我这时蹲下来对女儿说：“宝贝，阿姨很爱你。她今天就要离开我们家了，她很想和你拥抱一下，可以吗？”女儿听完我的话，主动走到朋友面前和她拥抱，并亲吻了她。

今天早上老公跟女儿告别时问：“女儿，爸爸可以抱抱你吗？”女儿说：“我不同意，我在吃东西。”老公又问：“爸爸可以亲你吗？”女儿说：“不可以。”坐在一旁的我，趴在女儿的耳边说：“爸爸要上班了，你可以亲亲爸爸。”女儿趴过去亲了爸爸一口。老公又问：“爸爸现在可以亲你吗？”女儿很爽快地说：“可以。”

上星期是我的生日，晚上我们一起去吃西餐。我穿了一双高跟鞋，女儿对我说：“妈妈，你好漂亮呀。”我说了“谢谢”后对女儿说：“今天是妈妈的生日，所以妈妈要穿漂亮一点。但妈妈今天穿了高跟鞋走路会比较累，等会儿出门你要自己走路，不要妈妈抱。”她点了点头，一直和我一起走向车站，只是快到车站时才跟我说好累。我抱她上了车，她很满足地趴在我的怀里。

前两天老公回家了，坐在沙发上闭目养神。女儿走过去问：“爸爸你在干什么？”老公说：“休息。”女儿就又问：“爸爸你累了？”老公点点头，嘴角却露出欣慰的笑容。我也趁机对女儿说：“爸爸工作辛苦了，你给爸爸按摩一下吧。”女儿的小手立刻在老公身上捶起来，他爸爸的嘴都乐得合不拢了。

幼儿的情感大致有以下几种：

（1）了解和表达自己情感的能力，真正知道自己的感受的能力。

（2）控制自己感情和延缓满足自己欲望的能力。

（3）了解别人的情感以及对别的情感作出适当反应的能力。

（4）能否以乐观态度对待挑战的能力。

（5）处理人际关系的能力。

“情感商数”高的人能够控制自己的感情冲动，不求一时的痛快和满足；懂得如何激发自己不断努力；与人交往善于理解别人的暗示，这样的人能理智应对人生际遇中的荣辱成败。

经常向孩子表达爱，也是和孩子交流情感的一种方式。我经常和孩子说的一句话是“妈妈爱你，妈妈会永远和你在一起”。一个心底充满爱的孩子，对她身边的每一个人都会充满爱和关怀。女儿不到2岁时，我有空会帮朋友带一下孩子。她的孩子一哭，女儿就趴在她的小脸边温和地说：“睿睿，想妈妈了？”这句话完全出于孩子自己的感觉，她能体会到妹妹是想妈妈了，让人很感动。

还有一次，另一个朋友带孩子来我们家，她去了卫生间，孩子也哭着爬过去找妈妈。女儿看到了跑过去，一边拍她的背一边说：“姐姐来陪你。”此情此景出自一个不到2岁的孩子，这种对别人情感细腻的感触和安抚，是我们很多成人都做不到的。/（lily101）

培养孩子的耐心

【七嘴八舌】

我家小侄子，还有3个月就满3周岁了。他人很聪明，但做事没耐心，像玩积木、写字、画画之类的，玩不到10分钟就没有耐心了！各位妈妈有没有好方法培养孩子的耐心呀？/（natureliker）

1. 耐心和注意力成正比

对小孩子的要求不要跟大人一样，小孩子的耐心和注意力成正比。不可能要求他一小时玩一样东西，我们大人对着同一样东西也有烦的时候。/（qing2006）

2. 耐心和兴趣有关

我女儿可以对一样她喜欢的东西很专注。比如，看《西游记》图书，一个人坐着，看半小时都可以。但是对一些她兴趣不大的东西，就很没耐心了。所以我想培养她的耐心，让她对不太感兴趣但又必须进行的活动，也能耐心对待。/（BEARBEAR熊）

3. 善于掌握宝宝的敏感期

我一直觉得小朋友的各种爱好是有阶段性的。一段时间到了某种敏感期，他就会很有兴趣，很喜欢，就有耐心了。

我女儿2岁左右还不太喜欢看书、听故事，2岁半左右居然开始喜欢了。有时候早上我们没起床，她起来了，就坐在一边看书。有一段时间，她完全对拼图不感兴趣，过了一段时间居然可以坐在那里，拼完一幅还要拼第二幅。

孩子还小，不要把自己希望的东西强加在他身上。要陪着他慢慢培养兴趣爱好，多让他接触各种新鲜事物。有一天，你会欣喜地发现，他的爱好越来越多了，也越来越有耐心了。注意力不集中，其实家里玩具太多也是一个因素。/（小鸡囡囡）

改善宝宝的急躁脾气

【七嘴八舌】

请教各位妈妈：我女儿从小脾气就特别急，包括吃饭、玩。她的急脾气造成她吃饭老烫嘴，玩具打不开就哭喊，要什么东西要立刻递到，慢点都喊，真的好头痛。/（cocob）

1. 数大米的方法

让她去数大米。跟她一起玩，去拿一把米出来，一粒一粒地数，跟她比赛谁数得快谁数得准。这个游戏可以培养孩子的耐心和集中力，是简单有效的方法。嘻嘻，我晚上睡觉前看的一本书上写的。/（闹闹08）

2. 学会等待，转移孩子的注意力

让孩子学会等待。我女儿有时候也性急，但我故意让她等，找借口延迟时间，还教她在等待时可以做什么转移注意力。/（小精灵诺诺妈咪）

3. 在数数中学会冷静

我女儿也是这样，我一般会这样做：

（1）和她说一个理由，然后说我们数十下就来了，这样她一般都能稍微安静一点等数完。

（2）遇到玩具打不开或某样事情她自己做不来发脾气，如果明知道她可以的，就叫她慢慢来，否则就稍微帮她一下，教她其中的诀窍。/（snowball_1）

对抗中明白了女儿的自尊

【妈妈经验谈】

女儿1岁前都非常乖，生活各个方面都让人省心，不哭闹，接受能力强，还挺爱表现，是个讨人喜欢的小姑娘。

1岁后这小妞开始有了自己的主意，脾气见涨。最近又跟小区里的一个小男孩学会了乱叫，一不如愿就开始大叫，真是看着都生气！

今早，我终于开始了第一次和女儿的激烈对抗。

吃早饭时，她正在吃面包，忽然开始哼唧。我说："你跟妈妈说想要干什么？"她不理，继续哼唧。我指着面包问："吃面包吗？"她忽然大哭起来。我觉得莫名其妙，再问："不吃面包，那吃包子吗？"她还是不理，继续大哭，哭得鼻涕眼泪都出来了。我把她抱到窗口说："你看，小狗狗都吃好早饭出来散步了。桐桐也好好吃饭，然后妈妈带你玩好吗？"她还是不管不顾地继续大哭。这样持续的大哭以前很少有，我只能继续转移她的注意力，一边慢慢跟她说话，但她毫不领情，完全不管不顾，哭得更厉害。

我开始急躁起来："你到底要干什么？跟妈妈说啊，你又不是不会说！"我的口气厉害起来，但丝毫没起到震慑的作用，反而加剧了她的哭闹。这时她忽然指着放碟片的影碟机，指了又指，但还是不说话，继续大哭。我真奇怪了，她会说的，为什么只哭不表达呢？是对抗吗？

这时我在盘算，绝不能妥协，这次妥协了，她就知道凡事只要一哭闹就会满足要求，还会有下一次。况且，吃饭的时候不能看电视，这也是最近在遵守的规则。

她继续不依不饶地嚎啕大哭。我把她抱到楼下去，一边走一边说："让楼下的阿姨看看，桐桐怎么了，是不是个不听话的孩子？阿姨不喜欢桐桐了。"

见到楼下的阿姨，她不哭了，甚至开口喊："阿姨！"我又对她说："桐桐是个乖孩子，阿姨喜欢桐桐的。因为桐桐会好好吃饭，吃完饭再看碟片，然后妈妈再带你去花园玩。听见了吗？"她开始表情认真地审视我，意思好像是说："真的吗？"

那个保安阿姨也配合我的话，继续哄了几句。这时，孩子的奶奶表情严肃地冲下来。哈，大概是怕我打她的乖孙女吧！每到管孩子的时候，老人总像怕我们怎么着孩子似的。唉，常常是好不容易建立好的规则，一下就被老人家破坏了。你还不好多说什么！真是郁闷。

经过说服教育的桐桐，似乎明白了妈妈话的含义，不再哭闹。回家后真的乖乖吃了一碗粥，半个面包。为了兑现我的承诺，吃完后我给她看了"巧虎"。她听到音乐，立马面带笑容高兴地跳起舞来。

此事件总结：对于孩子的对抗，不应该采取强硬措施。孩子跟大人一样有自尊，需要被尊重，只要你给她足够的理由，并认真兑现承诺，孩子还是会放弃对抗，积极配合以达到她想达到的目的。/（悠悠13）

增强宝宝的社交能力

【七嘴八舌】

女儿刚刚5岁，读幼儿园中班。最近我和老公发现她的语言能力大不如前，经常一句话里的每个词要重复好几次，才能将一句话说完整。同时也发现女儿的社交能力下降了，同一个小区的小朋友，她也不敢主动和别人交流，我们感觉她是害怕被别人拒绝。

由于工作原因，我们基本上周末才能见到女儿。女儿之前是由保姆带，一直跟爷爷奶奶住。大家有没有碰到类似的情况？我们要怎么办好呢？

/（水水海洋）

1. 查清楚原因，多和宝宝相处

赶紧查清楚原因，必要的时候爸爸妈妈要跟孩子多相处。/（天天的微笑）

2. 多做亲子游戏增进感情

我儿子也是由我父母带大的，现在觉得他比较内向。他今年4岁，我们发现问题后已经自己带了，但感觉他还是不自信。听人说，要和孩子做亲子游戏，不知道有没有用啊。/（Huomumama）

让宝宝礼貌待人

【七嘴八舌】

宝宝性格其实很活泼，一开始见到生人会怕生很正常，但现在2岁多了，好像越来越抗拒叫人。作为大人当然每次都希望她叫人家叔叔、阿姨、伯伯什么的。一开始他还会听话，但越到后来就越反感，甚至会说："不叫！"可过后就会问"阿姨去哪里啊"之类的话。

以前会主动拜拜、飞吻什么的，现在都消失啦。连人家带他去吃小吃、逛街等手段都无效，有时候被激怒还会推人。其实我们大人也是以身作则，礼貌待人，都会主动打招呼，但为什么宝宝那么小就逆反呢？以前听过一个名人介绍她的育儿经验，就是不要强迫宝宝去叫人。要他自己有意识，真正从心底真心去叫人，到他真正愿意叫的时候就会叫的。这个过程中当然受了很多非议，很多亲戚朋友都不理解，还说她不会教育小孩，但后来她成功了。我想就这个简单的问题问问大家有没有同样的感受？应该怎么做才是真的好？/（海言妈妈）

1. 以身作则，鼓励但不强迫宝宝"叫人"

宝宝正进入叛逆期，尊重他的意愿不要责怪他，大人主动跟他打招呼就好，很快就会过去的。/（让宝宝作主）

我觉得不要经常强调："宝宝要叫人"，而是自己见到别人要自然地打招呼，让宝宝觉得这是很自然的事情，就不会抗拒了。/（1234宝宝）

不要总把"宝宝叫人"挂在嘴边，会引起宝宝反感、叛逆的。/（妈咪可爱宝贝）

只要妈妈平时带宝宝出去玩，主动和人打招呼给他一个榜样，他一定会受影响的。但千万不可强迫孩子或着急了训斥孩子，那只会增强他的逆反心理。

例如，妈妈："奶奶，下午好！""哇，宝宝妈妈主动和奶奶打招呼，奶奶很高兴哦。妈妈是个有礼貌的人，那宝宝要不要跟奶奶问声好？"等一下孩子没反应，妈妈可以说："没关系，宝宝这次没准备好，下次准备好了一定能做好，是不是啊？"给孩子一个台阶，他会觉得你在保护他，久了自然会听你的话了。/（芷熙妈咪）

34 806

这不是叛逆，只是这个阶段孩子有了初步的自我意识的萌芽。你让他叫阿姨，可他觉得自己并不认识这位阿姨啊！其实，有时候不用过于着急，可以引导但不必强迫！/（驹驹妈咪）

我在学校曾经听老师这样说，如果要小朋友叫人，首先要检查自己平时有没有做到这一点。如果自己都没有做到，孩子也不会做到。父母是孩子的第一位老师，孩子是父母的一面镜子。镜子可以间接反映父母做得不足的地方。/（dzl_2008）

大人总喜欢为了自己的脸面，把小孩像木偶一样地管。你可以引导、鼓励他“叫人”等，一些你认为好的行为，但如果他不做也不能骂他。/（绿色长城）

要孩子礼貌待人，要经过时间的磨砺，不是折磨宝贝。我们自己要放松，多读读书，了解一下育儿经验就好了。我们不是圣人，都是普通人，对宝贝要求不要太高。/（大魔怪）

让孩子“大方做人”

记得自己小时候去叔叔阿姨家玩，老是静静地坐在沙发上，什么话都不说，吃东西、看电视，然后就这样一直到回家。叔叔阿姨总说，这孩子好害羞哦。其实日常生活中，很多孩子在家活泼大方、能说会道，可一旦到别人家或碰到陌生人，就局促不安、胆怯怕生，做什么事都要大人代劳。

同时，我们的耳边便能经常听到这样不解的抱怨声：“这孩子，在家里挺能的，怎么出来就变样了？”相信很多父母都遇到这种烦恼，望子成龙心切的心情让爸妈很想帮孩子改掉这种毛病。如果你有什么小故事想分享或有什么好办法，帮助一下这类父母吧。

引导孩子增强交际力，适当参加语言艺术班

我家米米在家里大胆又大方，一出门完全两样。从小也常带她跟小朋友玩、交往，如下几点她做得比较好：

（1）分享这一点她做得非常好，有好吃的东西都要跟大家分享。

（2）跟人家打招呼。一般跟熟人打招呼比较主动，见到陌生人相对差一些。

（3）以前早教老师总说她是观察型的孩子，到了陌生的环境，需要较长的时间适应。她一般都躲在一边看，要相当长的时间，而且要视心情而定，等她熟悉了以后，才会慢慢活跃起来。

其实这些东西跟遗传也有一定关系，我和米爸都属于较内向的人，所以孩子不外向也不足为怪。只是希望慢慢引导她，让她较善于跟外界打交道，不要太内向了。

除了常让她与别的小朋友多点交际接触，准备等她满4岁后，去参加语言艺术班学习。他们幼儿园好几个小朋友经过一学期的学习，不但语言表达能力得到增强，而且在人多的环境中也大方了好多，希望我家米米也能有进步。/（小鸡囡囡）

5招让宝宝不再“胆小”

【七嘴八舌】

很多年轻父母在养育孩子的过程中，都会遇到孩子的“害怕”问题：怕黑、怕高、怕水、怕见生人等。爸爸会一口咬定，这孩子，没出息，一点不像我！如果家里宝宝也有这种情况，有什么好的解决办法也介绍给其他妈妈吧，让大家能够“对症出招”，帮宝宝早日摆脱“胆小”。

1. 多接触人与事，多进行室外活动

多带小孩到公园、大型超市活动，让小孩多接触人与事，碰到感兴趣的事，小孩会克服恐惧的心理，学会与人交流，去做想做的事。这样慢慢就学会与人交流，融入周围的环境，不再害怕了。平时多到邻居家串串门，也可以使小孩胆子大起来。我女儿就是这样过来的，尽管现在胆子还是较小，相对之前好了很多，大家不妨试试。/（千秋雪花）

一要多出门，多和不同的人接触。二要放心、放手让他独立做事，在可监控范围内尽量给予孩子独自体验的空间。孩子相信自己能独自尝试、体验，才会有自信。三是妈妈要向宝宝学习，增强自己的好奇心，不要动不动就因为担心不安全而阻止宝宝求知的举动。哪怕有时候会脏一些，乱一些，烦一些。/（Winnca）

多让孩子动手，多带他到室外玩耍，多让他和小朋友玩，这些是很必要的。想要孩子大胆，父母先要大胆，这是我的心得！/（冠成妈妈）

父母多带小宝宝去不同的场合、环境尝试，要陪着宝宝共同面对困难、恐惧，教会他如何解决问题，要以身作则。多鼓励他去尝试，不要动不动就制止他的好奇心。我觉得如果父母较少采用鼓励赞赏的方式来教育孩子，那么孩子在自信方面就需要花更多的努力去提高。对女儿，我是绝对不采用打骂教育这种方式的。/（纯真宝儿）

2. 鼓励他，勇敢地说出内心的恐惧

我个人的一点经验是，鼓励他勇敢地说出内心的恐惧。

其实大人也会有类似的经验，如果把心里的害怕说出来，恐惧就会降低很多。对宝宝也一样，当宝宝会说话的时候，应该鼓励他说出内心的真实想法，高兴或愤怒、恐惧或好奇都是正常的。

我家宝宝会对我说："我吓着了。"有时候我会发觉引起她害怕的是环境，有时我根本无法察觉原因。大人对世界的感知与小孩是不一样的，他们更注重我们所忽视的细节。但不管我有没有发现原因，我都会马上告诉她："不怕，妈妈在这里。"然后摸摸她的小手，或者抱住她，这个方法很管用。当她说出来后，她会很平静，不会出现胆怯，轻轻抚慰她一下，恐惧就过去了。/（Rin妈妈）

3. 重现情景，让宝宝不害怕

宝宝6个月前害怕响声，有一次风猛，把门吹得“砰砰”响。宝宝一听到这种声音马上“哇”地大哭起来。这时候要先安慰她，轻轻地拍拍她，然后在下次风吹门时，发出同样的声音“砰”，表情要夸张一些，接着告诉她：“这是风吹门的声音。”这种声音从妈妈嘴里发出来，宝宝会觉得很有趣，她会呵呵大笑。然后抓住机会告诉宝宝，这是什么声音。一方面增加了她的常识，另一方面让她知道这并不可怕。但是各位妈妈要注意了，千万不要说“宝宝不要怕”这类的话。这是消极暗示，暗示宝宝们，这声音很可怕。其实这是很正常的声音，不要误导宝宝以为这是很可怕的事。/（Mvtiti）

我家宝贝也是比较小胆的，有时候也在想用什么方法引导她。但我发现她被吓着时，首先是不能再大声说话，先抱抱她，然后用轻柔的声音说：“没事，没事，妈妈在。”等她停止哭声后，再轻轻地和她说清刚才发生的情况，告诉她不用怕。下一次她又听见相同的大噪声时，她会带着点“心惊”和我说：“没事，妈妈在。”我会再轻轻地附上一句：“哼，没事的，是……发出声音啊。”就这样一点点引导！不过有时候会无效，但我也在寻找更适合她的安抚方式！/（Xuan姐妹）

4. 言传身教很重要，父母必须先勇敢

最好的办法就是身教。现在的孩子被言传得太多了。因为全民重视早教，所以孩子的行为被无限放大，被过多关注。这对孩子来讲就是一种暗示，所以个人认为：

（1）坦然接受。孩子的气质是天生的，气质中90%的性格也是遗传的。所以有此种情况别太在意，每朵花开的时间都是不同的哦。

（2）家长别在人前常说，“我的孩子太胆小。”说太多对说的人是一种消极暗示，对被说的对象即孩子，也是一种消极暗示。

（3）身教。当我们遇事洒脱，在有孩子参与的活动中积极表现，在孩子惧怕的事情面前更勇敢，他们将受到很大的影响。/（Moduo）

5. 所谓的“怕”，是成人灌输的一种思想

我认为，孩子没有所谓的“怕”，他们只有“不舒服”。但他们对某种情况或事物出现“不舒服”的表现，成人就用自己的“经验”告诉孩子，他怕这个情况和事物。久而久之，在成人不断地灌输下，孩子也开始“怕”了。

我孩子在我全职带的时候，完全没有“怕”的概念，即使我上班了，在家时碰到她不舒服的事情，我会用转移注意力来解决。但保姆和老人不这样，一看到孩子有什么不舒服，比如说孩子不喜欢会发出又尖又高声音的玩具，保姆和老人就会下一个定论，孩子“怕”这个东西。以后有其他人想玩那个玩具，保姆和老人就会很紧张地说：“她怕，不要玩。”久而久之，孩子也真的怕了。/（水水海洋）

如何让孩子合群

【七嘴八舌】

女儿2岁了，不喜欢跟小朋友玩，陌生人一逗她就要我们抱抱，去陌生的地方就叫走。平时经常带她出去玩的，9月份想送她去幼儿园，请问各位有什么办法呢？是不是需要看一看心理医生呢？/（贝贝宝宝）

1. 给孩子合理的引导

这是现在很多孩子都有的问题，因为很多孩子，特别是那种长得很可爱的孩子，大人见了都比较宠爱，就会什么都顺从他。但孩子在其他小朋友那儿，得不到这样的优待，所以也就很正常地喜欢和大人玩。解决的办法就是家长要给孩子一定的规则，去要求孩子，过程会比较长，孩子肯定会有抵触情绪，但必须这样去做。/（Lomokid）

2. 多去儿童乐园

需要过程吧，多带她去儿童乐园之类的地方。/（玛法达与加菲）

3. 摆脱独生子女的孤僻症

这种现象比较普遍，大概因为是独生子女的关系。我女儿也喜欢跟大人玩，不大愿意跟同龄的小朋友玩，不过我们也在尽力引导她跟其他小朋友玩。/（蛋蛋妈）

4. 关注每个生活细节，培养合群孩子

诺诺性格外向、社交能力强，在亲戚朋友中是闻名的“吱喳妹”。除了遗传和家人的熏陶外，还有赖于我们经常向她提供交友、交流的机会。

现在都是独生子女，我害怕宝宝孤单，诺诺出生前就向亲朋好友们透露了消息：希望以后有机会让年龄相仿的小朋友们一起玩耍，不让宝宝们孤单。甚至，我还给没出生的小诺诺“指腹为婚”了一个“小男友”。只是想她以后有更多与同龄小朋友一起玩耍的机会，感受兄弟姐妹般的感情。

诺诺和“小男友”一起出去游玩，总是两家人全家出动，扶老携幼的，一起享受天伦之乐。每年一至两次的见面，弥足珍贵。我们总是千方百计地把两个小朋友摆在一起，努力让他们发生趣事，以满足我们未泯的童心和好奇心。两个小朋友也总是不辜负我们的心意，每次都有趣事发生，让我们捧腹。照下来的相片和短片，让我们回味无穷，也让诺诺依依相惜和“小男友”这青梅竹马的情谊。

我表妹的女儿楠楠比诺诺大一岁，也很喜欢和诺诺玩。我和表妹是从小玩到大的，心有灵犀地希望两个孩子跟我们一样从小一起玩，不要像俗语说的：“一代亲，二代表，三代嘴藐藐。”两个小朋友不在一起时，会互通电话诉说想念对方，而真正在一起玩时，却又打打闹闹、争东西玩。尽管这样，有个玩伴总比一个人玩开心得多，连吃饭也争先恐后吃得香。

多年没见的老同学的女儿，我也不放过。那个肉嘟嘟的小家伙，只在诺诺出生一个月时见过，到再见时俨然一副大姐姐的样子，她比诺诺大一岁多，指挥着诺诺这样那样。诺诺跟她也挺有缘分的，一见面就很熟络，吃完东西就跟着大姐姐满茶楼跑。拿着我叠的纸飞机，从楼梯跑上扶手电梯的顶部，把纸飞机扔到扶手电梯上，然后又跑下楼梯，在扶手电梯到底时把纸飞机捡起来，如此来来回回，玩得舍不得走。走的时候正下雨，大姐姐为诺诺妹妹打着伞，我在后面看着看着，感动起来了。

诺诺奶奶家的邻居，有一位比诺诺大半岁的小哥哥，总是“靓妹，靓妹”地叫诺诺。正吃着晚饭，那边小哥哥又在叫“靓妹”，这边诺诺手扶铁门回应着：“哥哥，你吃饭了吗？我吃完饭再和你玩啊。”过了一会儿，小哥哥等不及了，开了自家的门跑过来找“靓妹”。就在这一声“哥”一声“妹”中，两个小朋友从不熟悉到依依不舍，还相约下周回奶奶家时一起去公园玩。

即使约不到小朋友一起玩，也不怕，只要我们带个球去小区公园，就一定能吸引小朋友过来一起玩。

诺诺人缘好，无论在什么地方都不缺玩伴、话伴。在这众多的机会里，成就了她合群的性格，做她活泼开朗的“吱喳妹”。/（小精灵诺诺妈咪）

第八章
妈妈育儿十大疑惑大探讨

家家有本难念的经，育儿这本经最难念，也最不容忽视。如何适当地教导孩子，才能达到理想中的效果，既不两败俱伤，也不影响和孩子之间的情感呢？众妈妈与你一起探讨育儿过程中的难题。

一、育儿经验妈妈谈

孩子不听话，打孩子对吗

【七嘴八舌】

说到打，哪怕还不是打，只是责骂，可能就会有姐妹连连摇头摆手：“No，no，no！绝对不要！太粗暴了吧？”呵呵，其实这里说的打，当然不是那种一顿乱揍，而是指在某些非常规情况下，打屁屁、手心之类的。

据专家说，屁屁上神经系统较少，偶尔打打，只要不是太厉害，不会给孩子带来生理伤害。其实细想一下，这样的轻微体罚，在你的日常生活中，是不是也偶尔发生过呢？我当时提出此问，心里怕怕，怕自己被认为是家暴，哪里晓得附和的家长还不少哩。

所谓非常规情况，当然是指比如无法讲道理或多次讲了还不听，但又犯了很原则、很严重的错误。具体案例就不说了，因人而异吧。

那么，打都打了，心里又不免担忧，这样做到底妥当不妥当呢？会给孩子造成心理上的阴影吗？会影响他的人格发展吗？其实在我们那个年代，有多少孩子是没挨过打的？像我自己，从小家教甚严，挨打也是经常的事。但自问好像还没因此造成人格缺陷，也没因此记恨父母。嘿嘿，难道已被打麻木了？

哎！这就是为人父母的心啊。一方面恨铁不成钢，可一方面又于心不忍。

好了，看看各位姐妹的个人想法？主要讨论的是：

话题一：打，打得？还是打不得？

话题二：打了，真的就会带来那些负面影响吗？比如心理阴影、人格缺陷、仇视心理。

1. 容许孩子犯小错，尽量不打孩子

我很少打孩子，我感觉我家孩子不难带。他快4岁了，很讲道理，而且会理解你。后天培养很重要，父母多点耐心、多点心思，孩子很好带的。我一般会听他的苦衷，或给他选择，起码能让他做一下主。孩子独立反抗是他成长的重要标志，你尊重并容许他犯点小错，他就不会太叛逆了。我们小时候不见得就特别乖巧，还不是常惹父母生气！做父母不容易，但尽量不要打孩子！/（妈妈爱玮玮）

2. 打不能解决问题，只会恶性循环

小朋友不是机器人，也不是木头，是有自己思想和喜好的独立个体。所谓的“叛逆”，其实很多时候只是没听大人的话而已，听起来反倒是家长普遍“控制欲”、“权

力欲”的心理在作怪。换一个角度看，是小朋友开始有主见了，他想要独立了，也有自信去试试看，这应该让人觉得惊喜啊！其次，打小朋友会引起模仿，以后也会用“打”来解决问题和发泄情感。而且会引起小孩的仇恨情绪，只会恶性循环，做更多象征独立的“自卫行为”，和你作对。随之你也更气，打得更多。承认他、理解他、接纳他和爱他，这些是家长永远的课题。建议你多看看有关早教的书籍，如沟通类的育儿书。/（jessin001）

3. 了解孩子的想法，针对性地引导

我的经验是非原则性的问题放开，原则性的问题不能让步，要有耐性、以理服人。要孩子做到的自己先做到，让孩子心服口服，这时他就不会无理取闹了。关键是要有耐性，了解孩子想的是什么，了解现代孩子的喜好，有针对性地引导。/（溦溦妈）

4. 适当打孩子，适当运用孩子的“叛逆”

任何事情都有两面性，孩子比较叛逆，就要让他发展叛逆中好的一面，如让他多接触运动类的项目，能健身，千万不要以为叛逆不好而打骂小孩，这样会让其受到伤害，但又不能解决问题。/（chunjiang2091）

很多时候发展到我们生气要打孩子时，我们首先要打我们自己。想一想，孩子一生下来就是这样的吗？问题绝对出在我们身上。我们对孩子的无意纵容和误导，导致孩子偏离了我们对他们的理想规划。人是我们，鬼也是我们。孩子看着大人的言行举止，就潜移默化地模仿。于是到了某一天，我们猛然发觉，怎么我的孩子变成这样了！然后很生气，甚至无意识地去打他们。

朋友们，我觉得，该讨论的不是我们可不可以打孩子，而是我们有没有时间和觉悟去反省自己对孩子的教育。/（咪咪笑の晴晴）

以前孩子小的时候，我是很反对打孩子的，因为基本管得住，所以也没打过。可是快3岁时，孩子开始叛逆了，你说东他非要西，你让他做什么他偏不做什么，你不让他做什么，他就认为是最应该做的。经常做一些极度考验我耐性的事情，有时被他惹得气急败坏。你跟他慢慢讲道理，他明知道是对的，但就是要对着干，警告数次无效后，我就忍不住动手了。但是很怕以后打也没用，那该怎么办？目前我们家的情况是，妈妈唱红脸，爸爸唱白脸，互相搭配着教育，前题是避开老人家。/（米妈）

调皮捣蛋的孩子不会因为挨打就从此变乖，挨打只是让他们结束当时的恶劣行径。乖宝宝也不会因为家长的柔声细语就从此变得叛逆，情况不同要区别对待。/（蛋蛋妈）

说说我的心得体会：

（1）平时要多看些相关年龄段的育儿书。比如1～2岁会出现哪些生理心理变化，您就可以有针对性地对孩子出现的问题找办法解决。不要那么急躁，因为您心里急，孩子也会跟着急，那样两个人的脾气会顶起来。当您知道怎么去应对时，从容平静了，问题就容易解决得多！

（2）事前预防。比如孩子会乱摸家里的东西，如果摸到电器、开水会比较危险。那就事先告诉他，开水很烫会弄伤手，适当地让他摸一下，问他痛不痛，如果摸电器更危险，会更痛，还会见不到爸爸妈妈了！

（3）培养好习惯。妈妈第一次说的话，一定要执行！比如宝宝吃饭东玩西玩，喂半个小时都没吃完。告诉他妈妈很生气，再不吃就没得吃了，只有等到晚饭时才可以吃！宝宝不理您时，您一定要到晚饭时再给他吃东西，包括点心都不能给他吃。不能说，宝宝，再吃一口；也不能看他饿时给他其他东西吃，一定要到晚饭时再给他吃。孩子饿一两顿不会出大问题，一定不能心软！规定吃饭时间，而且不能把玩具放在餐桌上边吃边玩。

（4）出现一些问题时，要先冷处理！等宝宝哭闹完，他会找您的。呵呵，这个非常考父母耐力的，这时再给他讲道理！因为孩子哭时情绪激动，听不进的，事后才听得进的！还有一点就是要对孩子说：妈妈是爱你的，但妈妈不喜欢你这样子做，这样子做是不对的！/（零零）

打肯定是打过，但不主张打，可问题是小孩不是每次讲道理，他都会听。有时他们也真是挑战大人的极限，如果不静心想，不费心思想想怎样处理他制造的事件，真的没法收拾，情急之下，只能打了。特别是两三岁，似懂道理又非懂，强烈的好奇心总使他们出状况。

所以每次我一想打孩子时，先控制情绪，让自己有个思考的时间，转移大家的注意力，然后再处理。这样会减少小孩被打、大人生气的双尴尬局面。但爸爸可就没那么好脾气了，他也知道不能打，但有时真控制不住，还得慢慢让他耐心地对待孩子犯错，做妈妈的必须适应调节！/（逗逗他娘）

我赞成适度地打孩子。我从小是被父亲打大的，呵呵。虽然如此，但我也没留下什么阴影，也没造成人格障碍什么的。但我弟弟性格比较孤僻，不知道和这个有没有关系？所以我觉得打不是不可以，但要适度，要分对什么性格的人，因为什么事等。/（KUNKUN妈妈）

你要求孩子给你道歉吗

【七嘴八舌】

我们和女儿一起成长的路上，一直都平等相处、互相尊重，所以不存在所谓的惯孩子这种行为。今天发生的一件事，更让我对儿童彻底地尊重了。

下午和女儿在楼顶一起玩游戏，我们拿了一条细竹竿跳高。女儿跳之后，轮到我跳时她帮我抬高。结果她用竹竿不小心碰到我的眼睛，我捂着眼睛对她说："你碰疼妈妈了。"女儿带着哭腔对我说："妈妈，对不起。"我揉了两下眼睛说："现在没事了，没关系，你也不是故意的。"女儿脸上才露出了笑容。

这件小事情让我想起了一件好

笑的事情。两年前我带朋友4岁多的儿子出去玩，他踩到了我的脚时候没什么表示。我就对他说："请你给阿姨道歉。"你猜孩子怎么说？"阿姨，我给你道歉。"当我笑的同时，心里也在打鼓：孩子上幼儿园两年了，"对不起"都没说过。这家庭教育和学校教育怎么教的孩子？

我也没特意教育孩子说"对不起"或"谢谢"，只是这些语言我们会经常贯穿在生活当中，孩子自然就会用了，这对孩子的情感发展、人际交往都起着很重要的作用。/（贝贝妈）

我儿子会，反过来要是我错了或不小心弄疼他，也会和他说"对不起"，我认为以身作则很重要。/（tomyxu）

孩子做错了，我是要她道歉的，现在成了习惯，只要她知道自己做错了，会主动说"对不起"。当我做错事时，我也会跟她说"对不起"，言传身教很重要。/（小精灵诺诺妈咪）

我觉得孩子做错了，一定要求他道歉。我女儿以前一直不愿意道歉，她可能觉得道歉不是一件好事，所以非常抗拒。后来试过好多次，我如果不小心弄疼她，或我做错了什么事，我都会主动说"对不起"。现在如果跟我在一起时犯了错，她会主动道歉。但跟其他人在一起时，不会次次都说，可能觉得人家也没跟她说过"对不起"吧。/（小鸡囡囡）

孩子跌倒后，你怎样做

【七嘴八舌】

孩子每次跌倒后都会大哭，我就过去抱起她说："不哭，你这次为什么会跌倒啊？自己想想原因，记住以后不要这样就不会跌倒啦！"每当我提醒女儿她可能会跌倒时，她就停下来想想，避免重复"错误"。我很反感孩子跌倒后，大人去打地板、骂街的做法，只会让孩子学会推脱。大家是怎么做的呢？/（hjgigi98）

分散孩子注意力忘记疼痛，鼓励孩子自己站起来

孩子跌倒后要看情况，如果只是小问题，没大的擦伤，我一般会站在他旁边鼓励他："没事的，自己站起来，你很勇敢。"或者跟他说笑："哦，有只大笨熊不小心跌倒了，没关系，快站起来。"孩子这时会开心地跟你说笑。这样就可以分散孩子的注意力，千万不要这个时候装作看不见，这样孩子只会学会大人的淡漠，不会给有需要的人以爱心和帮助。

第二种情况就是孩子摔得比较严重，破皮出血，真是感到肉体的伤痛而大哭的时候。我会先把他扶起来抱着他，让他先把情绪发泄出来，再确定这个对膝盖有没有大的损伤。如果有大的损伤就去医院及时清理伤口，以免感染，然后才会跟他说笑鼓励，分散注意力，告诉他下次怎么去避免这些伤害，学会保护自己。

我注重鼓励孩子把自己的感受表达出来，学会保护自己，尽量不犯同样的错误。/（QIANYING01）

教孩子时，如何控制自己的情绪

【七嘴八舌】

我宝宝1岁7个月，早教上了4个月了，《易经》和《唐诗三百首》从他出生读到现在，没有一句会的。他不会自己吃饭；不会自己大小便；只会数1和2，最近勉强说3和4；不会唱歌；不会说a、b、c；看图也说不出东西，咿咿呀呀的。每天最喜欢的就是逛街、打扑克牌，自己可以玩两个小时的扑克牌。益智玩具啊，书啊，不是弄烂就是塞进床底下。

最近我真的有些崩溃了，孩子一点不定性，我脾气也不好，教了这么久，感觉他一点进步也没有。今天火了，感觉我的付出和他的进步完全没关系。也没打他，就是自己很生气，他好像也不在乎。

为了教孩子，我和我爸妈三个人轮番上阵，读书、认字、每天去公园。按说要是遗传我和我老公的基因，应该不笨才对，他老爸博士在读，我也是个小本，怎么这孩子这么不长进？我在家压力也很大，很多人都觉得我们家太奢侈了，三个大人带一个小孩，都叫我上班去，可我觉得孩子3岁前自己带比较好，希望他有个好的学习习惯和生活习惯。

真的好怕他以后不好好读书，他的态度太让人崩溃了。我很火，被他气疯了。

有的妈妈可能觉得我逼孩子太紧了，其实念诗歌和数数都是他去公园时教教，晚上睡觉前教教，不知道这样是不是逼得紧。真不知道该怎么教。还有，我应该怎么控制自己的情绪呢？我有时真的想用力揍他一顿，一点也不省心。

请各位有经验的妈妈指点指点，我该怎么办呢？

不要太着急，一切顺其自然，相信你的宝宝是好样的，只是他没按你的意愿去发展，不能强迫的。特别到了2岁多，第一个叛逆期出现时，更不能这样。不然他会事事逆着你干，你会更烦。才1岁多毕竟还小，只要他开开心心就好，没必要非得学什么的，有个快乐的童年比什么都重要。/（梓源妈咪）

太小的宝宝在教育时，要注意方法，《易经》好拗口的，而且不明白内容强背，大人都不行啦，何况小朋友？欲速则不达，太早强迫小朋友学这些，只怕会令小朋友对学习反感的。而且才2岁左右的宝宝，不如在玩中学习一些生活常识更好啦。/（BEARBEAR熊）

为什么妈妈们都这么在意孩子学不到什么，而不是欣喜于孩子会了什么？我们家的11个月大，就只是有时候读读故事给她听，很简单的故事。她有时候不听，爬着跑了，我也不管。有空就放音乐给她听，带她出去玩，告诉一下这是什么，那是什么。一旦她会了点什么，即使是这一瞬间知道，但转头又不知道时，我也会开心地说："宝宝会了××啊，真厉害！"/（冰清雪亮）

你家的才1岁多，没必要会《易经》和《唐诗三百首》吧。我朋友的孩子2岁了，还不会自己吃饭和大小便呢，人家也没急成这样啊，只是上幼儿园前需要训练训练。孩子小，多陪他多玩吧，他有自己的学习过程，我们做家长的不要强硬地去引导。

欲速则不达！小孩在3岁前都是以玩为主的呀！您可以看看国外的一些育儿书籍，比如蒙台梭利的教育理念，到现在还很适用。我觉得学知识是为了培养孩子的好性格，不能操之过急，母亲对自己的孩子总是最苛刻的，不能这样。加油，母亲！耐心和爱心是最最重要的！/（宝宝妈妈）

我一直以为我属于急进的妈妈，谁知道还有这么多妈妈比我还猴急。先说说我的情况，本人是小学教师，因为职业关系，看多了孩子们这样那样的问题，所以深怕自己的孩子将来也会出现这样那样的问题。我更知道家庭教育对孩子性格、行为、习惯养成的重要性，所以我对孩子的早期教育是不遗余力。

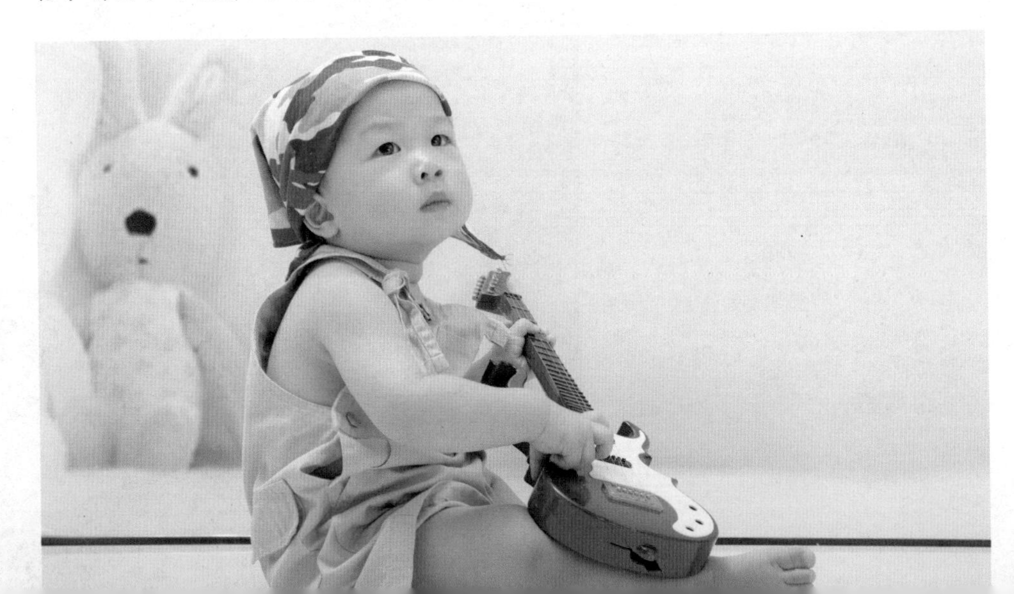

我怀孕4个月开始胎教，主要是语言和音乐，直到今天睡前半个小时都这样，当然内容已不再是儿歌、故事，而是一些科学故事和《弟子规》。按理说我声情并茂地教，孩子应该早早会说话才对，但事实上我家孩子直到1岁6个月，都不大开口说话。我永远都记得，我闺女在那儿自己玩，她爷爷叫她名字，怎么叫都不睬，老爷子竟然悻悻地扔下一句："哼，都不知道是不是哑巴！"作为母亲、作为儿媳妇，我敢怒不敢言，只是在心里更加坚定要让孩子成才！

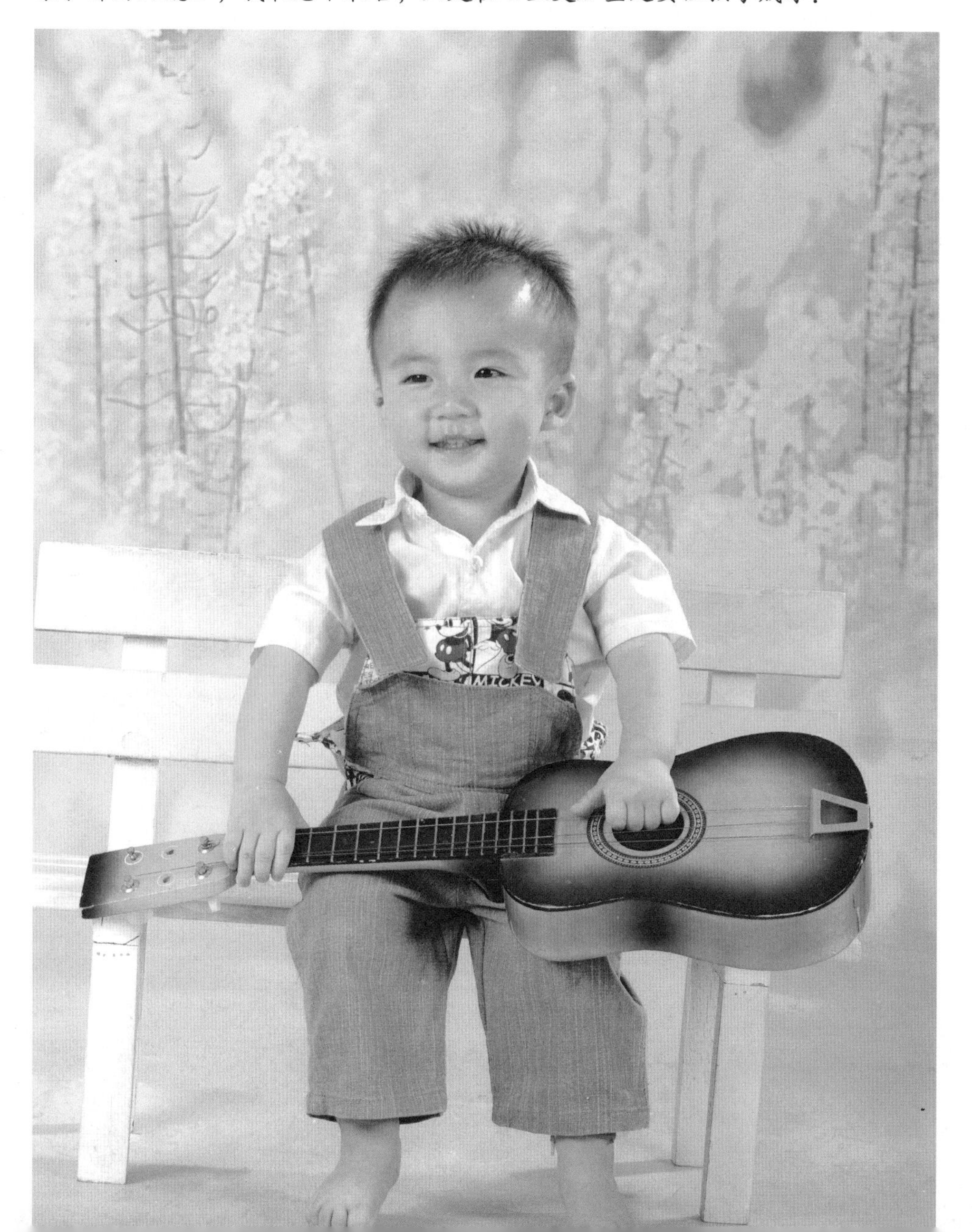

尽管孩子1岁前没怎么实施早教，应该说孩子还是按我的预想发展的。2岁不到时能一字不漏地复述二百来字的故事，后来能复述越来越多的故事，观察和模仿能力特别强。我想这归功于孩子1到3岁，我坚持每天让保姆送孩子早教，特别是2岁后上的蒙式早教。对早教内容我必定要了解，还要知道孩子的学习情况，所以我一直都和老师密切联系，一遇到问题就积极帮助孩子解决。

我孩子现在3岁7个月啦，在幼儿园老师看来，她是个各方面发展都很优秀的孩子，可我总觉得不满足，认为她还不够优秀，我也在检讨自己的苛求。所以我想和姐妹们说：不要一时看不到孩子的进步，就灰心或心急。每个孩子都是天使，我们要耐心地陪伴他们成长！除了学习，我觉得性格的培养更重要，让孩子乐观向上、热情有礼、和人相处融洽，会给孩子奠定更好的基础。/（helinli）

我对孩子的要求很简单，健康快乐就好！只要他每天都能享受到爸爸妈妈的爱，每天都开心，我就很满足了。儿子3岁前，我自己带了一段时间。每天带他出去玩一会儿，边玩边教他一些日常生活知识，没刻意要他会什么，做什么。因为我相信，只要心理健康的孩子，充分享受到爱的孩子，长大了一定不比人差！因此只要孩子有一点点进步，我都会表扬他。3岁前就让他快乐地玩吧，3岁后再慢慢教他一些东西，不用急。/（julia1980）

每个孩子生来都是一张白纸，成长的每个阶段都不一样，不能在一个阶段还没完成，就推孩子进入下一个阶段。比如，7岁的孩子只能读一年级，您硬推他去读三年级，结果只能是孩子疲惫，父母失望。当然，现在社会及孩子学习、竞争压力都很大，每个家长对孩子有一定的教育计划，但我个人认为孩子终究是孩子，该是时候教什么就教什么，循序渐进。童年阶段应培养及发掘孩子的兴趣及爱好，给他们多留点童年乐趣。/（东西妈咪）

我女儿还有一个半月就2岁了。她一岁三四个月开始，就会十几首唐诗，现在能背得更多了，《诗经》能背两首，1到10的数字全部认识。数数不用任何提醒，可以数到三四十。《三字经》现在可以背近一百个字了，可以背到“三纲者，君臣义，父子亲，夫妇顺”。儿歌无论是中文还是英文，我能唱的她就能唱。我知道她肯定不算最出众的，但我们没有要求她是最出众的。

（1）教育是潜移默化的，包括读书认字也是这样。我也会教她，但从不刻意。跟她在小区玩，过小桥的时候，就念起“小桥流水人家”，走在草地上，就念“离离原上草”，看见小鸟，就背“两个黄鹂鸣翠柳”，我觉得不经意的教育效果最好。

每天给她固定看书的时间，我叫她拿书到大人常看书的地方。她当然看不懂，说实话她看不看我不在乎， 我的目的是让她知道，什么时候要做什么事。在这个时间让她把一天的经历都回忆一遍，我会跟她聊聊天，问问她今天奶奶带她去哪里玩啦，跟谁玩啦，开不开心呀，哪个小朋友调皮啦。之后可以鼓励她背些已学会的诗词，我问她想不想，她说想那就背，不想那就不背，通常她不会拒绝看书。

（2）和比她大一点的小朋友一起学习。可能很多妈妈有这个感觉，就是小孩子不爱跟同龄的小宝宝玩，但她一定喜欢和比她大的小朋友玩，特别是那些已经上了幼儿园的小朋友。我女儿就特别爱跟她幼儿园的表姐玩，所以每个周末她都很高兴，因为周末表姐会到我家来。她特别爱跟着小姐姐唱歌跳舞，甚至连小姐姐的咳嗽都要学，在小区里也爱黏着大一点小朋友。

（3）最重要的当然是鼓励，即便她背不出来了，我也说她好棒。现在她有一句口头禅“珈珈，好棒”！

（4）天天跟她在一起的人很重要，白天我上班，婆婆在家带她。我婆婆性情很好，不急不躁，性格也算开朗，因为以前带过我大姑的女儿，很会讲些小孩爱听的故事和儿歌，讲到开心处她还带动我女儿笑起来。所以经常有些我没听过的儿歌，我女儿也张口能说，有她很大的功劳。

（5）带小孩，急不来，每个小孩的兴奋点不一样。我女儿从未上过早教班，我们也没系统地规划过要怎样带她。我觉得最重要的是，教她怎么获得快乐，让她在学习当中也乐趣无穷。

（6）我最佩服我们小区的一位邻居。小孩子 1 岁多了，他们家电视就没开过，她说看电视对小孩不好。如果像她这么有恒心，有毅力，我觉得带好小孩子就肯定不是难题。/（luomo558）

家有老人怎么教小孩

【七嘴八舌】

小孩1岁7个月，个子不长，古灵精怪的行为特别多。在家里主要是奶奶带，奶奶是个70岁的老人，没什么文化，带小孩是用旧的观点，而我比较喜欢先进的育儿经验。这样，两者就会有冲突。我们也会沟通，但结果是以一方的沉默告终。

比如一个月时，我不赞成用米汤冲奶粉，这样对宝宝的胃不好，但她不

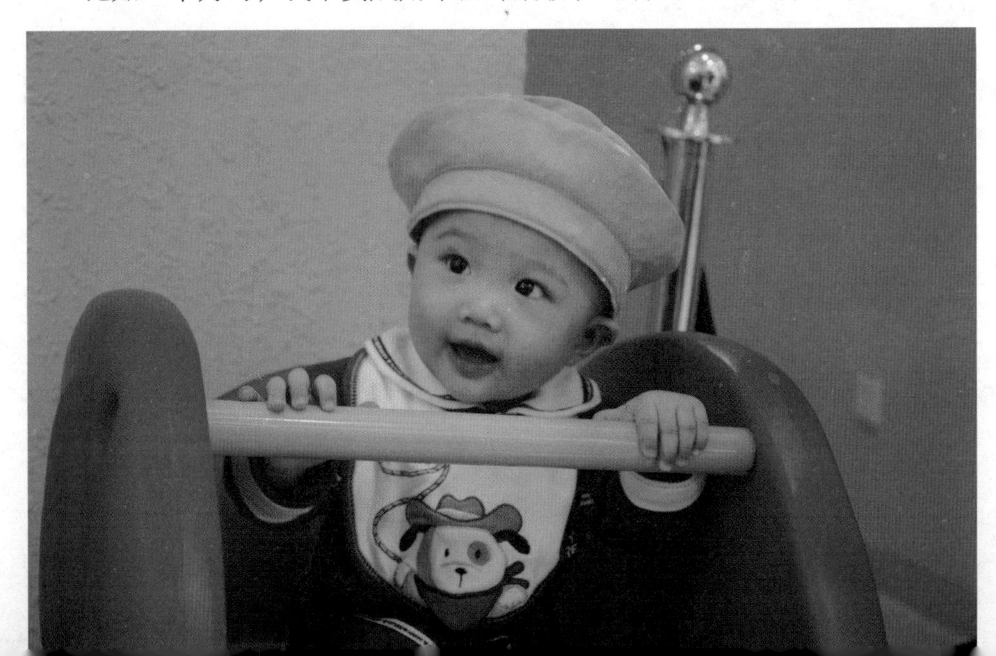

听，1岁不到就喂大人饭给她吃，造成现在我女儿1岁7个月体重才20斤，身高80厘米。去医院做检查，医生说孩子营养不良。我这个当妈妈的真苦恼！我又要上班，不可能整天看着女儿。这可怎么办呀？/（hjjyzj）

1. 赞成老人带小孩

家有一老，如有一宝，他们很懂得照顾小朋友。/（yhq512400）

2. 反对老人带小孩

我家也是，不过现在我坚持自己带，但感觉已经迟了，孩子已经形成了习惯，现在好难改进，后悔孩子出生后给婆婆带了。/（maychu）

自从生了女儿，跟婆婆的关系就越来越不好了。虽然心里知道老人带小孩挺辛苦，也知道她很疼我女儿，可很多方法我真的接受不了。说真的，什么事我觉得都可以忍，但是没办法忍受她带我女儿的方法，也可能是我缺乏沟通的技巧吧。现在简直觉得跟老公一家人共处，都是一件很痛苦的事情了。很想请个保姆算了，起码会照自己说的做，可没有合适的，不认识的人不敢请，只能盼着女儿快点长大，赶紧上幼儿园，起码比家里教育得好，心里那个烦啊，真说不清。/（小猪妈2008）

3.中立方

多用包容的心态去面对，矛盾便能迎刃而解。70岁了还能帮你带小孩已经很不容易了，多点包容吧。不要总想着去改变别人，她那么多年的习惯，不可能因你而轻易改变的，谁带宝宝的时间多就听谁的，不然就只好自己带吧。/（洪静）

老人带小孩真不容易，但我们又不能要求太高，不要尝试去改变他们，只能是包容就好啦！/（corallaw）

我是在家休产假时自己带女儿。

快要上班了，我就跟婆婆商量，她年纪大了，带孩子会比较累，因为我们家人比较多，老太太每天还要做全家人的饭。于是在她同意的基础上，她自己帮我请了一个家乡的亲戚帮忙带女儿，按她的意思给工资。亲戚每天上午帮我带女儿去早教，下午睡醒后去公园，这样大家都高兴。

后来女儿上幼儿园了，亲戚也回家了，免不了有时公公婆婆会帮忙带女儿。但毕竟他们带的时间比较少，不同意见我一般都不说，或者让老公说，所以一直相安无事。何况老人家年纪大了，愿意帮忙的话，已经求之不得，不要试着去改变他们了。我一直坚持一点，只要自己有时间，尽量自己带孩子、教孩子，不要完全把孩子扔给老人。当然，这样自己的时间就少了，而且很累。/（小鸡囡囡）

不得不承认带宝宝确实是件累人的事，何况还是老人家，多忍让，多包容。

怕对宝宝有不好的影响，就自己多花功夫想办法去引导教育。饮食方面就多自己准备，写好食谱或自己提前准备好，当然会辛苦得多。

虽然和子田的奶奶也常有这样那样的冲突，但好在老人家比较明事理，我也越来越注意沟通的技巧，两代人相处起来也越来越顺。

我很感激她平时把子田带得那么好，并且也时刻提醒自己这一点儿。呵呵，有机会也多用行动来表示自己的感激，例如买几件衣服，用单位发的购物券孝敬一下，这样老人家也乐呵呵的。

有意见我也会用适当的方式沟通，但不强求有什么效果，只是表明自己的态度，老人家一般都会尊重我的意愿。如果涉及到老人家的习惯，我一般不怎

么讲，例如爷爷奶奶喜欢互相高声说话，旁人听起来有时候都觉得像吵架，这方面我一般就不提。毕竟几十岁了，长期的习惯很难改，说多了还让老人家心里不舒服。

同时，爸爸的作用也很关键，是磨合剂，毕竟生活背景不尽相同、年代不同，生活方式肯定会有冲突。当爹的这时就该适当地站出来啦，呵呵，毕竟和睦的家庭环境对宝宝很重要。/（家有田妞）

如果妈妈工作不是特别忙，时间正常，我比较倾向于自己来管理孩子，特别是教育方面。不管家里有老人还是保姆帮忙，作为父母位置不容替代，责任不可逃避。老人能帮忙看护孩子，已很难得。所以尽量要跟老人相处好，哪怕是哄着老人，该感谢的、该慰劳的一定要做。自己的父母如此，公公婆婆更应如此。为了孩子一定要和老人沟通好，一切都是为了孩子。

如果老人的观念和做法很不科学，又很执拗。个人建议这样不如请老人安享晚年，不要再为孙辈操劳了，做父母的多尽点心，再请个做家务的保姆，还是可以做到的，熬到孩子上幼儿园，也就轻松了。/（勉之妈妈）

庆幸婆婆脾气不错，她很想带我儿子。我说请保姆帮忙带，她都不让，说浪费钱，情愿自己带。很多时候我和老公都先从关心婆婆的出发点和她商量事情，老人家一把年纪了不容易，时间长了她自然知道我们说她是为她好，也没什么意见。有些育儿技巧她不懂我教她，她也会学，所以我们相处得还不错，反正我们晚辈肯定要多包容一些，要求也宽些，也就没事了！/（嘉露莲）

我发现自己是幸运的，没有因孩子的到来而破坏了婆媳关系。为了孩子，我放弃了工作。从她出生以来，没离开过她一个晚上。其实很多妈妈都有这样的机会自己带大孩子，两三年很快的。为什么有人不愿意带呢？除了小部分经济不允许的，其实就是带孩子累、烦！拉扯大一个孩子，是真的很不容易的，当了妈才知道妈妈的苦。

感激母亲的伟大之余，奶奶、婆婆更伟大。按理说，这不是她们的责任，可为什么她们愿意受这样的苦？说到底，她们还是善良之辈，不忍心吧。细细作比较，妈妈带的孩子是比老人家带的乖、听话，没那么任性。这是什么原因造成的呢？是因为妈妈年轻、有学问，多读几年书吗？

说句公道话，并不是读书多就可以带好孩子的。孩子是一天一个样，每个阶段都会遇到不同的难题，带孩子需要的是细心和耐性，好多妈妈做不到。反之，有些老人就具备这些条件。另外，孩子是从母体出来的，妈妈的语气和心跳是孩子最熟悉的，这就是孩子怕娘听娘话的基础吧。

有妈妈在孩子吃饭睡觉会感觉安全多了。玩耍也一样，母亲会第一时间考虑孩子的所需。为什么我们具备这么多优越的条件，却不利用，把孩子放在另一个女人怀里？因为生活！但更多是为了我们自己。孩子会长大，我们却要继续生活，与社会脱节的代价太高了。

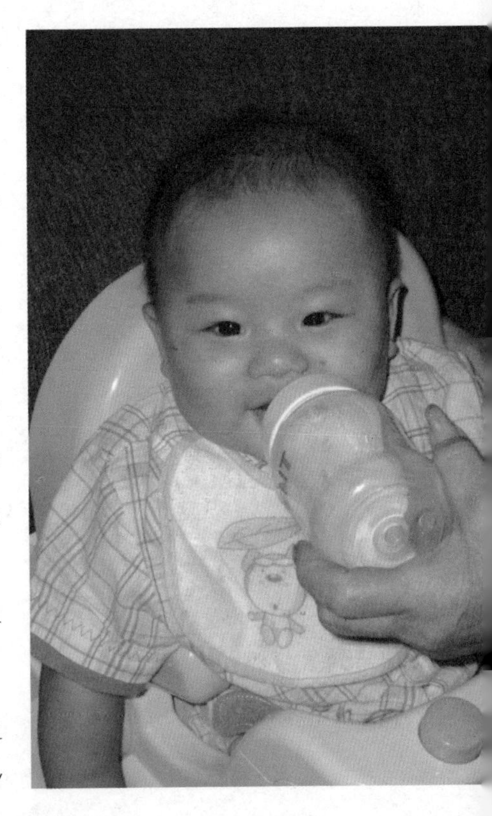

所以，不要指责老人的不是。如果你觉得她们不够完美，不够称职，你最应该反省的还是自己。因为你首先就放弃了对孩子的爱，因为你觉得孩子没有你自己重要。工作以外的时间，多留点给孩子吧，老人并不能代替做母亲的。

一个女人，带大个孩子不容易，一个老人带大个孩子更是千辛万苦。好好爱家，好好爱孩子，多心疼点老人吧。如果实在没有这样的胸怀，请放过老人，自己来吧。/（小语妈）

敢于向孩子说“不”

【妈妈经验谈】

女儿自从断奶后，喝奶粉和牛奶有点超出预计，大概是还没适应断乳后的时期。前天要吃晚饭了，她要求喝牛奶，我坚决说“不”，还告诉她可以给她喝，但要等晚饭后。小家伙当然不同意，坐在地下撒泼。

我当作什么事情也没发生，去做饭了。女儿自知理亏，一会儿就自己玩去了。昨天出去买了一袋奶喝了，回家经过超市又要买。我说不买，妈妈说过只能买一袋，女儿也没耍赖顺利回家了。今天午睡时女儿要求等会儿出去买小馒头给她，还要坐投币一元的摇摆车。我答应了她，但必须午睡后。她大概是早上睡多了，床上床下折腾了两个多小时，也没睡着。

我告诉她，等会儿下去不买小馒头，也不坐车，因为你没有午睡。下楼玩了一会儿，她又要求买小馒头。我坚决地对她说，妈妈在家说过了，不买也不坐车。女儿没出声，算是默认吧。过了一会儿，她对我说，那买香蕉给我吃吧。

当父母把满足孩子的每一个欲望，作为避免孩子发脾气的一个方法，来设法安抚孩子时，孩子就会被宠坏。如果允许孩子要求更多，父母必须在孩子发脾气时态度坚决，并对孩子采取恰当的暂停。要给孩子机会，让他们调整欲望并接受生活的限制。这样，孩子会更珍惜眼前拥有的一切。

只让孩子做他们喜欢的事情是不对的。要想给孩子更大的自由，父母一定要给予孩子强有力的领导。给孩子自由的同时注意更多的管束，学会平衡二者间的关系，养育孩子就会更成功。/（lily101）

你会强迫孩子分享吗

【妈妈经验谈】

星期一带女儿去大夫山，帮她带了滑板车。住在大夫山的一个朋友也带女儿过来了，那孩子对女儿的车产生了兴趣，过来摸。女儿大叫："小燕子，我不同意你摸我的车。"说着拿开了小燕子的手。当女儿完成她对车的守护任务回到我身边时，我告诉她："小燕子是你的好朋友，把你的车给她玩一下好吗？"她转头对小燕子说："小燕子，我现在同意你踩我的滑板车了。"我们都笑了。朋友说她经常带女儿去她堂哥家玩，堂哥的女儿每次不愿意分享时，就要受到堂嫂的训斥，还说小孩子要从小教育，不能让她这么霸道，那孩子也就2岁。她说搞得她堂嫂带女儿去她家玩时，她也要强迫女儿分享。

有时候，我会把女儿打开没吃完的零食吃掉。她一见到都会大叫："妈妈，请你放下，不可以吃我的东西。"我说不吃掉放久了就不能吃了，很浪费，要不你现在自己吃掉。她马上会说已经吃不下了，我现在同意你吃了。女儿的表现令我感到，她是一个完全独立的人，自我意识很强。

她很多时候都愿意和人分享，前提是你要征求她的同意。记得上次和同学去小洲村看民谣音乐会。同学的儿子去买了几包零食放在凳子上，后来又出去买水。女儿一直盯着这几包东西，后来还拿起来看。我告诉她：“这是哥哥买的，你想吃要经过他的同意。”女儿马上放下东西，同学直夸女儿好乖。我想这大概是我们平时尊重她的结果，她的心里已经种下了尊重自己和别人的种子。/（lily101）

怎样看待“不能让孩子输在起跑线上”

【七嘴八舌】

同意“不能让孩子输在起跑线上”的人，通常觉得应该从小向孩子灌输知识，例如认字、算术，甚至英语等，同时也认为应该在进入小学前，让孩子学习小学知识，做好“幼小连接”，不能让孩子输在“小学”这条起跑线上。

反方认为，孩子每个阶段都有适应其发展的学习内容，既然是上小学才学的东西，就该让孩子循序渐进。幼儿园是培养孩子认知、纪律、兴趣等“软技巧”的萌芽期，不该给孩子过多的学习负担。

一直以来，我是反方。可最近一个曾当过幼师的朋友，分享她同事的经历，让我动摇了这个想法。

朋友的同事赞同孩子应该多玩，幼儿园时期就没给女儿补习过小学的知识。结果现在女儿上小学了，却念得很辛苦。班上的同学大多已经学过课堂里的知识，轻而易举地完成了作业。鉴于此，老师也没对课本上的知识做很详细的解说。她女儿总是带着问题回家，结果妈妈也很累，要帮女儿补习。女儿的成绩有点落后，老师还给家长压力。所以朋友说，她以前也是个反方的支持者，现在她改变想法了。起跑线已经提前了，如果不学，孩子肯定要落后的。

诚然，很多幼儿识字班、算术班都在很轻松地游戏教学。可是这样人为地提前了起跑线，我还是有点抗拒。你们是怎样看待这个问题的呢？

/（mantom）

良好的学习习惯比起跑线更重要。不提倡让小朋友提前学，但并不是说放任自流。平时要注意培养小朋友专注的能力，要培养好的学习习惯。/（BEARBEAR熊）

对小孩子，没必要灌输太多知识层面的东西，但有必要培养良好的习惯。孩子的长处和兴趣都不一样，根本没有统一的起跑线。/（蛋蛋妈）

个人觉得孩子不应该站在起跑线上，在孩子自然的成长过程中加以辅助指导性的学习就好。几岁的儿童根本不存在什么学习压力，在日常生活和游戏中学习，你会觉得它存在压力吗？如果你一定要把孩子放在起跑线上，只能说是你作为家长的压力，而不是孩子的压力。/（于萍）

身边有些读书很厉害的朋友，都是读书方法好，而不是靠硬性学习。真正进入社会后，可以如鱼得水的人，也是能力高、心态好，而不是读书好的人。所以我认为给孩子一个快乐的童年，让他人格完善才是最好的。/（小牛妈咪）

理性对待孩子的叛逆期

【七嘴八舌】

最近儿子老是说：我就是不要。这句话是不是表示叛逆期来了？让他吃这样，他说他就是不吃这个。放学了让他回家，他不回，说就是要去其他小朋友家玩，就是不回家。我都不知道该怎么办好，讲道理是讲不通的。/（Fantete）

1. 孩子需要父母的爱

是不是平时跟孩子在一起的时间少，或者忽视了孩子。孩子希望得到父母更多的关爱，多给予孩子积极的鼓励，让孩子感受到父母是在关爱自己。/（MissPan）

2. 鼓励孩子多交际

上街时也可以多让孩子跟别人打交道，例如买东西时先教给他该说什么，让他大胆上前表达。/（youranyisheng）

孩子要自由怎么办

【七嘴八舌】

昨晚让宝宝睡觉时，他突然说："妈妈，我什么时候才能自由啊？"我愣了一下，反问他："你说的自由指的是什么？""就是我可以听自己的，如果做错了事，能让我一直错下去。"这是一个4岁小朋友说的话，我是不是太专制了？/（ssgz689）

1. 正确指引，适当阻止错误行为

我儿子5岁生日时，他也跟我说过"自由"这个词。他跟我说："妈妈，我5岁了，我终于自由了！"不知道是不是我平常压迫他太明显了。/（yiao_feng）

小孩子还是要靠大人正确引导的，帮助他慢慢改正错误的观点！/（彤彤和凯仔）

告诉他让他自由一小时，安全情况下一小时内不会阻止他的行为，看看他会做什么。/（快乐妈妈隽宝宝）

宝宝被打了怎么办

【七嘴八舌】

小人儿初涉世“打人”与“被打”是时常发生的事。作为父母的我们，应持什么态度呢，又该用什么方式教导宝宝呢？/（郭襄）

1. 学会放手，泰然处之，适当介入

宝宝只是乐在其中，家长则可能是不停地“选择性关注”。其实，父母们更应该放松心态去与宝宝一起成长，这样才不会仅仅关注困惑点，而是能放松地去发现更多宝宝成长的乐趣。我的原则是：学会放手，泰然处之，适当介入。

(1)学会放手

在安全允许的范围内让宝宝自主社交，不要过多插手。

(2)泰然处之

在适度的范围内，对宝宝社交时出现的状况泰然处之。小人儿的世界，不会有过多的原则问题，大人的淡化态度更能鼓励宝宝勇敢自在地“涉世”。

同时，这也是宝宝社交过程中出现不尽如人意或造成家长困惑的状况时，大人应采取的态度。行动上的重视，如做一些正确的引导或表率，而态度上放轻松，即相信宝宝的本质。小屁孩儿的很多行为，很多时候只是一种出于好奇的尝试，或阶段性的叛逆，是自我意识不断增强的表现。爸妈们没必要一下子上纲上线。当然前提是家长要为宝宝树立一个“为人处事”的好榜样。

(3)适当介入

态度上要放轻松，但应该去挖掘宝宝真正的心理状态，找到造成宝宝异样表现的原因，引导解决。另外，在出现宝宝可能受侵犯或因年龄性格而暂时解决不了的社交问题时，就应该介入啦。/(家有田妞)

2. 不要强调“打人”的概念

有时候宝宝对于“打人”并非像大人想的那样，知道这样不好。通常这种情况，不要刻意去骂他，这样反而会引起他的注意，知道这样会令人关注，下次也许会觉得好玩，又会重新“打人”了。/(百辰儿)

3. 从小养成礼貌习惯

宝宝大概几个月时，我常带他晒太阳，见到其他小朋友时，我会抓住他的小手去摸其他小朋友的手说："好朋友，握握手。"久而久之，到1岁7个月，当他见到小朋友时会友好地主动伸手与小朋友打招呼。/（hjjyzj）

二、育儿日记分享

要在外人面前表扬孩子

【妈妈经验谈】

有一次下午下班后去家访，一共去了6家。其中有两个学生的家长，一直在我面前数落自己的孩子。例如在家里如何任性、懦弱、懒惰之类的。其实那两个孩子并不像家长所说，不但懂事，还懂得为老师分忧。

根据几年的观察，这两个孩子也不是表里不一。这两家都是经济条件绝对一流的家庭，家族做房产生意，望子成龙、望女成凤的心理能让人理解，但家长在教育方面不免欠缺一点艺术，这容易导致孩子产生自卑心理，认为自己什么都不好，什么都不如别人，继而产生破罐子破摔的心理。

微笑着听家长陈述，临出门时，我写了一张纸条：请多在外人面前表扬自己的孩子。接着，去了另外一家，截然不同的是，这位学生的妈妈是大学老师。我一出电梯门，孩子就跑着出来问好。牵着她的手，我迈进了干净整洁的家。家长的礼貌和谈话的过程不需多说，是快乐和舒心的。其中最让我乐于称道的，是这位家长五年来对孩子自信心的培养。

思绪回到5年前，新生入学前的培训，我收到了一封特别的信：不是送礼的，我们学校也不让收；不是建议的，而是一封介绍自己孩子特点的信，同时表达了对老师的敬意。信的内容很干净、简洁，让我可以以一目十行的速度快速浏览，但囫囵吞枣一遍后，优美的文笔又吸引我细细品味。

没错，这就是她的孩子，一个个子小小，在人群中毫不起眼、乖巧的孩子。在新生入学前培训的第一天上午，一个孩子走入了我的视线。一瞬间，这个孩子引起了我的注意。我相信，家长写这封信时，孩子一定也坐在妈妈的腿上，听着妈妈的朗读，感受妈妈对自己的爱和对素未谋面的老师的敬意。

之后的几年里，无论是与这位家长家访面谈，接送孩子时简短的访谈，还是QQ、电话联系。这位家长都很注意在老师面前，为孩子树立一个正面的形象。最难能可贵的是，她经常在我们面前表扬自己的孩子。只要其中有可取的地方，我通常会把她身上值得其他同学学习的地方在班中树榜样，这是教育学中的“陶冶法”。这位孩子在适度的表扬声中成长，总是显得很自信、很安然，心理很健康。尽管这几年里，小姑娘多少会出现些问题，我和家长也给予过她告诫或批评，但算是比较让人省心的孩子。希望她继续健康、快乐、顺利地迎接自己的未来。

从这个例子中可以看出，懂得表扬艺术的人，会在大家面前表扬孩子。当只有两个人的时候，对孩子可以相对严格。然而在外人面前，多夸赞自己的孩子，这样的态度会让孩子产生自信。相反，如果在

只有两个人的场合表扬孩子，却当着外人的面贬低孩子，孩子的自尊心会受到伤害。实际上，孩子的自尊心比成年人要强得多。一旦伤害了孩子的自尊，会使他们受到很大的打击。

在外人面前表扬自己的孩子，有利于自信心的形成和巩固。同时表扬也好，批评也好，都是教育孩子过程中缺一不可的，教育的过程中要谨记“三分表扬，一分批评”。/（youranyisheng）

“暴君”妈妈讲述带女儿

【妈妈经验谈】

有些妈妈很困扰：孩子3岁前应该交给谁带？我无法评判方式的对错，因为人生没有可参照的，只能借鉴和学习。每个人、每个家庭都可以选择适合自己的方式生活，我只想说说我女儿3岁前，我的一些体会。我孩子现在已经9岁了。

1. 掌握时机，遇事及时讲道理，换位思考，由己及人

一次带女儿去深圳“海上世界”玩，女儿看到有两种肥皂彩泡泡卖：一种是5元钱用嘴吹的，一种是10元钱用枪打出来的。女儿要买10元的，我说：“买多少钱的都没问题，但这些玩的东西你就用妈妈给你的零花钱买吧，你不是带上

了吗？”听我允许她买她很高兴，结果要用自己的零花钱买，她就开始考虑要买哪一种了，最后她自己买了那种5元的。

看到这种情景，我不失时机地笑着对女儿说：“怎么用自己的钱买心疼了？既然这样，你现在已经能理解妈妈了。平时你找妈妈要钱买这买那时，妈妈是什么感觉？”女儿马上说：“哦，我明白了，妈妈也会心疼的。”我说：“对呀，妈妈辛苦挣来的钱，要给你吃、穿、用，还要上学，我们还要出去旅游，好多地方要用钱。以后还能看到什么要什么还能乱花吗？”女儿马上说：“我知道妈妈的感受了，不乱要东西了。”孩子毕竟是孩子，看到好东西依然想要，但至少让她理解后她不会胡搅蛮缠了，慢慢也学会了换位思考，由己及人，这才是重点呀。

2. 学习不要依赖别人

我几乎没给女儿辅导过作业。女儿刚开始上学时，回来贪玩不写作业，我问她为什么不写作业？她说不会做。其实她是懒得动脑筋，指望我教她。我跟她说：“作业是你自己的事，妈妈没办法教你。妈妈的责任是照顾你的生活，给你提供学习条件。你的责任是上课认真听课，下课认真完成作业。如果你不会做，就是你上课没认真听课。”女儿听我说不教就急了：“那我的作业怎么办呀？明天去学校老师要骂的。”我说：“这是你自己造成的，要被老师骂，这个后果你就要自己承担。下次记住好好听课，就不会再被骂了。”

很多时候这样沟通后，女儿看没有可以依赖的人了，就自己独立动脑筋做了。有时候因为上课不认真，做不出来，我会跟女儿说：“这样，妈妈告诉你方

法。第一，去学校赶紧请教同学，一定有同学会做的；第二，如果同学不会或不教你，你就去找老师承认错误，然后请教老师。无论成绩好不好，老师永远不会讨厌一个承认错误，主动请教老师的孩子。而且妈妈相信你完全有能力做到。”

经常这样互动，给孩子增加不懂就可以主动找老师的信心，她胆子也大了，敢于表达了。现在的女儿已经习惯有什么学习上的问题都找老师，她读每个年级的每科老师，都跟她混得很熟。

3. 妈妈夹菜要说“谢谢”

女儿有时候吃饭不好好吃，小时候我会帮她夹菜到碗里，结果她不高兴，我就说：“妈妈给你夹菜了，你也要夹菜给妈妈呀，彼此互相关心。而且别人给你夹菜，你要说‘谢谢’才对呀。”于是女儿笑了，还帮我夹了菜，我马上说“谢谢”，她也说了“谢谢妈妈”，高兴地把菜吃了，这下子一举两得！我心里偷笑。

4. 不要计较别人说什么

有一次女儿听人说我坏话，回来告诉我，说听到别人说妈妈的坏话心里很难受。我跟女儿说：“别难受了，妈妈不会放在心上的，妈妈知道你是心疼妈妈！”

我马上给女儿讲：“你还记得那天我们和姐姐、姨妈在一起，你说姨夫的缺点，姐姐是什么表情吗？”女儿马上说：“姐姐还笑着承认呢！”我说：“对呀，每个人有缺点都可能会被别人说，每个人也可能去说别人。妈妈也有缺点，别人说说不用太计较。只要你觉得妈妈爱你，你爱妈妈，这比什么都重要！”女儿马上释怀了。

5. 我和女儿分享东西吃

平时吃东西，我都和女儿分着吃，不会说这东西只是给她吃的。吃东西时要她想到我，她给我吃时我也不会拒绝，就像和大人一起吃东西一样，不会觉得好的、大的都归她！而是互相谦让，妈妈让给女儿，女儿也想让给妈妈，或者一起分享。/（阳光灿烂的妈妈）

如何培养儿子

【妈妈经验谈】

因为信服“3岁决定孩子一生”这句话，所以休完产假后，我毅然辞去不错的工作，当起了全职妈妈。接下来我想和大家分享一下，我在带儿子方面的一些心得。

1. 喜欢读书

儿子爱读书与我家的氛围有关，公公婆婆较喜欢看电视，但因为不敢让儿子看太多，他们主动关电视选择看书。儿子看到他们看，有时也会拿出自己的书翻个不停。

让儿子多读书，并不是让他学到什么东西，而是让他养成爱读书的习惯。

1岁3个月前的书多是认知类的，后来加了概念类的，如认识形状、颜色、大小、长短、找不同等，后来加了些故事书，现在还有一些全脑开发方面的，比如什么动物喜欢吃什么，或者下雨了要带什么出门之类的。总之，适合他这个年龄段的书他基本都读了。

给儿子讲故事是从他1岁2个月开始的，当时他也不喜欢听。一开始不是读书，是我编一些故事，用他能听懂的话讲给他听，或用他喜欢的一些动物或什么东西编故事，来引起他的兴趣。我儿子超喜欢动物，动物园都去三次了，所有的动物都能叫出名字。

他的很多故事书都是动物类的，这个年龄的宝宝看书要以图画为主。最好是那些一本书只有一两个故事的书。我儿子最近喜欢的故事有：《拔萝卜》、《狼和七只小羊》、《小猫钓鱼》、《东郭先生》、《小马过河》、《司马光砸缸》、《三只小猪》、《小红帽》等。这些故事每天都要重复讲几遍。

我给他讲《狼和七只小羊》时说，羊妈妈去拔萝卜了，不一会儿狼来了。儿子马上打断我说："妈妈错，是不久狼来了。"他的记性真是太好了，这么小的细节他都会注意到，搞得我哭笑不得。

不要强迫孩子读书，他自己喜欢才行，只要他健康快乐地成长，不喜欢读书也没什么。

2. 全家人的教育意见要高度统一

这点我和老公都做得较好，老公工作忙没时间看育儿书，我看到一些好的内容会说给他听。带孩子方面，我们彼此都会看到对方做得不够好的地方，但我们从不当着孩子讨论，即便对方当时的做法是错误的，也不会在孩子面前马上指出，会背着孩子做一些讨论。这样大人在孩子面前的尊严就会树立起来。

家里老人比较护孩子，我们都尽量说服他们和我们的意见统一，还好老人

比较通情达理，在教育孩子方面尽量配合我们。记得儿子在1岁2个月回奶奶老家时，家里的人都依着他，特别是爷爷觉得他刚回老家很想好好疼爱他，什么都想依着他。

有一次，孩子要去玩爷爷的鱼缸，那是只玻璃的小鱼缸。爷爷怕他摔坏，又怕里面的水湿了他的衣服，就不让他碰只让看。他马上躺在地上打滚，爷爷一看马上要上前把他扶起来，并且要把鱼缸拿给他。我对爷爷说，你不要理他，不然他以后会经常这样。于是我们大家都没有出声，他在地上待了不到2分钟就自己爬起来了，从此再也没在地上打过滚。

3. 培养儿子的记忆力

我觉得记忆力要先从注意力培养，孩子注意了某样东西或事物才能记住。我在带儿子时好像每时每刻都在和他说话，不停地说让他注意周边的事物，以致11个月左右我带他去超市，他会指着看到的东西让我说个不停，搞得我都不记得该买什么了。每次带他出门我们会先给他讲我们去的目的，那里有什么需要他注意的事物，到了会不停地给他讲解；每天晚上我们都会让他回忆一天的生活；每一个故事讲完第一遍后，再讲时我们都会提问里面的关键内容，这样他即便第一次没记住，和他说后下次再问就会记得很清楚了。

4. 让孩子多见识，多接触大自然

我周边很多朋友说我生了孩子后，生活得没自我了。因为我每天的生活就是围着孩子转，并且从没离开过他一天，去哪儿都会带上他。我们几乎每周末都会带宝宝外出，去动物园、公园，串门，购物。我和老公没了以前的二人世界，但我们并不遗憾。因为宝宝只有多见识，他的知识面才丰富。接触的东西多了，自然懂得越多，也会比同龄孩子显得懂事一些。外出时我们会尽可能满足孩子的好奇心，只要没有太大的危险，我们都会让孩子去尝试不同的事物。晚上回来后我们会一遍两遍地回忆一天的见闻，翻看我们的照片。

记得我在小区里陪儿子玩花丛旁的泥土，有几个阿姨过来说，你怎么能让小孩玩这些呢？多脏啊！我想，脏没什么可怕吧，回家洗洗就好了。孩子从中学习到的东西是无法用金钱买到的。孩子要碰热水，我会让他碰，让他感受什么是热；他要吃苦的东西，我也会让他尝试……因为孩子的好奇心很强，有时他要去尝试一些事物，我们要尽量去满足他的好奇心，这正是孩子成长的需要。

有时候他会很想尝试一些新事物，只要没有太大的危险，尽管让他去尝试，否则你越是不让他做，他越觉得那件事有意思，和你对着干，这样会让他的脾气变得很暴躁。

5. 不强调、谈论孩子坏的行为，只需告诉他什么是对的

3岁前的孩子就像一块海绵，没有分辨能力，只会一味地吸收，成长的过程中一定会出现一些错误的行为，要培养孩子的好习惯、好性格，正确的方法很重要。

孩子有时候有了错误的行为，我一般表现得很淡然，不会大惊小怪。因为你越是大呼小叫，他越觉得有意思，他引起了你的注意，所以他会做个不停，直到无法纠正。常听有些妈妈说，我孩子从小就这样，没办法。我只想说孩子生下来不是这样的，是我们大人带的过程中，没注意到一些细节。

举个例子：我同学有两个女儿，相差一岁，老二没出生前，老大挺好的，但妹妹出生后她变得很霸道。两年快过去了，老大性格很外向，老二很内向，又很胆小，原因是被老大欺负的什么都不敢做。春节前我去他家，看到老大是外婆带的，外婆不停地向我说老大如何如何历害。其中有一件事她说了几遍，说她每次滑滑梯都要在梯口堵住，不让其他小朋友滑。这个行为外婆一直在强化，老大听了也高兴。因为她的行为成了大人谈论的话题。我想说，她第一次有这种行为时，如果外婆正确引导，过后当做什么事都没发生，并且也不在她面前谈论这件事，她不会一直这样。

6. 带孩子要有足够的耐心

我有时也会对儿子发火，但相对来说控制得还比较好。儿子出现错误行为后，我的第一反应不是发火、大呼小叫，而是想他为什么会出现这种行为。我时刻想着他是一个孩子，有这样的行为是正常的。他的想法不可能完全合乎大人的意思，如果那样他就不是一个孩子了，这是他成长阶段中的正常现象，这表明儿子在成长。这样一想脾气就没了，耐心也有了。

7. 给孩子充分的自由

孩子的有些行为经常会令大人莫明其妙，因为他总是注意一些让大人不可思议的东西。带孩子去外面玩，大人觉得某个东西很好玩、有趣，孩子却不以为然。比如，带宝宝去外面玩，他可能注意到草地里有一只小蚂蚁在搬东西，而大人更想让他注意花丛里的鲜花或忙碌的蝴蝶。

孩子的注意力很难集中，一旦他的注意力被别人打断他会表示出反抗，再让他重新集中就很难了。在宝宝将注意力集中到某件事或某个物品上时，大人需要静静地在一旁观看，宝宝需要帮助时会找我们的，那时再去做一个引导者，注意不是指导者。

8. 以开放的态度，聆听孩子的心声

宝宝会“莫名其妙”地哭闹，没耐心的家长可能会大声呵斥孩子，觉得他在无理取闹。当宝宝哭闹时，我的做法是将他抱住，然后低声问：“告诉妈妈你怎么了”，鼓励他表达出内心的需求。每个孩子都不喜欢整天哭闹，他的每一次哭闹肯定有原因，只有认真听取了孩子的心声，体会了他的需要，并以平等的态度去思考孩子的想法，才能帮助到孩子。我相信只要坚持这种做法，孩子今后的人生路上，无论碰到什么困难都会愿意和妈妈说，也愿意与妈妈分享他的快乐。

9. 孩子让你当众出丑，怎么做

因为儿子的性格相对温和些，我们一向只对他做一些正面的教育，我的意思是从没向他强调过反面的东西，所以我没有碰到过这种情况。但我经常看到一些带孩子的家长，特别是一些孩子的爸爸，他们和其他家长带着小朋友一起玩时，如果自家孩子让他出了丑，他会当面大发雷霆，斥责或打骂孩子。

我想最好的做法应该是尽量保持心情平静，不要暴露你的愤怒，这样会让孩子很害怕。尽快转移孩子的注意力，让孩子不再继续恶作剧，当面不做任何评价，也不和其他家长聊这件事，更不能说“孩子小不懂事，回家慢慢收拾他”之类的话。大人无意中的一两句谈话，孩子可能会记一辈子，这会影响他性格的成长。/（肉肉妈妈）

我家孩子太敏感

【妈妈经验谈】

洋洋是一个敏感的孩子，一般孩子注意不到的细枝末节，在他眼里可能被放大成参天大树。我很早就意识到了这一点，但一直错误地认为，这么脆弱敏感的孩子一定要多多磨练。我居然一直在磨练他，想让他变得“坚强勇敢”一些！

洋洋做任何事情都要先观察，先看别人去做，然后自己再想一会儿，最后才慢慢地尝试去做。比如说去泳池，其他的孩子看见水，可能一下子就跳进水里去玩了，但洋洋不是，他先站在旁边看，看一会儿后再用手去摸一会儿水，然后再用脚去试探，最后才慢慢地跟着大人下水玩。

前几天我给他买了一辆新单车。对他来说这个新单车有点大，但他能够到脚蹬，能自己独立骑，只是脚够不到地，他就不肯上去骑了。他只是拉着单车到处走，我用尽了办法，软硬兼施，他就是不上车，硬抱他上去他就“哇哇”大哭。就这样折腾了一个下午，他也不肯骑上单车。如果这件事情放在以前，我可能早就抱他上去，不管他，“自以为是”地“锻炼”他了！

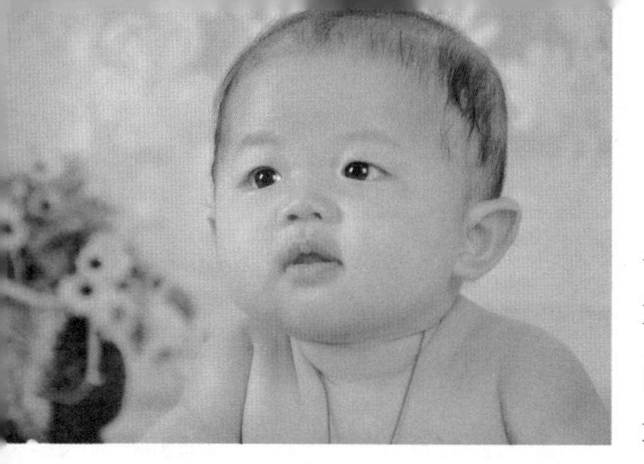

再说去幼儿园吧。今年3月份上幼儿园，对洋洋是个不小的打击。第一天，洋洋还不知道上幼儿园到底是怎么回事。尽管之前我经常和他说幼儿园的事情，但对孩子来说，他没有经历过的事情，只凭大人说，他是不能真正理解的。所以第一天，洋洋很高兴地去了幼儿园，还和我们说“再见”。我和老公很高兴地回家了。但是，下午放学我去接他时，他见到我就“哇哇”大哭起来。看着他又红又肿的眼睛，我知道，他肯定哭了一天。我跟老师商量，明天就送洋洋来半天吧！可老师说，这样太惯着他了！第二天，当儿子用绝望的眼神哀求我，别送他去幼儿园，我却狠了狠心，自以为那是对他的锻炼，只要坚持送就能改变他的敏感多虑。

连续一个星期，我发现问题了。他的保育老师反映，洋洋在幼儿园好像变得很忧郁。他不哭了，也不闹了，他不理老师，也不理小朋友，就是自言自语，神情恍惚。但每天我接他回家后，他就像变了一个人，脾气很暴躁，无缘无故地打小朋友，抢别人东西，然后摔掉。他有很暴力的倾向，还咬人，踢人……总之，能用的招数他都会用上，那段时间他比土匪还土匪！

现在想起来，那段日子对儿子来说，一定是暗无天日的。同样的经历可能不会给别的孩子留下阴影，但却深深伤害了洋洋。

我咨询了几个儿童心理医生，也买了很多儿童心理和家庭教育方面的书，这才明白，敏感的孩子需要更细心的呵护和理解，需要更多的爱与自由。如果妈妈都不能成为孩子的安全港湾，他那脆弱如丝的心灵还能从哪儿得到安抚？

后来，在儿子上了一个月的幼儿园，经历了两次病痛之后，我把儿子接回家了。回家后，我带着儿子天南海北地到处走，到处玩，到处看。洋洋终于慢慢恢复了笑容，又是那个开朗快乐的洋洋了。现在我坚持自己的观点和想法，先送洋洋去幼儿园小半天，然后再半天，然后再多半天，最后才慢慢过渡到上全天！

现在洋洋上半天幼儿园已经有一个星期了，在我的预料之中，他的反映没那么强烈了。现在每天很平静、很正常，晚上睡觉也不会突然惊醒了；他也没有在幼儿园的沉默，在家的暴躁了。一切都很好，真的很好，我的心情也跟着好了。这所有的一切是因为：孩子心中有了希望！

其实，由于他爸爸的工作原因，我们认识很多老外。他们都告诉我，在他们国家，小孩子开始上幼儿园，都是先上半天，而且有的国家还允许家长陪着上，然后慢慢过渡到全天。我觉得他们这样做是有一定道理的。

所以，如果各位妈妈观察到自己孩子属于敏感这一类型的，如果家里条件允许，还是让他们慢慢地适应幼儿园吧！只要孩子心存希望，他们就永远不会失望！

我们有一个根深蒂固的观念：孩子要锻炼、摔打，才能坚强、有出息。我们有意对孩子严厉，有意让孩子吃苦，有意伤害孩子。这个似是而非的观念，给多少孩子带来了苦难和创伤！每个父母都爱孩子，当孩子出了问题，我们应该反省，一旦明白就要改正，并给与孩子更多的爱和理解！

现在洋洋每天上半天幼儿园已经有一个星期了。去的第一天他哭了，不过听老师讲没哭很长时间，我走之后一会儿就不哭了。上午和小朋友玩得也很好，中午吃饭时他吃得最快，第一个吃完了，然后对老师说：“我吃完午饭，妈妈就会来接我了。老师，你看，我全吃完了。”老师还逗他说：“你在这里睡觉好不好？”他说：“不好，妈妈说过来接我。我相信妈妈，她一定会来接我的。”听老师跟我说这些话，我心里真的很高兴。接他回来的路上，他还一直在说：“我相信妈妈，妈妈说来接我肯定会来接我的。”知道吗？那一刻，我的眼睛湿润了。

对于这样的孩子，幼儿园对他们来说很关键。所以，我儿子出现问题后，我有过给他换幼儿园的想法。广州的很多幼儿园我都看了，决定上天河的米

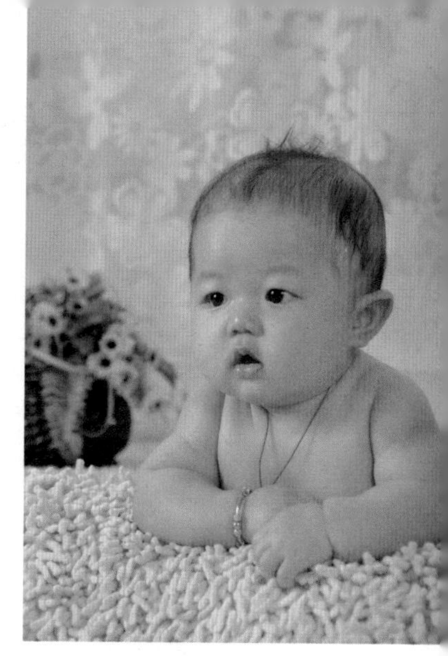

洛英文幼儿园。不过后来我和老公考虑：第一，去天河，那洋洋就和院子里的小朋友分开了，放学后又见不到自己在幼儿园的同学，会失去交朋友的机会，这样对他的发展更不利。第二，我们家到天河，不堵车开车要40分钟，这样孩子太折腾了。所以最后还是回小区里上了。

我以前也想，儿子这样的性格，说好听一点是“谨慎”，说不好听一点是“胆小”。后来咨询了专家，才知道这是“敏感”。其实敏感不是毛病，是孩子的一种性格，说不好是天生的还是后天的。对这样的孩子，父母所能做的就是尽自己的力量去理解孩子，给孩子充分的爱和自由。在安全的前提下，父母尽量不要说“不行”，尽量放手让孩子按自己的想法去做，尽量让他们自己的事情自己做主！随着孩子慢慢长大，只要父母正确引导，这些“敏感”会慢慢变弱，孩子会慢慢变“坚强”，我们做父母的不用太担心！

总之一句话：给孩子理解、爱、自由、耐心！/（羊咩咩妈）

小星星的故事——延迟满足法

【妈妈经验谈】

知道有一种儿童教育方法叫“延迟满足法”，大有如梦初醒、相见恨晚之感。于是开始和黑豆协商，共同制定了奖励制度：奖励星星，可以用奖励的星星换他喜欢的东西。他有一个小罐是用来存星星的。准时起床奖励1个，收拾玩具奖励1个，按时睡觉，吃饭乖，特殊表现好奖励3个，等等。我也有一个小罐是用来存星星的。然后呢，去科学馆要用10个和我换，一本书要用5个和我换。

黑豆小朋友非常喜欢这一套，效果好到超出我的预期。

比如说，他看中了一个飞机拼图，很喜欢说：“妈妈，这个用6个星星换，可不可以？”

又比如，他喜欢幼儿园陈老师讲故事的书《神秘故事五千年》，回来说：“我想买一本，用10个星星换可以吗？”

再比如，一天黑豆外婆打电话来说看到超市有他很喜欢的托马斯卡通DVD，问是否要买给他。他非常安静地在电话中和外婆说：“妈妈说买了，不过要放在公司。”黑豆外婆非常吃惊：“买了不拿回来看，放在公司做什么？”黑豆继续平静地说：“要攒够星星才能换来看呀，我现在星星还不够呢。”天，孩子严格地遵守着我们约定的规则，绝不耍赖。虽然，托马斯真是他超级喜欢的卡通片。

到了母亲节的前几天，黑豆和他老爸偷偷商议要去买花。老爸说一人出一半钱吧，你用星星和我换钱你就有钱啦。黑豆听了很为难，眉头紧皱，迟迟不说话，最后说：“我的星星要换托马斯碟，要换飞机拼图，要换书的，我不够星星了。”

噢，我的宝贝！你乖得让老妈有点不好意思了。我都没有想到小家伙如此自觉，凡事都主动商议几个星星可以换。“6个行不？10个呀。哇，要10个呀！”非常蜡笔小新版的奶声奶气。虽然之前黑豆一向都是比较乖的孩子，从没有赖在商场哭闹耍赖的一幕，但也曾为了一个飞机拼图闹了一个星期，也曾任性地说“我就要，我就要”。但自从我们约定实行星星规则后，他就奇迹般地没有说“我就要”，而是耐心地等待星星的积累，用行动去付出，一个星星一个星星地攒。

前天晚上，我问他还有几个星星呀？他抱出小罐倒出来，一个一个地数：“1，2，3，……”倒出10个星星放一小堆，口中念念有词，“这个是换《神秘故事五千年》的，”又拨出3个一堆，“这个够看一个托马斯碟。”我在一旁有点忍俊不禁，瞧那认真的小样！不过我忍住了，这是很严

肃的规则，不能破坏了。黑豆认真对待的态度很关键。

于是我说：“你要加油哦，你的星星快用完了，你快‘入不敷出’了。赶快把东西收拾好，晚上9点上床，马上就有2个星星了，对不对？”非常有效，黑豆马上去把他翻出蓝色夹脚沙滩鞋的鞋柜整理回原样，然后刷牙上床了。但要命的是第二天一早，不到6点半，这个家伙就冲过来大叫：“妈妈，我今天很早起床了，快给我1个星星吧。” 我的天！我睁开惺忪的睡眼爬起来，踮起脚摸出我藏星星的小罐，摸出1个星星， 拿出去给他。

想想就觉得我们母子好笑。我递过去托马斯的碟，他非常默契地从小罐子拿出3个星星给我。星星就在他的小罐和我的小罐间玩着传递的游戏，非常有意思。

孩子，你长大以后看到这个星星的故事，会笑出声来吗？你会看到，妈妈写的很多关于你的趣事的。

宝贝，你非常遵守我们的“游戏”规则。你学会了等待、忍耐、约束自己；你建立了规则意识，告别了任性、无理取闹；你明白了凡事要用自己的行动，去努力积累才能拥有。

孩子，你还不到6岁，让我们继续开心地玩这个游戏吧！

一个好习惯的形成，需要21次的正强化。妈妈会设计不同的奖励方案，帮你建立一个又一个的好习惯。那么十几年过去了，这将内化成坚韧的意志力、自控力、自信力等美好的品质和素质，你能走得很稳、很远……

/（happytrip85）

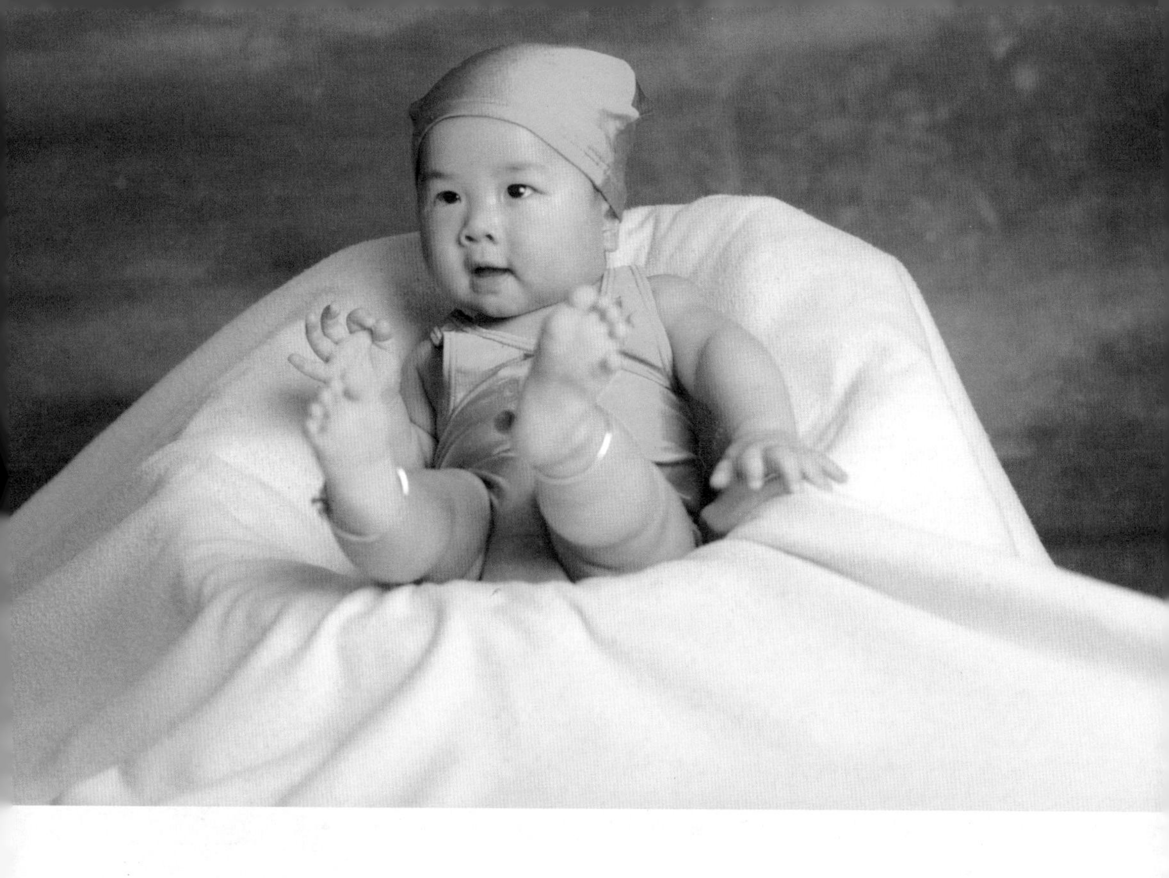

广州妈妈网疾病库篇

第九章 宝宝常见疾病

宝宝不舒服，急得哇哇大哭，妈妈手足无措时，心是不是也几乎要碎了？其实任何人都会生病，尤其是我们的宝宝，抵抗力比成人弱，生病的几率会比成人高。因此具备一些宝宝生病时的护理常识，不但可以使宝宝少受罪，还能减轻妈妈养育宝宝的辛劳。所以，妈妈们赶紧来学习宝宝不适时的护理知识吧！

一、新生儿常见病

黄疸

【妈妈经验谈】

1. 症状

黄疸知多少

黄疸一般分为三种：生理性黄疸、病理性黄疸及母乳性黄疸。

生理性黄疸，一般出生后2～3天开始出现，4～5天为高发期。1～2周便会自然消退，是一种正常的生理现象，无需进行治疗。

病理性黄疸，多在出生时就出现，皮肤黄的时间长，消退后又出现。同时宝宝会出现不愿吃奶、吸奶没劲、精神不好、呕吐、腹泻、发烧等症状。如果持续下去，会影响肝功能及听力，甚至可能患上新生儿溶血病、败血症、肝炎等，应尽早求诊不容忽视。

母乳性黄疸，跟生理性黄疸症状比较接近，但持续时间较长。这是因为妈妈的母乳含有酶元素，有些新生儿对此不适应，便会持续变黄，只需停吃母乳几天便会消退，停时要注意吸奶，避免回奶。不过会有反复，但问题不大，不需担心，两个月左右便会完全消退。

我宝宝属于第三种，停了一星期的母乳都让我心痛死了，不过看她的小脸蛋变白了，总算放下了心头的大石头。/（lirixi）

2. 医院治疗

新生儿黄疸是否要住院

黄疸值在10左右就正常了。我女儿出生第五天时指数是15.4，也说是黄疸超标，医生建议要照蓝光，我们照了三天，花了1550元，出院时白白净净的了。不过听我同学说，她女儿当时指数达到了19点多都没有照蓝光，后来孩子的黄疸自己退了。我就觉得我们当时照的可能有点冤枉了。不过也有人指数超标了没及时处理，一个月后黄疸都没有退，结果回医院治疗更麻烦。/（teababe）

退黄的最佳时机

我家宝宝第二天去照灯的，因为黄疸值很高。

就这个问题我请教了很多儿科、肝胆科的教授。以广州中山医院的儿科标准为例，医院出于谨慎是以值13.8为标准，超过的一律建议照灯(蓝光)，但是熟悉的医生就建议我超过15最好就去照一下，15以内可以观察。如果半天或一天后继续升高，那么一定要去照。反之如果呈现下降趋势，还可以继续观察，因为黄疸高会影响脑部发育，病理性黄疸是很麻烦的，可能代表宝宝的肝功能有问题。

另外要注意发黄疸的时间。一般婴儿出生后第三到第五天是高发时间，我家宝宝是提早发而且值高，宝宝第二天出现明显面黄且嗜睡的症状，黄疸值17.9，我就赶紧送他去照了。

以上就是参考，为了谨慎起见医院一般超过13.8都会建议照蓝光。如果不高，大家可以自己把握。/（gz_lijj）

最曲折的退黄经验

我家宝宝是在空军医院出生的，出生后第二天就发现有黄疸。这家医院的医生还算厚道，当时还安慰我们问题不大。新生儿出生后的7～15天是黄疸的高

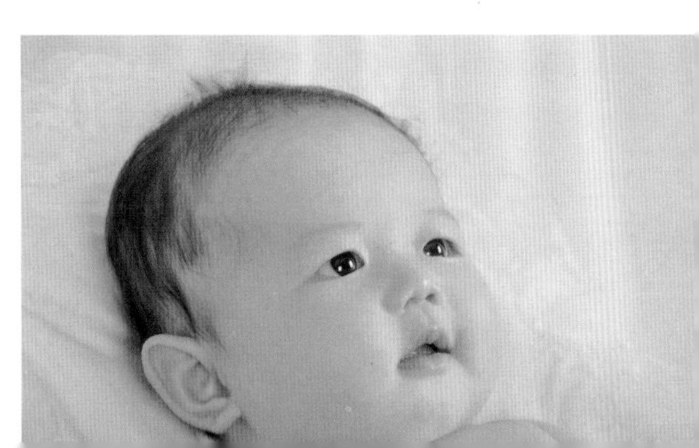

发期，是正常的。但每天查房时都会来测宝宝的黄疸指数，具体的数据我不太记得了。我只记得当时宝宝的眼珠都有点黄黄的，指数应该算蛮高了。后来出院时，我是生完第六天出院的，产科的医生叫来儿科医生，开了些治黄疸的药给宝宝吃，药的名字叫："茵栀黄注射液"。交代我回家后一天喂三次，半个月后黄疸不退，就再回医院复查。

回到家后问题就来了，宝宝吃药后，拉的大便就像小便一样！各位明白我的意思吧？就是大便都会冲出去很远的那种，然后屁屁长满了一粒粒的红点点，宝宝还老是哭。所以，那几天害得我纸尿片都用了不少。因为怕宝宝不舒服，所以只要他一拉屎我就马上换片片，又换了尿布，情况也没得到改善。后来打电话到医院问，医生叫我买"妈咪爱"、"思密达"给宝宝吃，买药膏给宝宝擦。可是过了两天，只要宝宝一吃退黄疸的药，上面的症状又出现了。

没办法，只好带宝宝去医院，医生测了黄疸指数没降还升了，看来吃药没用。后来医生就建议我给宝宝断三天母乳，喂奶粉，因为怀疑是母乳性黄疸。医生说如果是母乳性黄疸，只要断三天的母乳，黄疸自然消失。当时我也是将信将疑，怎么断奶就会去黄疸？难道我的奶有黄疸吗？那我以后还能喂奶吗？当时确实小小地伤心了一下，可是到了第四天，宝宝的黄疸真的就没了。医生一般都要你先吃药，吃药没效果就再断奶，有的医院更过分，不分青红皂白就去照蓝灯，我朋友的宝宝就是去照蓝灯花了7000大元。

所以，各位准妈妈们，如果将来宝宝生下来有黄疸，千万别太着急，要先弄清楚是什么类型的黄疸，然后再对症治疗！

以上纯属经验分享，特殊情况还需特殊处理！/（思恒妈妈）

【七嘴八舌】

7位妈妈最实用的退黄方法

1. 出生后吃小儿葡萄糖可预防黄疸

一出生就给宝宝吃些小儿葡萄糖，就不会发生黄疸。/（秋宝宝）

2. 多喝糖水、多喝水

一般宝宝出生后都会有黄疸，让他多喝糖水、多喝水就行了。/（龙猫）

3. 喝玉米须水

我宝宝出生时也花了6000多块，一出生就进新生儿科，喝了玉米须水，黄疸就没了。/（风妍风语）

4. 孕晚期喝鸡骨草瘦肉汤

我表嫂就是在孕晚期每周喝一次鸡骨草煲的瘦肉汤，宝宝出生时真的没有黄疸。/（云头头）

5. 生理性黄疸不用住院

如果能确定自己没输过别人的血，并且是头次怀孕宝宝生下来后的黄疸是可以不用住院的，因为这种情况多是生理性黄疸。/（临风而动）

6. 母乳性黄疸可吃茵栀黄

母乳性黄疸不用吃奶粉，闹不好会便秘，反而会淤结在肠道里，导致胆红素又被肠道吸收，适得其反。你可以吃点茵栀黄，不用停母乳，吃几天后会有好转，等到一个多月到两个月会彻底消退。只要黄疸不是很严重，就可以用这种办法。我家宝宝就是这样，走了很多弯路都没有好，最后还是吃点药，继续喂母乳。/（Fy32）

7. 晒太阳可以退黄

我宝宝是母乳性黄疸，试过好多方法，晒太阳最有效，每天早上在阳光下晒半小时左右，退黄很快的。/（sunne～c）

疝气

【妈妈经验谈】

1. 症状

我的孩子在42天检查时发现有疝气，之后，麻烦也随之来临。现在7个月了，仍不见好转。炎热的天气里，依然要包纸尿片，因为不用纸尿片，每次把尿，肠子也会跟着往下掉。/（Ruby姐妹）

我宝宝小时候，在月子里就发现有疝气，不仅肚脐突出，有一边的睾丸还吊下一陀肠子来。当时睾丸异常，一边有两个蛋。后来去医院才知道是疝气，医生说只要不发生嵌顿就不要紧，等大点再开刀，叫我不要担心。并且安慰说，一般的孩子随着长大，这个症状会逐渐自愈。但我家孩子不行，后来发现只要宝宝一哭闹，睾丸那里的肠子就更大了。/（棋子妈妈）

2. 医院治疗

简便有效的医院治疗

我家小孩带着脐带夹子时，脐部就有点小突起了。宝宝1个多月时，脐部已经突出2.5厘米×2.5厘米，像桂圆大小的包了。没办法，去了儿童医院，医院的处理是用手术胶布贴着治疗。贴了5次，共二十几天现在已经基本好了。这是我的经历，请有需要的妈妈注意：应尽早去儿童医院贴这个胶布！小孩月龄越小贴的次数越少，好得也越快。如果当时我家宝宝脐带刚刚脱掉时就去贴，估计贴1次就能长好了。/（东西的妈）

最详尽的疝气手术实录

将整个流程写下来，是希望对有需要的姐妹有帮助，不想大家像当时的自己那样彷徨。

手术是在3月10日进行的。两个星期前，我们就已经在广州市儿童医院门诊挂号确诊。外科医生开入院证明，然后到住院部7楼综合病区预约手术时间。所有的疝气手术都安排在日间手术病房。手术前小孩不能有感冒、发烧、咳嗽、腹泻等问题。当时儿子因为口腔问题，而且那里有很多小朋友都是预约做这个手术的，所以我们的手术时间安排到这么后。

接下来的两个星期，气温骤冷骤热，很怕儿子身体不适，也没带他出去玩，就留在家里，多给他吃含维生素C的东西，增强抵抗力。终于熬到了9号晚上，儿子和平常一样吃晚餐、玩乐，然后洗澡，因为术后一个星期是不能洗澡，只能擦身的。想早点哄儿子睡，谁知他的作息时间不允许，他习惯了晚上10点左右睡。凌晨4点开始就要禁食，于是我调好3点钟的闹钟，让他再吃一顿，可是我竟然没醒来，害儿子后来27个小时肚子空空。

7点45分左右来到儿童医院，带上预约卡直接到1楼入院处办手续，这时要交3000元押金，是现金，不能刷卡。然后上7楼综合病区报到，等待安排床位。

然后就是等待护士来抽血，这时有个阿姨来送病服。我还向阿姨多拿了一套，预防衣服会有湿掉的可能，后来证明这是正确的。护士抽完血后没有将针头拔出来，又将孩子小手用胶布圈起来，这是方便下一次的输液，不用再扎针头。因为不能喝奶粉，只能喝不带渣的果汁或糖水。所以抽血前，我就将统一鲜橙多用热水热了，一抽完血就给小满喝，给了200毫升，还给了开水喝。只能是这样，10点后又要开始禁食了。喝完，抓紧时间跑到1楼拍片，拍片要脱光上衣，小满挣扎得厉害，好不容易才搞定。然后照心电图，一放他上床就拼命挣扎。后来照B超他挣扎得更加厉害，好心疼啊。

终于做完检查，差不多12点了，接着就是回病房等待手术。

1点多护士来了，给小朋友输液很方便，就是在刚才那个针头上插进去就是了，但孩子们都害怕，都哭。直到手术完毕都是这袋药水，然后换上医院的病服。

下午4点左右，护士来叫我们了，有种想哭的冲动，喉咙哽塞，但是不能让小满看见眼泪，这会让他更加恐惧的。我跟他说："现在阿姨要带你到一个有很多电视的地方睡觉，但妈妈不能进去。你一睡醒就能看见妈妈的，不用担心。"在上8楼手术室的过程中，我感到我将所有的勇气给了小满。小满也懂，没怎样吵，也肯给护士抱进手术室。

漫长的等待……

护士提醒我们可以趁这个时候结算，费用是2643.84元。因为我们是预约的日间手术，不是急诊，所以不是原来打听到的4000多。

1小时12分钟后，我听到小满叫“妈妈”，真奇怪，其他小朋友要一个半小时。我冲过去，小满精神状态很好，想到的就是吃：“我要吃麦当劳。”呵呵！我是个很有准备的妈妈，连他的小毯子也拿来了。因为害怕手术室出来会很凉，其他家长就拿医院的棉被盖住小孩，而小满是贴身被被。

又是难过的禁食过程，是6小时。我真的不明白，术后不是很累吗，其他小朋友都睡着了，就是小满一直还不肯睡。很心痛他挨了这一刀，因为是右斜疝，所以刀口在右下腹，大概2.5厘米，缝了3针。术后6小时一定要平躺，我就一直陪他说话，唱他喜欢听的歌，一直都很好。然而他太饿了、太渴了，总在吵着要吃要喝，嘴唇也干得流血了。他爸爸于是不顾忠告，术后5.5小时就开始给小满进食，先是喝了50毫升的开水，10分钟后就给他喝200毫升加热的橙汁，然后是一碗白粥。因为家不是住广州，一个小时前他爸爸带上保温瓶出去买了白粥。喝够吃够小满就有睡意了，不过睡得朦朦胧胧。

小满出汗很厉害，给他换了几次衣服，还好我有准备，带了很多打底衫，而且要不断地用干毛巾抹汗。那时候天气还很冷，但小满整晚就是盖他的小毯子。最惨的就是尿尿的问题，伤口痛，又不能用尿不湿，只能把尿。痛得小满……然后又要再吃一顿，又是白粥，但这次我还给了面包，其间护士会过来测体温。

手术后的当晚，护士会集齐家长，说明情况和注意问题，还有住院证明等。

盼望着，盼望着，终于天亮了，7点多护士来叫我们收拾东西出院。出院时医院什么药都没有开，包括伤口的外用药，但是不能洗澡，只能抹身。13日门诊复检，本来一个星期就

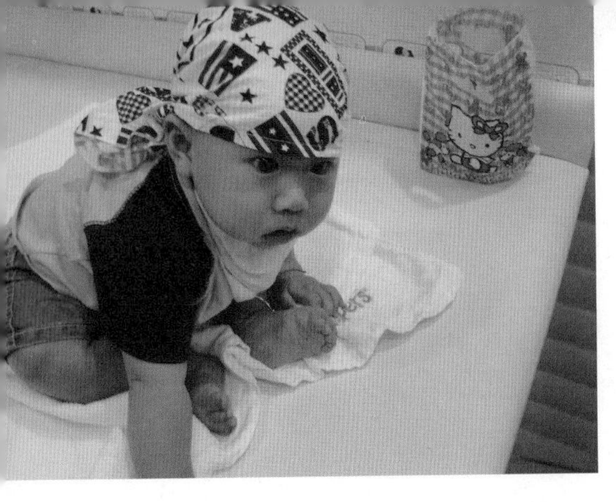

可以洗澡，我们延迟到10天。虽然医生说饮食如常，但前期我还是避免让小满吃虾、蟹、鸡蛋、牛肉，还有笋。医生还说不要让小孩哭闹得厉害。有几次小满一天哭闹了两次，每次都是40分钟以上，这样不好。

现在小满也总说肚子疼，我知道那是一种阴影驱使，但做完手术后最起码不会再发生嵌顿，不会像之前那样，最高峰一星期去三次医院，不会有生命危险。

小贴士：

（1）要带3000元现金。

（2）多带几套孩子的衣服，裤子可少一点，但上衣一定要多备。

（3）带上孩子最喜欢的几样玩具。

（4）最好三个大人陪同，一个负责排队，另外两个负责哄小孩。

（5）带几条干毛巾。

（6）带一盒抽取式纸巾，方便抹眼泪等。

（7）多带一个大杯子，方便冷时热果汁，热时凉开水，我可是带了一个水勺哩，那也是儿子喜欢的玩具。

（8）家不住广州，或需要买粥给小孩吃的，最好带上保温瓶。

（9）最重要的是妈妈一定要很有耐心，要多哄孩子。

（10）一定要带一些果汁或葡萄糖，早上抽血后，只能饮果汁或葡萄糖，不能饮牛奶。因为牛奶到了胃会结成块状，全麻后如果呕吐会危及性命，所以手术前一定不能饮牛奶，术前准备书上写得好清楚。作为妈妈，一定要仔细阅读，我到现在还清楚地记得这些，因为我用心记着。手术当天10点后，什么也不能喝，包括水。切记！ /（邓小满妈）

3. 妈妈妙招

舒适有效地治好宝宝的脐疝气

仔仔出生时，可能肚脐收得不好。到了满月，肚脐还是很突出，像条小肠子一样挂在肚子上。每次仔仔哭的时候，突出就更厉害了，用手轻轻按，还会感觉肚子里面有气体“吱吱”地慢慢放出来。

后来满月去社区打预防针，告知医生这样的情况，医生说这是轻度的“脐疝”。如果不管它，也会慢慢好起来，医生还说用一个硬币压住肚脐位置，挺见效的。

回家尝试用硬币压住宝宝肚脐几分钟，是收了些，但冷冰冰、硬邦邦的一元钱币，把宝宝弄得浑身不自在，老在挣扎。

我去医院附近走了好几家妇婴商店，终于找到了有魔力克魔术贴的护脐带，很宽很长的那种。12元一条，纯棉的，然后回家把护脐带剪成三条，找来三块硬的圆形塑料片，用纯棉的布料包住圆形塑料片，用针线小心的缝好，缝在护脐带一端的适当位置，缝得严严实实的。

就这样，做了三条缝有圆形硬片的护脐带，每天洗完澡后，帮宝宝更换清洁的护脐带，有布料包住硬片的护脐带舒服地压在宝宝突出的肚脐上，宝宝没有感到不舒服，连续佩戴了两周，宝宝的肚脐收好了，不再突出。风也不容易进入宝宝的肚脐了，呵呵，宝宝可开心了。/（小润妈妈）

4. 疝气护理心得

不要让他哭

不是很厉害就没关系，尽量不要让他哭。大哭时用手按住肚脐，用银币绑的方法我试过，效果不好，动一动位置就变了。不厉害的话，过一段时间就会好。/（达达宝贝）

用玻璃球

脐疝，用个玻璃蛋球，就是下跳棋那种，检查要没有破损的，放在肚脐处，然后用胶布贴住。两天换一次胶布，但要注意贴胶布的地方会过敏。换

胶布时会难过一会儿，但想想总比去做手术要好吧！我家豆豆就是这样贴好的。/（豆豆龙）

1岁内手术

建议一定在1岁以内手术，年龄越大，手术创口越大，恢复得也慢。我们这边的医生做这种疝气手术，1岁以内的孩子伤口非常小，只有1厘米，都不用缝针，只要贴个创可贴就可以了，但手术前的全麻是肯定要做的。超过半岁的孩子疝气是不能自愈的，要想宝宝自愈，妈妈会非常辛苦，必须千方百计地哄着宝宝，不能让他哭，这样才有可能自愈，但也不是绝对的。/（圣鸿妈妈）

湿疹/奶癣

【妈妈经验谈】

1. 预防

预防奶癣的个人经验

我家宝宝从3个月开始就经常长奶癣，反反复复，不能根治。如果去医院看病，很多医生都会开一些外用的药膏给宝宝。但我们都知道，这些药膏里有激素，担心对宝宝的成长不好。一个爱婴区的护士长给了我一些预防的方法，跟各位分享、交流一下：

（1）喂奶后，最好用湿毛巾帮宝宝抹干净嘴巴、脖子，不方便时用干毛巾也可以。

（2）宝宝吐奶后，弄脏的毛巾、衣服要马上换掉。

（3）夜间喂奶，妈妈不要怕麻烦就躺着喂。一定要坐起来喂，这样避免母乳弄到宝宝的脸或脖子上。

（4）妈妈喂奶时使用的毛巾，绝对不能碰到宝宝的脸蛋。

（5）如果宝宝曾经患过奶癣，那宝宝的衣服、毛巾就一定要常消毒。可以多晒晒宝宝的衣物，或者用稀释的消毒水浸泡宝宝的衣物。

（6）宝宝脸上的奶癣可以用金银花水来洗，但不是一次见效的，要经常反复地洗。最好每天、每次喂奶后都洗洗，甚至稍微敷一会儿。

我家宝宝奶癣最严重时，是长到两个脸蛋都红红的痒痒的。就是坚持上面的做法，三天后全好了，没有搽过任何药膏。现在也没有复发。

/（foxkids）

用醋洗尿布能防尿布疹

有些妈妈会用使衣物柔软的柔顺剂，但柔顺剂不适用于尿布。因为柔顺剂会在尿布表面，形成一层保护膜，不利于吸收尿液。如果宝宝拉了，而父母没及时更换，就很容易刺激宝宝的皮肤，或者污染宝宝的阴部。

教你一招：父母可在洗完尿布后，在清水中加入2～3升的醋(3调羹)，将尿布置于其中浸泡约5～6分钟，再直接放入洗衣机中脱水。之后即使不用清水再洗一遍，也不会残留醋的味道，经过浸醋处理的尿布会非常轻柔，能有效地使皮疹远离宝宝的小屁股。

/（shinepp）

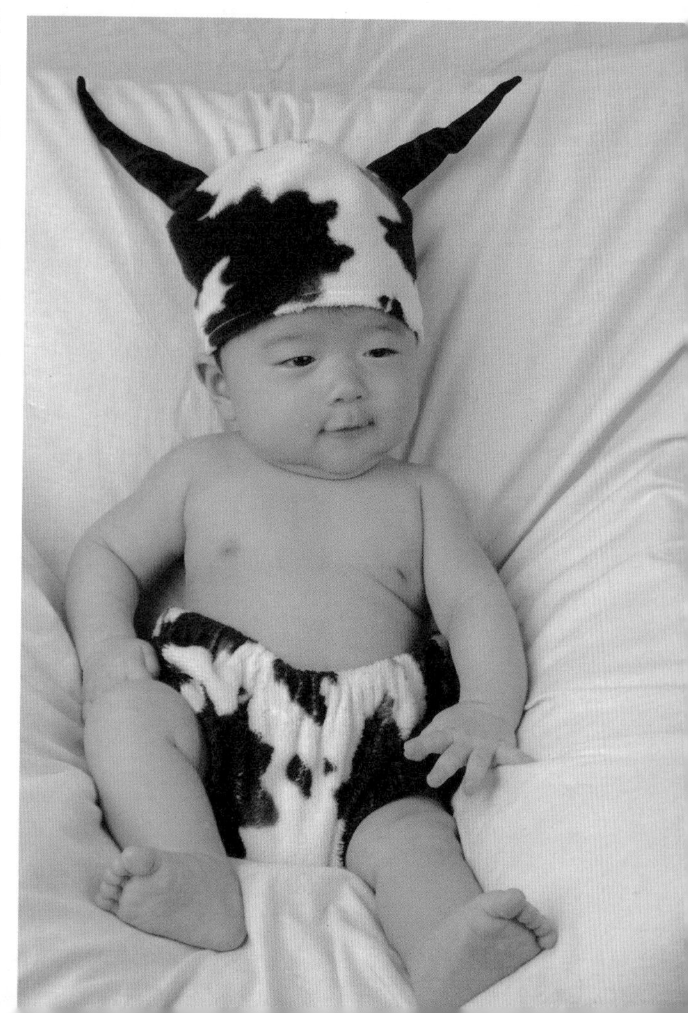

一个防止尿布疹的好方法

宝宝4个半月，从出生到现在一直用纸尿布（好奇、妈咪宝贝、帮宝适等），我有一个很有效的方法防止尿布疹，和各位妈妈分享一下。

材料很简单：中药房可买到的紫草一两，食用油两大汤匙（花生油、调和油皆可）。

做法：炒菜锅预热下油，油热开始冒烟时关火。稍等1分钟后放入适量紫草（我放1两的1/3）翻炒，切记此时一定是关着火的。

紫草翻炒到油变成深紫红色就可以了，找一个小口的塑料瓶，等油冷却后装入，发现宝宝的屁股出现小红点或红斑时，洗干净小屁屁滴上一两滴抹匀就可以了。/（语语加油）

2. 症状

2个多月的囡囡，脸上开始干干的而且脱皮，加上脸上长着红红的、一块块的奶癣，很难受。囡囡又整天抓脸，搞得脸蛋“花花”的好难看，看得我好心痛。/（龙凤眼囡囡）

儿子2个月了，之前一直脸上有小红点，最近发现脖子上也有，好像是斑状的，我想应该是吐奶引起的奶癣。/（风中芦苇）

宝宝5个多月，屁股眼周围长了很多尿布疹（屁股不红），天天洗澡，用纸尿布（绿帮/菲比），也用过尿布膏和爽身粉，真害怕一直发展下去会溃烂。/（theresa13902）

宝宝今天才半个月，已经在小屁屁上发现有一粒小红点，是尿布疹！我一直给宝宝用好奇的尿片，每次换片片都会用专用的湿巾把屁屁擦干净，再擦护臀膏。我已经尽量做足功课，但还是发现宝宝有尿布疹，真的很烦呀！平时只要一发现宝宝拉便便就马上换尿片，但有时候宝宝睡觉了，我们根本不知道他什么时候拉了便便，可能清得不及时，所以就有尿布疹了。/（饼干）

宝宝屁屁的疹子都出水了，我用了进口的防红屁股的护臀膏，也用了茶油和顺峰宝宝湿疹膏都不行，尿布已经换得很勤了，情况还是没好转。/（ryl825）

3. 医院治疗

带宝宝去儿童医院看奶癣，做了一次治疗，开了艾洛松、鱼肝油软膏和一些一包包的不知道什么东西，说是煲水来给宝宝洗脸的，立马就见效了！看来有问题还是去看医生的好，金银花水在程度较轻时使用还是有效的，严重的就不行了。/（Maxhuang）

我认为两种，一种有可能是湿疹，还有一种可能是消化不良造成的。我宝宝小时候也这样过，我就带他去医院，医生开了自己配的鱼肝油软膏，搽后很快就没了，效果挺好的。如果说消化不良，建议煮苹果水喝。/（天妈妈）

去医院开氧化锌油，我宝宝红屁股时，我姐姐就去医院开了给我，效果很好。/（a_lilycn）

4. 防治湿疹/奶癣有绝招

淮山薏米汤治奶癣

儿子从出生1个月到现在7个多月了，一直奶癣不断。开始医生说涂润肤露就行，我做了没效，而且症状加重了。后来用了很多种不同的药（眼药膏、孩儿面、肤轻松、俄罗纳英、无比膏等等），还去过两次医院，一次是

黄埔的港湾医院，开了尤卓尔和洗药，一次是儿童医院，敷了脸、开了药，是鱼肝油和艾洛松，还有洗液，都不能完全根治。儿童医院的药，一涂很快就好，可过了三四天又复发，如果不涂药，就一天比一天厉害，直到脸上烂得出水。

有一天在广州妈妈网上，看到有姐妹介绍淮山薏米汤可以治奶癣。我在一周内煲了三次给他吃，有时是用这个汤煮粥。情况马上就有改善了，还是有复发，但是不涂药会自己好。我就坚持了三个星期没给他涂药，虽然还是有奶癣，但是不厉害。现在我还会不时地煲一下这个汤或粥给儿子吃，听说也是健脾去湿的。不过懂点中医的老爸说，也不要吃太多淮山了。

我一般是七八两淮山、半两薏米，加上一些大骨或脊骨，我家是用焖烧锅。这样不用煲太久，比较适合小孩吃。不用焖的话，一个钟头左右也行了。淮山容易熟，后面才放。有些姐妹可能煲两三次汤后就以为效果来了。我当时可能一共煲了二十多次。淮山是健脾的，薏米去湿比较凉要少量放，一两天吃一次应该不要紧。对于小小的婴儿，不会喝汤，油消化不了，可以不放骨头煲，然后舀到奶瓶给他吃。淮山薏米汤用的淮山是新鲜的，三元左右一斤，干品假货太多，要小心。/（linnyll）

5. 众妈妈对付奶癣的经验

（1）药膏类

用薄荷膏

关于奶癣，本人有点小经验，希望能帮到一些即将成为妈妈和还在受奶癣困扰的宝宝们。我的宝宝现在已经2个月了，之前一个月他的奶癣问题比较严重，甚至还发展到了头皮。有一次我试着用曼秀雷敦薄荷膏。第二天，他的眉毛处开始出现一些东西，不知道是什么，用水可以擦去，奶癣处不红了。连续使用了半个星期，他的奶癣基本消除了。现在摸起来虽然还是比较粗糙，但没有奶癣，我觉得已经很好了。所以我的经验就是用薄荷膏。/（Lucas的妈妈）

用药膏

奶癣是中国人的叫法，西医就说是湿疹。一般在1岁以后会好转，不用太在意，可用顺峰宝宝药膏或其他可以信任的湿疹膏都行。/（Ambers）

用鱼肝油软膏

用维生素AD胶囊来预防和治理尿布疹最有效，就是我们平常说的鱼肝油丸，药店有售，几块钱一瓶。这是一个当护士的朋友告诉我的。我儿子小时候试过，我觉得比任何牌子的护臀膏都好用。用之前先拿几粒出来，放几分钟让它变软，主要是怕胶囊硬硬的容易刺伤手。然后用针刺破胶囊，把里面的油搽在宝宝洗干净的屁股上就OK了。预防就用几粒薄薄地涂一层就行了，已经长疹子的多用点也不怕，反正是可以吃的东西，对人体无害。/（家有肥仔）

（2）外敷外洗类

用生土豆切片外敷

可以用生土豆切片给宝宝敷。/（玻璃花168168）

用尿布擦

我们那栋楼的阿姨说，用宝宝穿过的尿布刚换下来还热热的，往

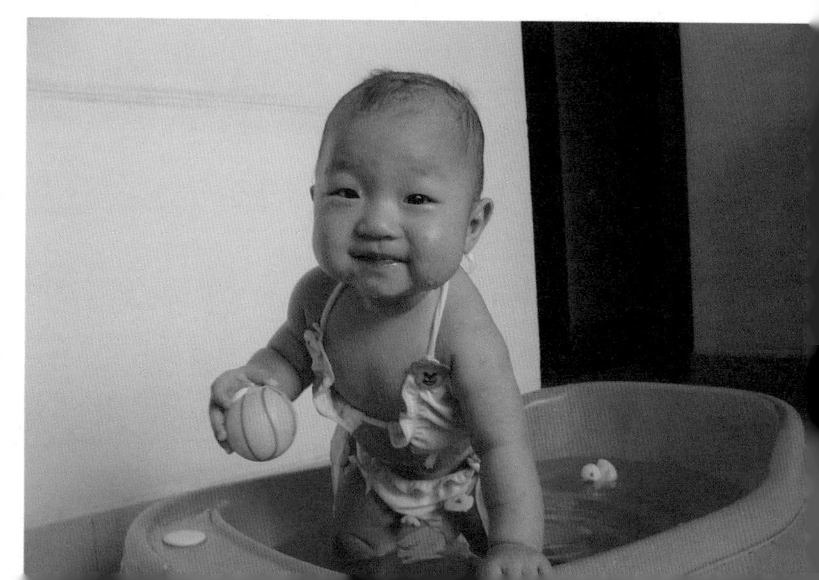

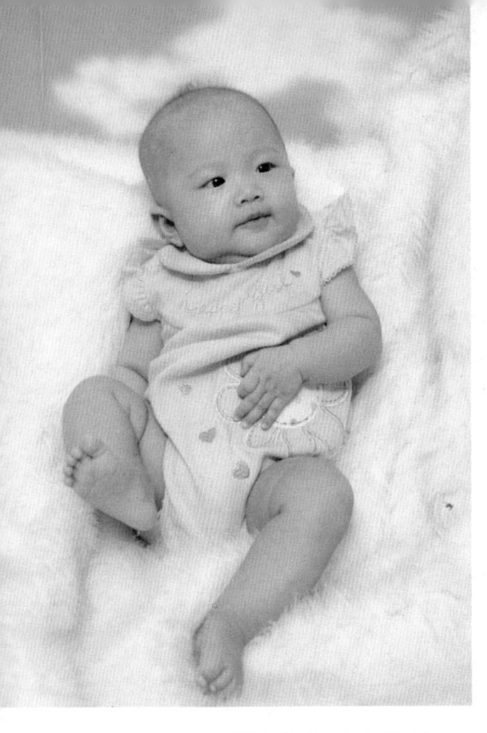

脸上长湿疹的地方擦擦，或用香港出的乐信湿疹膏。我都试过，好像还挺管用的。反正童子尿是可以做药引的，也没什么害处。/（佳远妈）

用金银花、野菊花煲水洗脸

有些小红疹可能是胎毒，不用管它，过几天就会好。我儿子出生半个月也是这样，1周左右就自己好了。喂人奶时要注意卫生。如果过了1周还没好，就去药店买金银花和野菊花煲水给宝宝洗脸，也给宝宝喝一点，但野菊花非常苦，清热解毒的，然后再抹些肤轻松药膏，第二天就会好了。/（喆喆妈）

用腊梅花泡开水洗脸

我宝宝一开始也长了很多红红的疹，后来用腊梅花泡开水给他洗脸。洗了两次就见效了，多洗几次就好了。/（Xiehui）

用艾叶煲水给宝宝洗澡

湿疹用艾叶煲水，给宝宝洗澡效果也很好！/（心怡jane）

用香菜煲水给宝宝洗澡

可以用香菜煲水给宝宝洗澡。/（Wxy）

（3）护理类

注意卫生

清洁十分重要，其实奶癣就是湿疹，是一种过敏现象，很难查原因。如果严重或拖得很久，孩子会很难受，还是快去看医生。我宝宝就是拖了一段时间，结果长了一身。哎，好痛苦！/（诗甜妈妈）

常温护理

爱婴区的护士说很多刚出生的宝宝都有婴儿红疹。因为宝宝所在子宫内是个无菌的环境，到外界后可能会对空气中的某些东西过敏，但无法解释清楚到底是因什么过敏。疹子过段时间就会消的，常用温水护理就可以了，有的宝宝会隔一段时间又复发。/（超级无敌小宝宝）

肠套叠

【妈妈经验谈】

肠套叠也是婴儿常见病

昨天，对于我来讲真的是作妈妈以来的第一次重大经历，所以想着要跟大家分享一下，希望能让新妈妈都有个准备而不要慌张。

1. 症状

平常我女儿很容易吐，从小到大经常吐奶，5个多月时才稍微好些。从6月9日开始，半夜我喂奶给她喝，她都吐出来，不过只有晚上如此。我倒没有很在意，因为她以前也经常会吐，吐完继续吃，然后再睡觉。10号晚上也如此。到了11号，一早我去上班了，到了下午，婆婆跟我讲宝宝吐了三次了。不是吃了就吐，而是吃完，过了两个多小时才吐。

本来她以为是宝宝肠胃不舒服，就喂她喝七星茶，不过宝宝连七星茶也吐出来了，一吃就吐那种。婆婆就很着急了，说要去看医生。不过公公跟我老公都说，观察观察，可能是吃腻了，吃杂了。我却不这样认为，因为小孩子不会说，如果发现不对劲，应该尽快去医院，最后证明我跟婆婆的想法是对的。

在放射科我知道了肠套叠的症状：哭、闹、发烧、呕吐、肚子痛、便便出血等。很多家长以为是一般的毛病，没有到医院，从而错过了肠套叠的最佳治疗时间，一般是16个小时内，超过24小时就容易发生肠坏死。一旦发生了肠坏死，就必须开刀切除坏死的部分了。

2. 医院治疗

下午3点多，婆婆他们从家里出发，我4点左右从公司出发，直接向儿童医

院奔进。婆婆他们比我早到，刚办了卡准备挂号，宝宝在公公手上睡着了。表面上看来没什么异常。公公说就是下午感觉她精神不是太好，没有以前有活力，宝宝换给我抱时，她就醒了。

我们挂了内科，一个女医生看的，问了一下大概的情况后，听听心脏，看看喉咙，检查了一会儿，她说要去照个B超，看看肠子是否有异常。接着我们又交钱，老公去交钱时，我们到1楼给宝宝探热，她在探热室的表现让那里的护士讲："她这么精神，老虎都可以打死几只啦！"确实跟其他发烧生病的小孩比，我们家这个是真的很活跃，没什么生病的症状。体温表显示没发烧，37.1℃，正常的婴儿体温。

接着到6楼B超室，老实说，B超的医生很年轻。他只是看了不到1分钟的时间，非常快。我婆婆自己也是B超医生，不过已经退休了。她说她只看到肝胆脾，还没看到肠子呢，那个医生就看完了。她很不高兴，觉得那个医生有点马虎。那时候我也有这个感觉，虽然我不懂，但也觉得他真的太快了，不知道是否看清楚了。

我们在B超室外等了一会儿，结果出来了。婆婆一看，就叫起来了："肠套叠？不可能吧？我都没看到。"从她的神色，我感觉这个应该挺严重。婆婆问那个医生："医生，肠套叠，不会吧？我自己也是学医的，刚才我没看到哦。"话还没讲完，那个医生就很拽地讲："那又怎样？我看到的就是这样，快点去看内科的医生，他会跟你解释的。"接着他就关门了。虽然我们很不满意他的态度，但也没办法，只能下去再问内科医生结果了。

我们又回到二楼，内科医生一看完B超结果，就急急忙忙地说："你快点去1楼挂个外科的号，然后我写几个字，你们宝宝要立即去看外科。因为肠套叠要做手术的，尽快！"一听她那样说，我的心就悬起来了，不会吧，我的宝宝怎么会这样呢？我还是不能理解：“医生，肠套叠很严重吗？”“是的，如果不及时治疗会影响到肠子，到时候坏死的话，就要开刀做手术了，你们快点去外科看看，确诊一下。”女医生的态度还是很好的，接着我们就往外科奔去了。

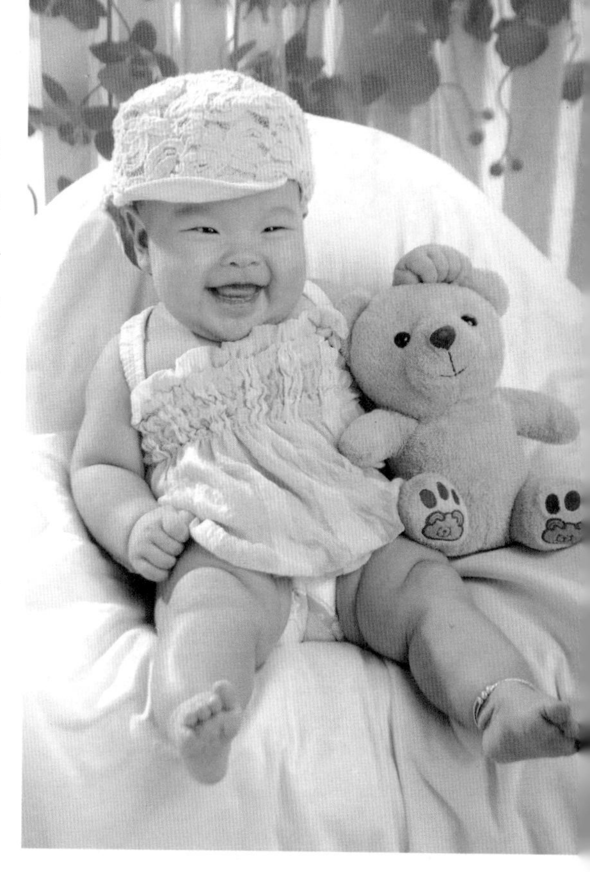

外科在3楼，我们到的时候已经5点多快6点了。很多医生都已经下班了，不过仍然有人在那里等着。我们看了半天，都没看到一个医生或护士。问了一个同样在等候的妈妈，她说医生到楼下去了，一会儿回来。

可能我们都很急，等了大概有20分钟吧，我实在忍不住了，按了他们那个所谓的紧急铃。不多久，就有个保安过来了，问我们什么事，我说：“我们在这里等了很久了，见不到医生，也没有护士，究竟怎么一回事呀？我宝宝的病是急病，快点找医生过来！”接着他就用对讲机说：“病人在找外科医生，医生在哪里呢？”我听到对讲机那边讲：“医生在急诊。”我一听，不管三七二十一了，抱着宝宝就往急诊室跑。我这个也急呀，那时候的想法就是如此。家人也跟着我来到了急诊室，宝宝一直在哼哼唧唧，估计她很饿了。因为听婆婆讲，从中午12点多到现在晚上6点了，她都没吃过东西。肚子里的东西也吐完了，难受呀。因为可能要通肠子，是不可以给她吃东西的。

急诊室里，我找到了外科医生，当时他正给另外一个病人写病历，估计是刚看完。他让我等等，我就抱着宝宝，定定地站在他旁边。医生写完了以后，就帮我看宝宝了，我将内科医生讲的和病历本给他，他说：“把宝宝横放，我看看。”接着他就摸宝宝的肚子。宝宝一直都哼哼唧唧，不太高兴。于是我也要不停地逗她，分散她的注意力。

估计有某些地方按着痛，她“哇哇”叫了两声，其余的时候，她也算挺配合医生的，瞪大她的双眼，看着这个医生。呵呵，估计宝宝也挺喜欢这个医生的，长得挺帅的。检查了一遍以后，他也说，估计是肠套叠，那要去做通肠子。婆婆他们还问了医生，不过当时我抱着宝宝走开了，她一直在闹、啃手。我抱开她让她看别的东西，希望她舒服点。详细的东西我不太清楚，不过最后还是去交钱，然后去放射科。

到了放射科，在走廊里面，我知道了肠套叠的症状：哭、闹、发烧、呕吐、肚子痛、便便出血等。很多家长以为是一般的毛病，因此没有到医院，从而错过了肠套叠的最佳治疗时间，一般是16小时内，超过24小时就容易发生肠坏死。一旦发生了肠坏死，就必须要开刀切除坏死的部分了。一看到这些，我的心一寒。如果说宝宝吐的话，都已经3天了，怎么办啊？

接着有两个医生过来，让我们跟他们进手术室，只能有两个大人。本来婆婆说叫公公跟着，我老公就走出去了。我叫住老公：“你才是孩子的爸爸，你要留下来。”接着婆婆问医生，能否留多一个人，医生讲可以，所以公公也留在里面了。

然后就有医生跟我解释，他们接着要干什么。肠套叠就是小孩的肠头套有一部分回套在肠子里面，他们首先会用X光看一下，泵气进去，看是否真的套住了。如果真的套住了，他们会加大气压，进行一个修复性的复位。我们刚才交的钱，只是前面一部分的检查确认费用，如果一旦确定真的套住了，那么接下来的是复位费用，我们出去后要去补交330元。不过怎么讲也是手术，有风险的，比如气压会使小孩的肠子爆裂，泵气进去时会引起她呕吐，气压也可能刺激到呼吸部位等，不过他讲出现的几率很小，不要担心。接着我们签字后，就开始进行手术了。

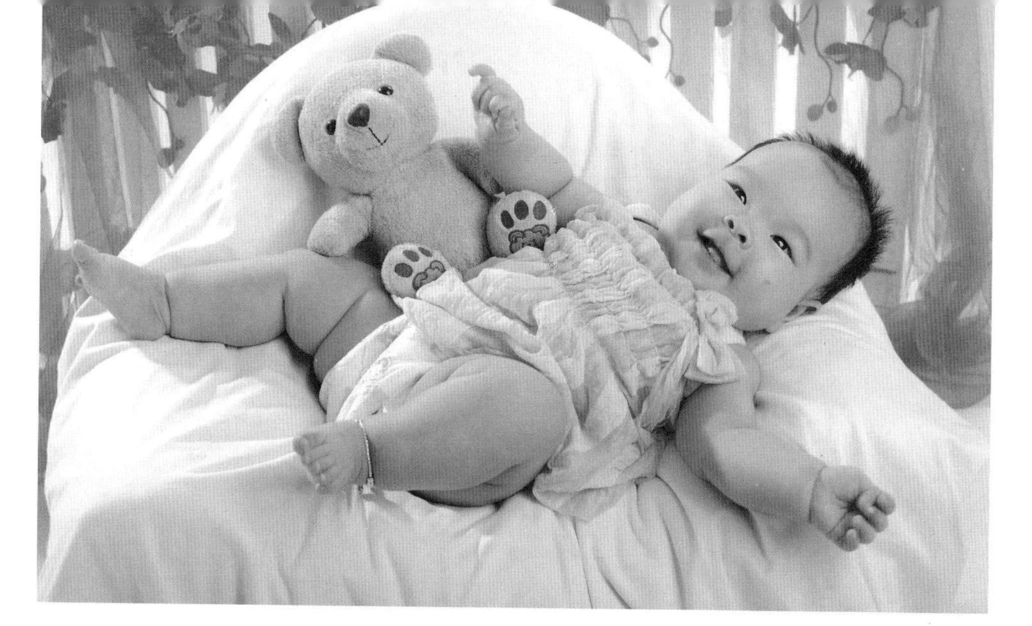

我们把宝宝的裤子脱掉，然后放在手术台上。医生拿着一条医用胶管，提起宝宝的双脚，将软管插入宝宝的肛门。本来宝宝还在东看西看的，有一异物插进她的肛门，肯定不舒服啦，她就不肯了。哼哼地叫起来，不过还没有哭。

医生教我老公，怎么按住她的双腿来夹紧胶管，然后教我怎么按好她的双手，撩开她的衣服，看到她的肚子。接着，他就走进另外一个房间，与我们隔着一扇玻璃窗，接着我就看到宝宝的肚子有一点鼓起来。宝宝就开始哭了，然后就听到医生用麦克风跟我们讲：“确定是肠套叠，不过不是很严重，现在我们要进行修复复位，请按好宝宝。”接着宝宝突然哭得很大声，不停地想要扭动。哎，看到宝宝这样，我也差不多要掉眼泪了。还好过程不长，很快的，我就听到医生说：“可以了，修复好了。”接着他们就出来拔管子。我赶紧把宝宝抱起、哄着，不过我宝宝很乖，很勇敢。哭了一小会儿，吐了一口黄胆水，然后我给她一个小扇子玩，她就不哭了。

看看时间都已经6点多了，我们在走廊外面等医生写手术结果，老公去交后面修复的费用。宝宝也安静下来了，估计是累了，想睡觉了。

拿到结果后，我们又回去找外科医生，让他做最后的观察。那时医生刚好在吃晚餐，看到我们过来，他看了看报告说：“现在是没什么事了，不过还要观察4个小时，要等宝宝拉大便了，通气了以后才能吃东西。”我问：“一点东西都不能吃吗？她从中午12点多到现在，都没吃过东西。还要观察4个小时，那不就得晚上10点多才能吃东西，那喝水可以吗？”

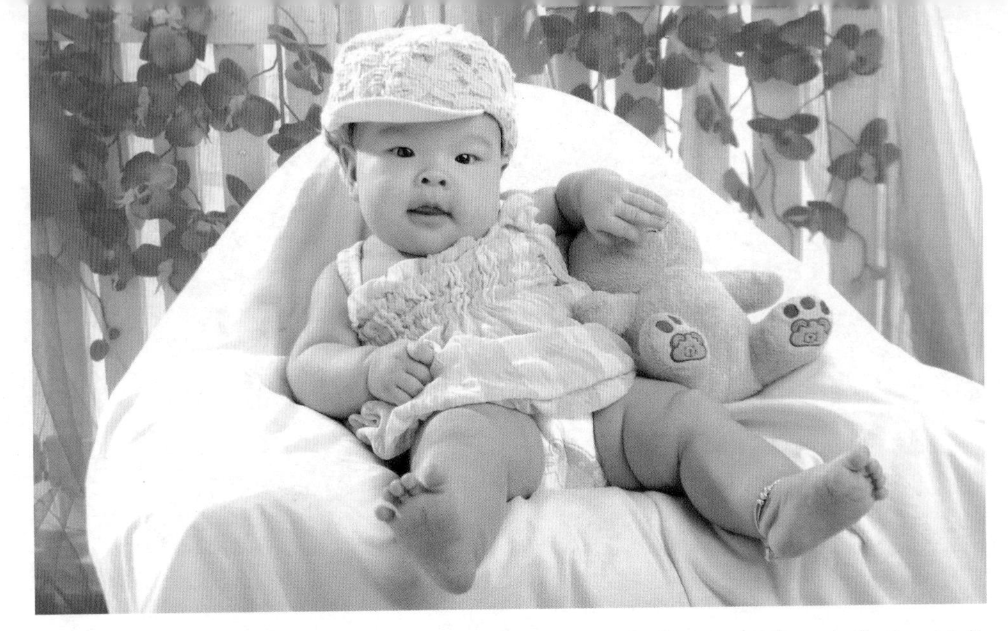

医生很温和地讲："嗯，小孩是饿不坏的，只有吃得太饱，吃滞了。还是等4个小时吧。"呵呵，想想也是，可能自己真的太紧张了。然后婆婆问："我们都是医生来的，自己回家观察行不？"医生笑笑："理论是不行的，不过既然你们都是医生，如果住得比较近，那也是可以的。如果她再有任何的异常，你们再带她回来。"宝宝好像也懂，居然就拉着医生的袖子，笑了笑。

哈哈，接着我们就回家了。折腾了半天，宝宝终于没事了。

直到晚上10点半，宝宝是滴水未进，从9点钟开始，她就真的是怎么哄都不肯了，抓着什么东西都啃，哼哼唧唧，想睡觉又睡不着。我们等到11点，才敢给她喝了120毫升的奶，虽然喝不饱，总比没有的好。喝了奶，她才肯睡。后来半夜12点多，俺老公又给她喝了90毫升，她就又睡觉了。凌晨3点多，哼唧，我抱起来哄了一会儿，又睡了。5点多，又醒了，哭了一小会儿，然后又睡了。一直到6点半，她完全清醒了，闹着要吃奶。我就煮米汤给她冲奶喝，150毫升很快就喝掉了，不够，估计180毫升都能喝掉的。但我担心她肠子的承受力，不敢一下子给她喝太多。这几天打算都吃白粥，少吃多餐，医生建议的。

3. 预防

我也问了医生，怎么预防这个病。医生讲这是没法预防的，原因是小孩子身体还没发育完整，肠子的伸缩能力有时候还不够好。只能说一旦发现异常，就要及时就医。所以当小孩发烧、感冒、突然哭闹、便便出血、肚子痛时要注意观察，如果觉得不妥一定要看医生。/（nikitajj）

二、小儿常见病

感冒

【妈妈经验谈】

1．不吃药也能治好感冒

宝宝感冒不再吃药

我家跳宝从小就是感冒专业户，妇幼保健院的一个副院长说小孩子不要轻易打针，告诉了我一个土方法，就是用葱白蒸奶给他喝。具体做法就是把葱白切成小段，放在装着奶的碗里。然后放到蒸锅里，隔水蒸热了给他喝。那时候我还是母乳喂养，副院长告诉我，用母乳蒸效果更好。于是我每天挤出一碗奶，然后放入葱白蒸给他喝，真的很管用。喝到第二天，感冒已经明显好多了。

现在跳宝长大了，不吃奶了，跳妈又发明出一道治感冒的菜，还是跟葱白有关，那就是葱白炒鸡蛋。鸡蛋营养丰富，生病中的宝宝也可以多吃，真是又香、又有营养、又能治感冒。连从小就不吃葱的跳妈都能吃下很多，具体做法如下：

材料：

鸡蛋3个，葱白4根。注意，一定要葱白才可以，绿色的部分没有药用价值。

做法：

（1）把葱白用水洗净，切成碎末备用。

（2）把鸡蛋磕入碗中，放入葱白末、盐少许，搅拌均匀。

（3）起油锅，倒入刚才搅拌好的鸡蛋，翻炒至刚熟即可装盘食用了，注意不要炒太老了。

如果家里有榨汁机，还可以榨取一点生姜汁加到第二步中。我家没有，所以我没加过，只用过葱白，感觉效果非常好。现在每次一发现跳宝有感冒的前兆，我就马上做这道菜给他吃，每次感冒都能被我扼杀在萌芽中。/（蹦蹦跳跳）

药材煲水冲凉治感冒

宝宝感冒一般是因为灌了风，只要去了风，感冒就很容易好了。

给大家讲个方子啦，如果宝宝感冒了，就用防风（一种中药材）、姜、盐（不要多，一点就行）煮成开水，摊凉后给宝宝洗澡。

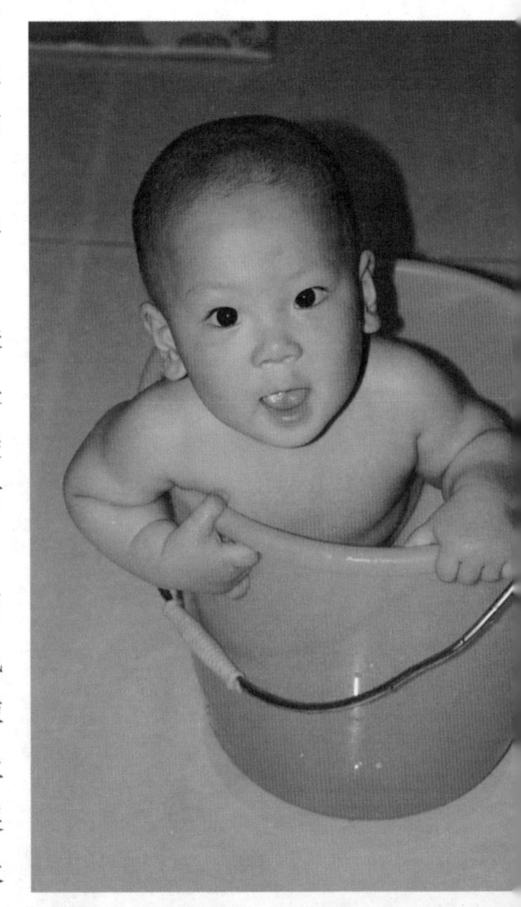

特别说一下，摊凉是说放到小孩子可以洗澡的合适的热度，而不是凉水。防风要打成粉，不然要煲很久才出味道。如果家长想兑水，所用的水也要是已经烧开过的水。我有朋友以前是把煲好的汤凉透，需要洗澡时兑上热水，可能更方便。

我宝宝10个月，前几天变天感冒了，就用这个方法治好了。剂量是防风用手抓一把，姜放半个，市场上那种辣姜，盐我只放两小勺。宝宝感冒原则上不用吃药，所以用这种洗澡的方法很好。其实，有些妈妈应该知道，用姜水给宝宝洗澡很好，但加上防风的话就更好了，防风的功效就是去风。宝宝感冒一般是因为灌了风，只要去了风，感冒就很容易好了。/（深儿）

2. 治疗感冒的秘方

中药秘方

这个秘方是朋友的奶奶开的。我仔仔之前感冒，流涕、鼻塞、咳嗽，看了N次医院都不行，最后还是朋友给了一张中药方子，吃了5包，完全好了。我家小朋友和朋友的小孩都是2岁半，药方是2～3岁的分量，建议小朋友喝药时最好用一个碗分开两次给小朋友喝。/（misswang）

洗澡有妙方

用艾叶、绿茶、姜煲水，水开几分钟后加红葱头和盐，晾凉一点给宝宝洗澡。对发低烧、拉肚子、惊吓都很有效果，到目前为止基本上百试百灵。这个我用过，宝宝洗完澡就会睡得很舒服，之后就好了。/（风中赏心）

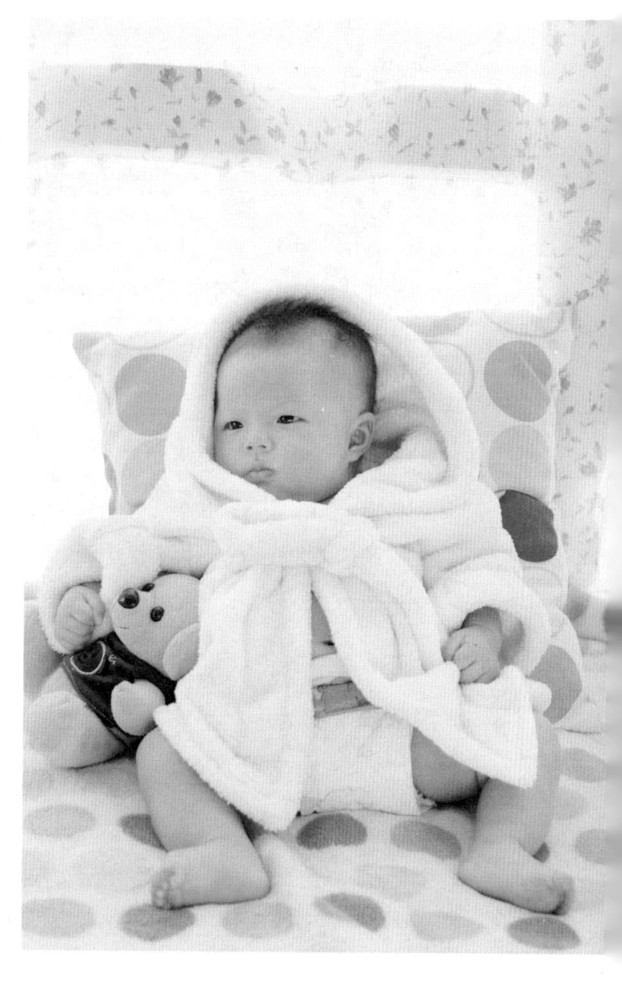

用生姜、葱白煲水喝

宝宝感冒用生姜、葱白煲水喝！我家宝宝喝了两天，每天两次很奏效。就是我们平时吃的那种葱，只要白色的茎和须须，我煲时是用180毫升左右的水，5片生姜，5根葱。煮时可将葱拍一下，好香的。如果宝宝太小，不要多放生姜。/（Mitang）

3. 妈妈最有用的预防护理心得

感冒初起时

发现宝宝有感冒的苗头，症状为鼻塞、流鼻涕、打喷嚏，马上给他喝一大杯鲜橙汁，一定要鲜榨，饮料橙汁没用，外加一包小柴胡颗粒，双管齐下，多数都能压下去。小柴胡是一个老中医告诉我的，鲜榨橙汁是我实践中总结出来的。

我儿子以前是两三个月就感冒一次，苦不堪言。用了这个方法，这一年以来都没怎么感冒了。但请注意，咳嗽不在此列。/（阳B妈咪）

4. 预防宝宝感冒的良方

如果你的宝宝有打喷嚏、流鼻涕的征兆，我的方法如下：

（1）四分之一的“力度伸”泡腾片冲水喝，每天一次。

（2）晚上洗澡用紫苏叶和大片的姜煲水冲凉。

（3）注意宝宝的脖子、肚子、脚板的保暖。我宝宝现在1岁啦，每天都还穿肚兜。

（4）如果情况恶劣，可以给他冲“安儿宁颗粒”，这是中药成分的感冒药。

最重要的是多喝温开水。

我的“良方”曾介绍给很多妈咪都很有效。我的宝宝除了有一次打流脑针发烧要吃西药退烧，凡是有病痛都是吃中药，还好宝宝都肯喝，感冒就少了。每次他有感冒征兆我都是这样，因为有效。

记住无论宝宝吃中药还是西药，超过三天药没用就要停一停，这是老中医跟我说的。/（hjgigi98）

感冒别大意

最近感冒都是病毒性感冒，不是普通的感冒，普通的土方子是治不好的，普通第四天会开始咳，拖久了会变成支气管炎、肺炎。一个星期以上还没好，肯定是很厉害的炎症，不得不用抗生素。一般要打3～5次吊针才能好，建议去医院。/（cnlilyee）

咳嗽

【妈妈经验谈】

1. 咳嗽的分类

我从中央电视台少儿频道“宝贝一家亲”栏目当中搜集的，这是北京中医院儿科副主任医师钱老师讲的。

咳嗽总的分为两大类，一是外感咳嗽，二是内伤咳嗽，具体表现见表一、表二。

表一

名　称	成　因	分类名称	成　因	表现症状	适用药物
外感咳嗽	是指受风邪造成的咳嗽，分为两类	风热咳嗽	即指风和热感染造成的咳嗽	流黄而黏的鼻涕，脸蛋红嘴唇也红，大便干黄	急支糖浆
		风寒咳嗽	指风和寒感染造成的咳嗽	怕冷、流清鼻涕、打喷嚏、伴有发烧	早期可喝感冒止咳冲剂

表二

名　称	成　因	分类名称	表现症状
内伤咳嗽	由外感咳嗽一周未能痊愈而转化来的，分为四类，转化成哪类咳嗽由宝宝的体质决定	痰热咳嗽	脸蛋红，嘴唇也红，热相较重，咳黄痰或绿痰
		痰湿咳嗽	咳白痰或清澈的痰液
		阴虚咳嗽	干咳少痰
		气虚咳嗽	一般都是得病时间长，咳了几个月，咳得没气了，气少了，咳嗽声音很弱。在儿童中较少见，老年人多为此类咳嗽

特别提醒：

咳嗽时应禁食发物：鱼类（无论是海鱼还是河鱼，无论有鳞无鳞都是发物）、虾类（虾皮也不行，越小的虾发性越大）、蟹类、羊肉及韭菜、香菜。

2. 中药治疗

治疗宝宝咳嗽的中药方子

医院一个已经退休的老中医写的，他家孙子吃了两剂药就好了。反正中药副作用小，我就抓了两副来试试。一天喝三次，连喝了两天，果真好了。不过因为中药比较苦，药里也不能放糖，所以最好是能说服孩子自己喝，不要强灌。因为强灌会使孩子哭闹，引起呕吐。

配方：陈皮3克，制水半夏5克，茯苓8克，甘草3克，紫菀5克，百部5克，枇杷叶5克，北杏仁5克，荆芥5克，防风5克，黄芩5克，款冬花5克，浙贝5克，连翘5克。

一次配两副，每次煎药前用清水洗一遍，再浸泡半个小时，然后煎半小碗药水给宝宝喝。早中晚各煎一次，一副药煎三次喝，连用两副药，即喝两天，咳嗽即可治好了。/（麟麟妈妈）

【七嘴八舌】

3. 止咳食疗法

罗汉果加川贝煲水喝

有时候宝宝受凉咳嗽，我妈会用罗汉果加川贝煲水，稀释给宝宝喝。大人通常是一个罗汉果加10颗左右的川贝，用开水泡或用水滚一下。给宝宝喝要稀释的，兑些水，不过水别太多，效果很好。本身川贝罗汉果就是药材，润肺通气，而且还有一点甜，不会难喝。/（鼠仔妈）

含冰糖治幼儿夜咳

孩子咳时，给他含一块冰糖，让他先含一会儿再咀嚼吞下。我女儿咳时，喂了一块冰糖，之后，女儿一晚上没再咳，整晚都睡得特别好，第二个、第三个晚上也是如此。补充一下，冰糖能补中气、养脾胃而不滞腻，对中气不足、脾胃虚弱引起的咳嗽有良效。宝宝咳久了，很可能耗伤中气。晚上阳气本应回收入体内，但因中气虚而伏藏不住，就会上逆引起咳嗽。所以含服冰糖后，中气得到补养就能伏藏阳气，不再引起咳嗽。为了巩固效果，日常可多吃一些健脾养胃的食物。/（蓝齐儿）

白萝卜炖蜂蜜

治疗因支气管炎引起的咳嗽，可把白萝卜切成圆柱状，用筷子在上面戳洞，然后在洞里面灌上蜂蜜，隔水炖。大概40分钟左右，以白萝卜软为宜。下午和晚上可以给孩子吃，并且喝里面的汤水。一般两三天就会好了。这个秘方很管用，我儿子就喝过。/（紫色的雨）

喝生蒜头水

我宝宝1岁3个月时得过肺炎，之后一感冒就咳嗽。后来我试过一个方子很有效，就是喝生蒜头水，将蒜头搞烂用开水冲服，大概15毫升就够了。/（Yyy韵韵）

喝红糖姜水

如果是风寒咳嗽，就给宝宝喝红糖煲姜水很有效。/（mini_101）

炖鳄鱼掌

我用试试看的心态，花55元买了1斤新鲜的鳄鱼掌，分4次炖，加了一点南北杏和海底椰，一次炖两个小时。结果喝第一次时就很见效，当晚就不咳了。/（xuegu）

炖鹌鹑

川贝、枇杷叶、龙俐叶、南北杏炖鹌鹑治咳嗽：鹌鹑1只，川贝、枇杷叶、龙俐叶各5克，南北杏共10克，隔水炖3小时后饮用。我女儿吃了3天就有好转了。/（sasa830）

喝板栗瘦肉汤

用板栗煮瘦肉汤，放3片姜，放点盐。我自己就是这么吃的，又好喝。/（Ssnrw）

4. 护理心得：咳嗽注意事项

女儿感冒咳嗽，去看医生，医生听过病情让我们认真做好以下几点，说这样宝宝就好了一半。小儿患感冒咳嗽请不要吃以下食物：甜食、水果、饮料、菜汤、凉茶、豆制品（豆浆、豆腐、豆奶）、酸奶、菜粥。可以吃的蔬菜：菜心、菠菜、苋菜、豆角、白瓜、节瓜、马铃薯、西兰花、南瓜。小儿暂时不要洗头，可以洗澡，用干的热毛巾擦头。/（sharmini）

感冒咳嗽千万不要喝汤，会更厉害的，多喝温水，吃清淡点。/（汶琦妈）

发烧

1. 物理降温方法大汇总

物理降温没有副作用，速度比较快，不用去医院，操作相对简单易行，和吃药、打吊针相比，物理降温的方法，宝宝受的苦会少一点。

退热贴

许多妈妈都建议家里常备一些退热贴。退热贴使用方便，贴到宝宝额头上就可以快速散热降温，方便好用。市场上常见的品牌有：蹦蹦跳退热贴、小林退热贴等。

小提示：退热贴为医药品，必须通过国家药品监督局的严格审核、注册。购买退热贴时，一定要认清是否有注册文号：如，国药管械XXXX号。质量不合格的退热贴没效果，贴了又撕，撕了又贴，会把宝宝的额头弄红。

洗澡擦拭降温

洗澡（水温最好38℃左右），温水擦身，擦洗腋下、腹股沟。擦拭时可加入酒精，酒精用一般市售75%的医用酒精加一倍水稀释后，蘸湿小毛巾轻擦孩子的头、颈、腋窝及四肢。一般擦3～4分钟，擦完后盖上薄被，半小时后可重复一次。这些可以加强降温效果，属于物理降温的范围，可以快速降温。

喝水

发烧的时候多喝水、排尿、出汗，也都是物理降温的好方法。/（妈网客服）

【七嘴八舌】

2. 物理降温注意事项

多喝温水，注意前囟门的情况

发烧一定记得多喝水，不能喝太凉的，温开水最好。宝宝发烧时要特别注意前囟门的情况，一般1岁以内的宝宝前囟门还没有闭合。如果前囟门膨胀，说明颅内压增高要特别注意，赶快去医院，颅内很可能感染了。平常可以在家中备些退热贴或塞屁屁的，个人认为美林含“布洛芬”，宝宝吃了负作用大，可以吃些羚羊角颗粒。/（快乐猪姐妹）

38℃是分界线

38℃以下都不用太急，物理降温最好，比如说尽量多喝水，用冷毛巾擦头。医生说适当的发烧对孩子有好处。当然，一过38℃得马上看医生，看是哪种情况的发烧，视情况选择退烧方法。拖久了对孩子可能造成伤害。/（野兔子2008）

不要打吊针

个人觉得吊针对体质伤害大，所以一般都看中医，庆幸女儿从未打过吊针，效果满意。/（Doggy）

保持冷静

其实不是小孩发烧时才多饮水，平时要养成饮水习惯，喜欢饮水的孩子发烧相对较少。夏天早上起来饮淡盐水，既可补充水分又有消炎作用。当然，这是1岁后的小孩子做的，较小的孩子可适当饮些鲜榨橙汁，作为副食补充又可增强抵抗力。如果小孩发烧，父母要保持冷静，很多病情的延误就出在忙乱中。/（君君紫紫）

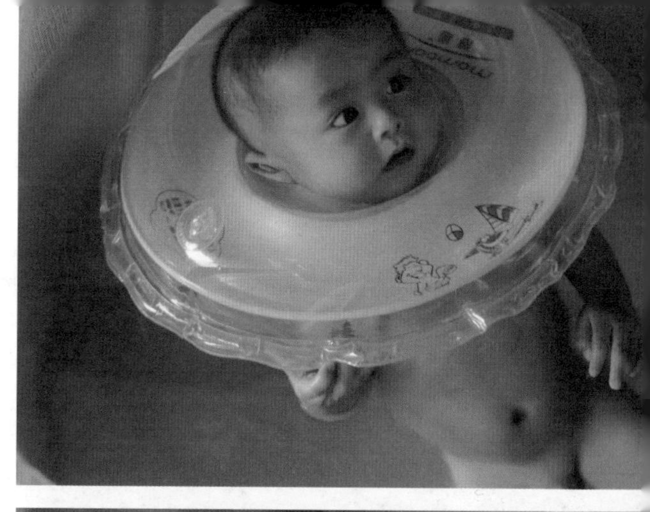

急烧要吃药

快速升温的急烧，过了38.5℃就吃美林，否则就用毛巾和羚羊角之类的缓慢降温。/（Pno）

洗温水澡，不要着凉

物理降温除了温水敷额头，还包括温水擦洗腋下、腹股沟，洗温水澡（水温最好38℃左右）。注意洗温水澡时不要着凉。/（毛宝宝妈妈）

3. 药物降温

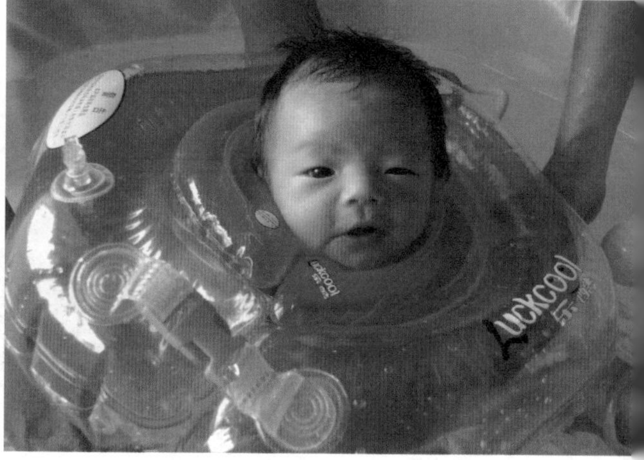

如果发烧到了38.5℃，就要采用药物降温了。美林、羚羊角颗粒等都是常用的儿童退烧药，但是美林含“布洛芬”，宝宝吃了负作用很大，服用西药必须注意。如果宝宝经常反复发烧，可以去看看中医，中医的副作用相对小一点。宝宝发烧，最好还是去医院治疗，毕竟医生是最专业的人士！/（妈网客服）

每次宝宝一发烧，只要烧到38℃以上，我都会第一时间带他到医院做检查，开了药回来再慢慢调理。去了医院，知道了宝宝发烧的原因，然后对症下药，宝宝会好得快点，大人也会安心一点。/（小猪B）

我觉得宝宝发烧一定要尽快去医院，先确定发烧的原因，有时候验血是必要的。如果是病毒性的发烧，还算是普通的发烧；如果是炎症就必须及时消炎。所以宝宝一定要去看了医生才能确定病情，千万不能耽误了。/（熊宝宝妈妈）

【妈妈经验谈】

4. 医院治疗

女儿高烧终于退了

这几天为了苗苗的反复高烧，整个人身心俱疲。

周四晚上苗苗开始低烧，整晚呻吟，不停地喝水，喝水后出汗了就不那么烧了。周五早上我给她贴了降温贴，看她睡得很沉，就去上班了。在单位我一直在想，苗苗昨天一天不愿意吃东西，难道是咽喉不舒服？快10点时，我妈给我打电话，说苗苗发高烧了。我交代她给苗苗吃三颗羚羊角滴丸，赶回家时11点了，苗苗什么也不吃，水也不喝，就一直缠着我。整个躯干热烘烘的，我量了一下，体温有39.5℃，还有一点流清涕。我冲了一包阿莫西林颗粒，强行灌了她一口，看她哭得可怜就放弃了。

先生回来说要送医院，我觉得暂时不用去。看她口干又不喝水，就喂她吃西瓜。她吃着吃着吐了，于是又帮她换衣服，用温水擦身，又灌她喝小儿退热糖浆，也是吐得一塌糊涂。再测体温，升到39.8℃了，于是用了一颗退热栓。苗苗可能困得很，在我怀中迷糊了半个钟头左右，到了下午2点半，感觉她的体温不烫手了，降了。可是苗苗还是一点水都不喝，只吃我的一点奶。

到了4点钟，苗苗退热了，还在地上爬来爬去的，累了就睡了。到了晚上7点左右，睡着的苗苗突然大哭，我一抱她，身体烧得很，一边测体温一边叫先生准备东西上医院，哇，40.5℃！又往她口里喂了两颗羚羊角滴丸，赶到医院，人多呀，都是发烧的。等了一个半小时才轮到，医生给测了一下体温是40.3℃，就看了一会儿，说是上感。还是让我继续服用上述那些药，另外再打一支退热针，让我在家给苗苗用温水洗澡帮助退热。回到家晚上10点多钟，又吃药又用退热栓，直到凌晨2点多才退热。到了周六凌晨5点多又开始烧了，早上8点多烧到40.2℃，急得我又赶紧送医院。

这次我看的是中医，医生没量体温，只是摸摸苗苗的小手指，看了看舌苔，就开了几剂中药，让我每次喂她10毫升，还说吃了好好睡一觉就会退烧了。果然，回家煎好喂了，慢慢地苗苗不那么闹了，退了烧，到了周日就有点精神了。

今天周一，苗苗不再烧了，有点胃口吃东西了。/（我爱苗苗）

【妈妈经验谈】

5. 家庭退烧妙方

小儿发烧之家庭简易退烧法

我这里有一个在家里就可实施的退烧辅助方法，希望对各位妈妈有帮助。此方法经过验证，可行可靠，不会有副作用，平时可作为发烧的辅助治疗，它就是蝉蜕炖冬瓜水。

材料：

冬瓜：去菜市场买一个冬瓜腚，即冬瓜的两头，以老身为好。

蝉蜕：即知了脱的壳，药材店有售，一次大概就一手抓的分量。

糖冬瓜：一次买半斤可分多次使用，一次分量不要太多，以免过甜。

方法：

把冬瓜中间的瓤挖空，可放入一两碗水为好，然后放入洗净的糖冬瓜和蝉蜕，最后将冬瓜腚隔水炖大概一小时左右，盛出摊凉，平时给孩子当茶水喝。

作用：

冬瓜：味甘性凉，具有清热解毒、利尿、消肿等作用，冬瓜还有清肺热、化痰、消痈排脓的作用。

蝉蜕：有解表的作用，偏于凉性，能疏风、清热、利咽喉，治疗风热感冒出现的发热、咽喉肿痛、声音嘶哑等。因冬瓜可以利尿，藉此让孩子将热量排出。不过腹泻的孩子发烧则需慎用，以免流失过多的水分。/（铃儿响叮噹）

中药敷脚心

杏仁10克，桃仁10克，栀仁10克，枣仁10克。把这四味药研碎成粉末状！一般药店都能提供研磨。取适量，用鸭蛋清（没有鸭蛋也可用鸡蛋）调成稀泥状（不能太干），放在干净的纱布或其他干净布上，将药对准宝宝的脚掌心，布最好长一点。可以在孩子脚上缠绕几圈用带子绑住，就像医院一般的敷药方法。

我一般还会在敷好的药外面再给他套上一双袜子，以免因为不舒服被孩子踢掉。男孩敷左脚，女孩敷右脚。隔1～2小时打开看看，如果药干了，再换上新药，一般敷一到两次就基本能控制住高热，而且不反弹，无任何毒副作用。退热后，敷药的脚底会出现黑色的药痕，这是正常现象。/（弯弯小月芽）

【妈妈经验谈】

6. 护理心得

我的护理经验

有一次宝宝发烧，白天38.5℃左右，一到晚上都是39℃以上的，最高的时候是39.5℃。宝宝平时是保姆带的，保姆这下可急了，老是唠叨着要带宝宝上医院。不过宝宝虽说发烧，精神状态还不错。半个月前感冒，宝宝打了近十来天的吊针，心疼死了。如果这次再上医院，肯定还得打吊针，宝宝这么小，真不忍心再让他受这个罪。所以便狠下心来，没答应保姆带宝宝上医院。但自己不是医生，什么也不懂，宝宝发烧，怎么护理呢，我上网查了一下。

我总结了网上妈妈们的经验，交代保姆，一定要给宝宝多喝水。宝宝不太喜欢喝白开水，我们是变着法子让他喝。用宝宝平时喜欢吃的话梅之类的泡水，或者煲些糖水，这样宝宝就比较容易接受，常常是自己主动说要喝水。

饮食方面，我们主要给宝宝煲粥吃，有时放些瘦肉，清淡一点，容易吸收和消化。我们也给宝宝用了一些退烧药，是什么药忘记了，也不觉得有什么效果，就不写出来推荐了。给宝宝贴退热贴，我觉得退热贴对体温下降起不到很明显的作用，但能保护宝宝的脑袋，避免高烧过度烧坏脑子。

所以，我白天黑夜都给宝宝贴。晚上睡觉的护理，我觉得非常重要，因为晚上的体温比白天高好多。发烧的这几天，宝宝晚上都是39℃以上的，我就准备了一盆水，时不时给宝宝擦擦脸、手脚等。妈妈们要有心理准备，照顾宝宝会比较辛苦。我这几天晚上都没怎么睡，灯都没关，随时准备给宝宝用湿毛巾敷一下。

后来我买了酒精，用1:1的冷水兑开给宝宝擦身，这个效果挺好的，体温很快下降，不过会反复。还有一点要注意，宝宝发烧尽量不要给宝宝穿太多的衣服。我家刚开始就犯了这个错误，因为保姆太紧张了，认为发烧肯定是感冒引起的。感冒了就得多穿衣服，所以刚开始烧的那两天，都穿了很多衣服，捂得紧紧的。

后来我跟她说了好几次，衣服要比平时穿得少，这样容易散热，洗漱的水也要比平时的温度稍低一点，保姆才照着做。我想这对宝宝病愈是有帮助的，从宝宝开始发烧到痊愈，大概是三天左右。感觉像是打了一场仗 。当然，这是一场胜仗，起码我们没让宝宝受皮肉之苦。写出来是想给各位妈妈参考一下，希望对妈妈们有用。不过，如果宝宝发烧时精神状态不好，还是建议上医院哟。/（ro姐妹y77）

7. 预防心得

预防发烧的经验

（1）不能在天气太热的时候带孩子出去。早上 10 点前，太阳太猛，不要晒太阳，在阴凉的地方散步。下午阳光虽然不猛烈，但地面温度很高，宝宝躺在车里其实很热，就不要散步了。

（2）早上起来不要马上从空调房间出来，要提早关空调，让宝宝慢慢适应温度。

（3）尽量少带宝宝去商场，那里空调猛、空气差，实在要去要多穿一件衣服。

（4）外出后回来不要马上冲凉。

（5）平时多让宝宝喝水，换着法子喂水，不肯用奶瓶喝就用小汤匙喂。可以榨些新鲜的果汁，兑点开水，口味淡一点，不时煲点冬瓜蝉蜕薏米汤喂宝宝喝。/（A 梦宝宝）

秋季腹泻

【妈妈经验谈】

1. 症状

我家的惨痛经历

千防万防，儿子还是感染了轮状病毒。

上周三中午，多多不肯好好吃饭，我还觉得奇怪。他平时吃饭很乖的，

我从没在这方面操过心。刚喂了两口，多多便“哇”地一下全吐了出来。我心里“咯噔”一下，觉得不好。于是给他包好纸尿裤，和妈妈带着他去了华侨医院。

果然不出所料，他在出租车上就开始腹泻了。很难闻的腥味，幸好事先包住了屁股，结果一检查，确定了我的猜测，是轮状病毒感染。

这个时候，应该说我还没有非常非常重视。因为第一觉得这是一个常见病，第二自认为准备很充分。于是输完液开了一点药便回家了。

多多第一天拉了三次，但吐得非常多。几乎是吃什么吐什么，喝水都吐。孩子马上就瘦了下来。我们除了奶粉跟米汤，其他的都没让他沾。第二天吐的次数少了，只吐了一次。下午他还在床上跟我一起唱歌、玩。我非常开心，想着秋季腹泻也不过如此。

第三天，也就是上周五，真正可怕的事情发生了。吃过午饭，我心情不错。因为多多吃了小半碗粥，而且没有吐。吃完粥他非要出去玩，我跟妈妈一看，外面太阳很大，出去晒晒太阳也好。于是拿了多多的小背包，放了水和隔背巾出门了。

出去后多多有些反常，平时他只要一出门，就算本来在哭闹也会马上心情变好，但是那天没有。我想让他高兴一下，就走到坐摇摇马的地方。他平时是最喜欢坐那个摇摇马的，但把他放到马上时，他不怎么兴奋。我正弯腰准备把硬币塞进投币口时，瞄了一眼多多，只见他往后靠在马背上，有气无力的样子，我正纳闷时，多多捏紧拳头，口吐白沫、眼珠向上翻，短短几秒的时间脸跟嘴唇就全变黑了。我当时尖叫着，妈妈抱起多多跑了几步就瘫倒在地了。只见妈妈边哭叫着，边把多多放平在自己的腿上。我全身发抖、泪流满面，尖叫着，保安跟院子里的人都围了上来。全身发抖的我已经不能拨电话，多多一动不动，黑面黑唇，呼吸也没了。旁边一个大婶冲上来，死命地掐他的人中，可能两三秒的时间，多多的眼珠下降到了正常的位置，慢慢地嘴唇跟脸色都变得正常了，也有了轻微的呼吸。隐隐地听到救护车的声音，我一把抱起多多，也顾不上地上的妈妈，就冲到小区门口。现在想起来，真的非常感谢那位大婶，我甚至没有记住她的脸。如果当时不是她及时出手相救，真不敢想象会怎么样。

在救护车上，医生问了情况后，掐了多多的腑下一把，多多虽然人还是昏迷的，但是“哇”地一声哭了出来。到了医院抢救室，医生宽慰我说，应该是剧烈呕吐造成体内电解质紊乱而引起的抽搐，没什么大问题。我记不清楚当时我说了什么，只是一直在哭。过了一会儿多多的爸爸、外公、外婆都来了。一家人急得团团转。多多输液跟吸氧时已经醒了，非常不配合，又漏针，反正他一直在哭，我也一直在哭。半小时后验血结果出来了，果然是电解质紊乱低钠造成的。医生见得多了不以为然，我们全家人紧张得要死。

接下来的几天，一家人都在华侨医院的急诊科泡着。多多恢复得很好，比我们和医生想象的都要快。周五下午还在抢救室吸氧急救，周六下午就边挂点滴边要出去玩了。我们只好一人举着输液架、一人牵着他，还要顾着他正在输液的那只手，在医院的小花园里看鱼、看蚂蚁。

今天，多多已经能吃能玩能睡了，虽然除了粥跟豆粉，其他的还不能吃，但他精神非常好，胃口也好，淘气得不行。我跟妈妈非常后怕，这几天每天晚上，我只要一闭上眼睛，就会想起当时的情景，想起多多黑脸黑唇口吐白沫的样子。持续的失眠中，晚上要无数次地去亲吻多多熟睡的脸。

非常的感谢那位掐多多人中的大婶，还有帮我打急救电话、帮我打电话给多多爸的那些人，感谢华侨医院的医生，感谢老天爷。

各位妈妈一定要照顾好自己的宝宝，也祝愿天下的宝宝都要健康快乐。

/（托尼妈咪）

2. 医院治疗及护理心得

宝宝秋季腹泻全过程

不用太担心，正确的处理很重要。

这几天妈妈真是又急又累，因为大福真的病了。

第一天

今天早上，大福喝了100毫升奶就把奶瓶一推，怎么劝也不喝了。

因为上班要迟到了，妈妈还发脾气了。过后狂后悔啊，哎，什么时候能改掉这个坏脾气呢。

没给大福换衣服，就急急忙忙上班去了，

没多久，接到爸爸的电话说大福吐了，妈妈赶紧咨询了医生吃啥药物，吩咐爸爸给大福吃药。

忙完手上的工作就回家了，大福喝药就吐，没办法带大福坐平时最喜欢的车。爸爸开车，妈妈喂药，结果吐了一车，昏睡了一下午。大福一天没吃东西，喝水也吐，妈妈带大福去医院了。

医生说是肠胃型感冒，担心脱水，妈妈接受了医生的建议，给他打吊针到晚上9点多。回到家里，大福精神好了点，晚上发烧，吃退烧药。由于妈妈第二天有个重要的会议要开，非常担心。

第二天

早上小心翼翼地喂了稀稀的牛奶，安排好大福吃的药，妈妈上班去了。这一天妈妈非常忙碌，但是一有时间就想生病的大福。

中午，接到爸爸电话说大福上午基本上在昏睡，现在又烧了。妈妈赶回家，陪大福玩了一会儿。大福拉稀了，这一拉就不可收拾。妈妈知道，大福感染上最让人担心的秋季腹泻了。

晚上妈妈匆忙结束了应酬，看着没有一点精神的宝宝，心疼死了，今天大福吐了*N*次，拉了7次。

第三天

一晚上没好好睡觉，妈妈心情低落到了极点。一大早就去买了腹泻奶粉，做好大福拉7天的准备。大福在商场闹着要喝酸奶，180毫升一口气喝完了，还哭着要。

中午腹泻奶粉喝了70毫升，下午基本在睡觉。

今天大福吐了一次，拉了6次。半夜，大福闹着要喝白天的酸奶，哭死。

从凌晨2点到5点，大福不停地无理取闹，妈妈几乎崩溃，同时大福出现了脱水症状，哭闹没眼泪，手脚末端冷，决定早上去输液。

第四天

一晚上的哭闹，并没有影响大福早起的习惯。一起床，他嚷着要吃芝麻饼，在没有得到满足的情况下又大闹了一场。

今天是大福精力十足的一天，哭闹、嬉戏，开始喝奶、吃东西了，自然也不用去输液了。

早上喝了很多奶，分几次喝了一碗粥，睡觉前还吃了半碗淮山粉。

不呕吐了，拉了3次。

第五天

恢复了喝夜奶的习惯，早早起床黏在妈妈身上。看到妈妈换上工作服，就开始哭着说"妈妈不要上班"，心疼啊。

狠心地把哭闹的大福扔在床上，转身上班去了。关门的时候听到大福撕心裂肺地哭："我要妈妈，我要妈妈，……"

一天都在担心大福，中间还接了他爸爸打来的电话，只听到大福哭闹，但是他不听我的声音。

一下班，妈妈就飞快地回去了。远远地看到爷爷抱着大福在小区里等妈妈，一见到我小脸笑得和花一样。

见到我第一句话就是："妈妈，我要吃包包。"可怜的宝宝，饿了几天了。

妈妈说："宝宝还在生病，包包太油腻了，我们买馒头吃好不好？"

大福乖乖地点点头说："好。"

看着大福狼吞虎咽地吃着干巴巴的馒头，妈妈心酸死了，再去买了瓶酸奶，换了十块钱的硬币，让大福在摇摇车上玩了个够。吃了馒头，结果晚上回来拉了3次，加上白天拉的1次，一共拉了4次。

给大福洗澡时，看着一条条肋骨，妈妈不知道多心疼。

第六天

晚上喝了夜奶，大福早上一起床就哭着要奶片，接着要芝麻饼。

哄了一会儿，不哭了，妈妈上班去了。今天离开家时，大福开心地和奶奶在床上玩，不知道妈妈悄悄走了。

希望今天大福能好点了，期待秋季腹泻快点好吧。

下班回家，大福今天精神很好，拖着妈妈要出去玩沙子。

今天拉了1次。

第七天

秋季腹泻真的好了，今天大福胃口大开，也不娇气黏妈妈了。还是不敢给大福吃太油腻的东西，晚上吃了一碗斋面，半碗饭。中间我去加饭，太烫了，离开大福去用冷水冷却一下饭，他以为不给他吃了，还哭：“我要吃饭啊。”一边吃一边说，“饭饭真好吃。”第一次哦。

睡觉前我想他晚饭吃那么多，就少冲了点奶粉，120毫升奶瞬间喝完，再加了90毫升。

另外，今天的大便开始成条状啦。呵呵，这样下去，很快肉肉就会回来的。/（我爱大福）

小志秋季腹泻全过程

前几天，小志刚刚秋季腹泻痊愈，我写下了小志的生病护理方法，与大家分享一下。

先说说小志这次患病的症状：

（1）先是呕吐。当时不知道是秋季腹泻，以为他吃多了东西。

（2）呕吐一天多之后，开始腹泻。

（3）宝宝精神很不好，基本上整天都要抱，然后睡觉多。

护理方法：

（1）首先应该感谢我家旁边药店的医师。他看到小志的症状，就让我们买同仁堂的小儿至宝丸。这个药不难吃，因为吃了这个药，小志后面腹泻才没那么厉害，好得也很快。

（2）第一天呕吐以后，给小志吃清淡的面条，还加了麻油。

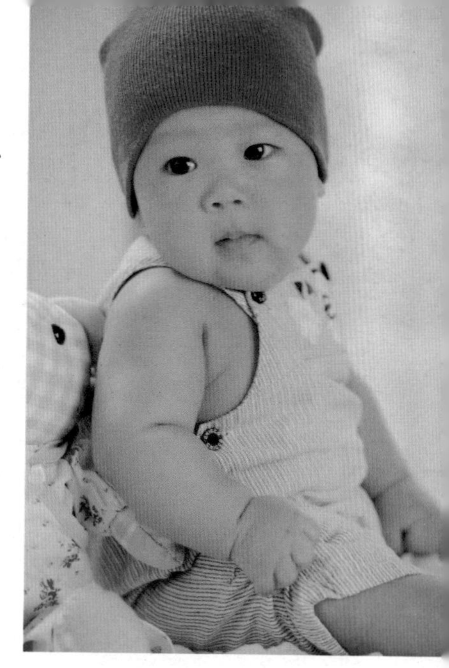

（3）第三天腹泻，早上拉了三次。开始注意补水和补液盐，防止脱水。接着停奶粉，改喝米汤。除白粥和米汤外，禁食其他食物。宝宝食欲不好，能吃就吃一点，不能吃就给他喝水。

白天宝宝一共只喝了两口白粥，晚上喝了240毫升的米汤。

（4）接下来的几天，继续吃小儿至宝丸，由一天三次改为一天两次，继续吃白粥和馒头。

（5）第五天，宝宝开始有食欲，不再腹泻。继续吃清淡的白粥、馒头，加一点点青菜。

（6）第七天，宝宝完全恢复正常生活。

需要说明的是：

（1）千万要注意要补水，宝宝脱水会引起高烧、抽搐，甚至危及生命。

（2）小志属于很挑剔的宝宝，根本不吃腹泻奶粉。所以如果患病宝宝不吃腹泻奶粉，可以用米汤代替。腹泻期间，用炒过的米来熬粥，对腹泻有一定的辅助治疗作用。

（3）秋季腹泻是由病毒引起的，原则上只能等待自愈，所以生病期间的护理很重要。

预防：

秋季腹泻有传染性，如果你身边的小朋友有腹泻，要注意别和生病的宝宝接触、玩耍。从外面回到家要及时洗手，这些措施都可在一定程度上防止感染秋季腹泻。/（小志妈妈）

简单几招应对秋季腹泻

秋季是幼儿秋季腹泻的高发季节，如果应对不当，给孩子带来的痛苦很大。我就曾经接诊过一个患秋季腹泻迁延5年的孩子。以下是我总结的几个应对秋季腹泻的方法。实施起来并不复杂，相信各位家长都能做到。

1. 感染前的防范

（1）接种轮状病毒疫苗，这是预防秋季腹泻最直接的方法。建议在秋季腹泻流行季节前一个月接种。广州通常是10月份到第二年的3月份，缺点是目前只有减毒活疫苗，不适合免疫有缺陷的孩子。

（2）避免接触到病毒，在流行季节不要接触有呕吐、腹泻、发热等症状的儿童，尽量不到人员拥挤的场所，尤其是医院。

2. 感染后的应对

（1）呕吐期间减少进食，包括非必须药物，以减少对胃肠道刺激。少量多次进食含盐水分，完全不能摄入水分的选择静脉补液，避免脱水。

（2）尽快停止进食含乳糖食品，包括常见的奶制品和母乳。因为轮状病毒会破坏肠道绒毛，造成乳糖酶丢失，不能消化乳糖。很多专家提倡秋季腹泻时坚持母乳喂养，殊不知母乳是高乳糖食品，会导致腹泻迁延不愈。

（3）幼儿应转食去乳糖配方奶粉，如果无改善，可选用游离氨基酸和葡萄糖配方。

（4）呕吐停止后，可以进食不含乳糖的食物，包括肉类、少量油脂。腹泻时间较长的，两周以上，应禁食各种双糖，如蔗糖，此时葡萄糖是唯一安全的糖类。

（5）减少活动以减少消耗。

（6）肠道黏膜保护剂，如蒙脱石散可能是唯一有帮助的药物。

3. 恢复期

（1）大便性状恢复正常后先停药，然后谨慎地将去乳糖配方奶粉转为普通配方奶粉，大孩子可以试食酸奶。

（2）有条件的可进食羊奶配方奶或高热量配方以促进肠道修复。/（徐来清风）

婴幼儿急疹

【妈妈经验谈】

1. 症状

婴幼儿急疹(Exanthema Subitum)又称婴儿玫瑰疹，是婴幼儿急性良性玫瑰样发疹，其特征为热退疹出。婴幼儿急疹是由病毒感染引起的一种出疹性疾病，高发于6个月至1岁半的婴幼儿，3岁以上就很少患此病了。特点是起病急、出疹快。

婴幼儿急疹主要通过呼吸道传播，传染性并不是特别强，但一年四季都可能发生，尤其是春秋两季发病较多。不过，婴幼儿急疹的症状很有特点，就是患儿往往是突然起病，持续高热3～5天，热退后出现皮疹。目前，对于婴幼儿急疹没什么特效治疗的方法。只要护理得好，对婴幼儿的损害并不大，一般愈后都很好。/（夏天的小燕子）

2. 治疗心得

婴幼儿急疹，宝宝必经的一道坎儿

相信经历过婴幼儿急疹的宝宝妈妈，都能够深切体会到，这个急疹来得有多么突然，对宝宝来说是多么大的一次历练，也相信好多妈妈都曾束手无策过。今天我把它写出来，希望给还没经历过婴幼儿急疹的妈妈一个详细的过程，了解一下，有足够的心理准备。

大概在宝宝8个月左右，一次突如其来的高烧让我彻底慌了神。宝宝发烧前没流清鼻涕，没打过喷嚏，吃饭也好好的。总而言之，没有任何的征兆。

那天凌晨，感觉宝宝在小床上翻来覆去，起床一摸宝宝的额头，好烫呀。赶紧去拿体温计，给宝宝塞在腋下。几分钟后取出，发现体温计的读数居然到了39℃。赶紧去洗毛巾给宝宝做冷敷。好歹熬到了早上，抱上宝宝就往医院跑。

在医院候诊时，护士阿姨又让给宝宝量体温，结果体温又升高了一点儿，39.5℃。护士要求先给宝宝吃退烧药。开单后先去医院的窗口给宝宝买泰诺林，粉色的滴剂给宝宝口服后，过了二十几分钟，宝宝没有那么烫了。终于排到了给医生检查。医生看上去三十几岁，很有经验的样子，看了看宝宝的舌苔和喉咙，听听宝宝心跳后说：“没什么大事儿，婴幼儿急疹。”给开了点中药，防止宝宝高烧时并发抽风。又嘱咐宝宝一旦烧过39℃，就给宝宝服用一次泰诺林，防止高烧留下什么后遗症。要求三天后看有无疹出来，如果没有再来复查。

怀着忐忑不安的心情，抱着宝宝回了家。回家后没多久，宝宝的体温又上来了，还是39℃左右。再次给宝宝服用了泰诺林。之后的两天半，宝宝的烧一直退了又升，吃药后又降下来，反反复复折腾了七八回。期间发烧时宝宝食欲不好，平常爱吃的奶和饭菜都不怎么吃，不爱玩儿，哼哼唧唧，感觉很无力、很难受的样子。我看了好心疼，心急如焚。当时正好是夏天，我就给宝宝榨了好多西瓜汁、橙汁之类的喂宝宝，防止宝宝脱水。宝宝稍微退点烧时，精神会好很多。但来回地发烧，折腾得小家伙一副有气无力的样子。

到了第三天晚上，宝宝终于退烧了，比较安稳地睡了一觉。早上醒来的时候，我发现宝宝的脸上、胳膊上、腿上星星点点地有些小红点。心里还在琢磨，这就是医生说的疹子吧，但又不敢确定。到了下午，疹子大面积出现了，宝宝全身都是。老人都说出疹子前后一定不能见风，我就一直跟宝宝在家待了两天，窗户都没敢开。

到了第五天，宝宝身上的红疹居然奇迹般地消退了。第六天的时候，全都没有了，宝宝脸上、身上没有留下任何疤痕。痊愈的宝宝又恢复了以前的活泼好动。

经历过这次急疹后，我总结了几点供妈妈们参考，希望给未经历过婴幼儿急疹的妈妈们一些借鉴和心理准备：

（1）婴幼儿急疹的第一个特点，就是突发高烧且没有任何征兆。

如果去医院就诊，经验不足的医生可能会误诊为病毒性感冒或小儿积食引发的高烧。但宝宝一旦反复高烧不退，细心的妈妈们就要考虑到婴幼儿急疹的可能性啦。急疹的特点就是烧退疹出。

（2）婴幼儿急疹是宝宝生长过程中必经的一道坎儿，妈妈们大可不必惊慌。

80% 以上 0 ~ 2 岁的宝宝都要经历。宝宝得过急疹后，会获得抵抗这种病毒的抗体，这只会使宝宝日后更加强壮。

（3）婴幼儿急疹过程中，宝宝出现厌食情况属正常。

注意给宝宝补充适量果汁和水分，防止宝宝脱水。

（4）宝宝高烧中，妈妈们不要因为退烧药有副作用而拒绝给宝宝服用。

宝宝一旦高烧，就有抽风、神经受损等并发症的可能，妈妈们不要因小失大哦。

（5）宝宝烧退后出疹子前后，尽量不要让宝宝受风，但要保持室内空气流通。/（lvna2）

婴幼儿急疹：妈妈镇定，宝宝少受罪

5月30日

早上醒来，发现宝宝的头和手发烫，跟往常有点不一样。心里掠过一丝不安，转而安慰自己：没事，可能天气比较热。后面婆婆抱宝宝，也说了她的疑虑，觉得宝宝像在发烧。马上拿体温计量，37.5℃，果然是发烧了。因前一天带宝宝出去逛街，加上最近流行流感，心里多少有点害怕。莫非街上人多给传染了？宝宝爸爸更是把矛头指向我，怪我带宝宝出去。

事已至此，怪也没用了，只盼宝宝赶快好起来，立刻给宝宝吃了保婴丹。可怜啊，这半个月好不容易吃了点奶长了点肉，现在……当时第一反应就是她这么轻，再不长点肉，如何是好？

因为先前在网上看了不少妈妈们分享的宝宝发烧的事例，见宝宝没烧到38.5℃，心里还比较镇定。不急着去医院，给宝宝贴退热贴，多喝水，多量体温。下午还带着小小的负疚感出去逛了趟街，家里有人照顾，太多人对发烧的宝宝忧愁也不是办法。

宝宝的体温一直在37.5℃～38℃之间徘徊。除了发烧，没有咳嗽、打喷嚏等感冒症状。但是食欲下降、精神不振、晚上睡觉易醒易哭。当天下午，婆婆给宝宝喂了猴枣散，晚上睡觉前又喂了八宝惊风散，希望宝宝一觉醒来就不烧了。

5月31日

端午的三天小长假过去了，又要重新上班。

早上起来宝宝还是烧，三管齐下没有效果。宝宝的爸爸、奶奶、太婆都坐不住了，纷纷说要带宝宝去医院。因为家里备有退热贴和美林，我一点都不为所动。自顾自地去上班了，临行前叮嘱婆婆，没超过38.5℃不需要吃药，只管喂水（退热贴一直贴着）。万一超过38.5℃，再给她吃美林，烧连续不退，才考虑去医院。如果担心家里的水银体温计不准，就去多买几个体温计来测。

这期间上午10点半接到婆婆的电话，说宝宝温度达到38.6℃，要不要去医院。只是比临界值高一点，我建议继续观察，继续物理降温，如果温度继续升就喂美林。

中午婆婆又打电话问情况，说温度降到38.5℃以下了，我的心也稍微放了下来，之后没再打电话回家过问。因为我想着，如果有什么事，婆婆一定会打电话给我的。既然没有电话，就说明没事，不用过多关心。晚上回到家，宝宝的温度又回到37.5℃左右，处于低烧状态。婆婆说给她喂了美林后，本来已经退到37.1℃，现在温度又升上来了。

家里人都很担心，宝宝爸爸责怪婆婆没带宝宝去看医生，宝宝的太婆让我吃完饭趁早带宝宝去医院看看，大家都担心宝宝半夜高烧。

大概这段时间婴幼儿急疹的案例太多，我三个同学的宝宝都先后得了婴幼儿急疹。我心里一直是将宝宝的发烧当婴幼儿急疹来看，这种情况不需要特别治疗，出了疹自然就会好了，强行降温反而不好。

于是，我据理力争地给宝宝的爸爸、奶奶、太婆分析，让他们放宽心。前一晚大家都担心得没怎么睡，保证多给她敷毛巾，多给她喂水，定期量体温，万一半夜真的高烧，可以吃美林。实在不行第二天六一节宝宝爸爸放假，让宝宝爸爸陪着带去医院看就行了。在我的坚持下，没有再给宝宝喂药，也没有带去医院，早早地让她睡了。

这一晚，她隔半小时或一小时就醒一次。有时是嘴巴动动，有时哭几声。每次醒来，我都是先摸摸她的头热不热。感觉不太热，然后拍拍或者抱抱她，给她喂水，要么喂奶，敷一下冷毛巾。大概凌晨4点左右，她又醒了一次，这次哭的时间比较久，喂奶也不太肯吃，后面发现她拉了便便在纸尿裤里，给她洗了屁屁换了尿片，再抱了她好一会儿，看她好像睡着了。刚想放床上，宝宝又吐奶了，还好吐得不多。这次量了体温，已经降到37.3℃了。再给她喂了奶，总算平静下来了。

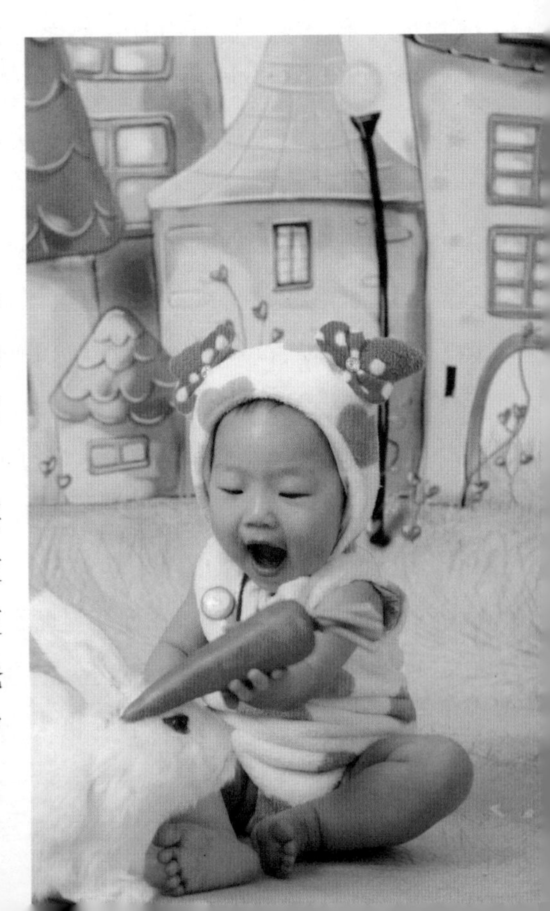

6月1日

早上6点才刚过就醒来了，折腾了一晚，我实在是有点困。婆婆来接班，把宝宝抱出去了，总算睡了个回笼觉，然后去上班了。

宝宝发低烧，宝宝爸爸犹豫还要不要带宝宝去医院。我有预感她半夜拉的那次便便，是拉肚子的前奏，更加肯定是得了婴幼儿急疹，劝宝宝爸爸没必要去。宝宝总算平静地度过了六一节，没去医院折腾。

可能是前两天没吃好睡好，今天烧退了舒服不少，她竟然破天荒地一天睡了5个小时。上午2个小时，下午3个小时，达到她白天睡觉时间的顶峰。晚上等我下班回来，宝宝完全退烧了，退热贴退出了她的额头，她又恢复了活泼可爱的笑容。

这一天，她的食量比前两天略好，比平常略差，喝了大约600毫升奶，总共拉了三次便便，稀状。

6月2日

又是一个早醒的清晨，宝宝不到6点半醒的。发现她跟平常明显不同，醒来很容易哭闹，要抱抱，横抱还不行，要竖抱才不哭；奶奶抱她也哭，追着妈妈抱。发现她脸上开始有浅红色颗粒状的东西，不太明显，心想发烧也烧了，也拉肚子了，该出疹了吧。上班时间紧，没有细细检查全身！

中午打电话回家，婆婆说宝宝今天表现挺好，挺乖的，就是不太肯吃东西，食量还是比平常少。

晚上回到家，发现宝宝已经变成花猫脸了，长满了红疹，脖子上、身体上到处都是，红红的。我竟然莫名的开心！因为这意味着，我的猜测得到了证实，意味着宝宝的婴幼儿急疹很快可以好转。这不，宝宝还没等妈妈洗完澡，就自己先睡了，这可是很难得的景象。

上网查了一下婴幼儿急疹，发现很多没经验的妈妈都会带宝宝去医院，而很多没经验的医生，都会让宝宝吃药打针。因为这个急疹，全家人寝食不安。宝宝吃药吃到怕，打针打到哭，大人家里医院来回折腾，也是受苦受罪。我暗暗庆幸，庆幸我的镇定，让宝宝没有多受吃药、打针之苦，没有受医院看病之苦。当然，这个镇定是建立在，前面一个月内有三位好友的宝宝都相继得了婴幼儿急疹，还和我分享了经验，让我心中有数。由此可见，平常多交流，多分享育儿经验，可以少操不少心呢。

如果你家宝宝满了6个月，还不到2岁，无缘无故发烧，请不要慌张，也不要急着让宝宝退烧，十有八九是得了婴幼儿急疹！/（夏天的小燕子）

第十章 疫苗

宝宝需要打哪些疫苗

【妈妈经验谈】

2岁内宝宝的预防接种

每个孩子从出生开始，就要进行预防接种，个人感觉社区医院对预防接种还比较负责，基本上没落下应接种的疫苗。现在孩子快2岁了，把这个过程写下来，希望对新妈妈有帮助！

年　龄	打何种疫苗
出生当日	乙肝疫苗第一针，这个一般都不会落下，在出生医院就注射了
出生第一天	卡介苗
1个月	乙肝疫苗第二针，这个就开始在辖区的社区医院注射了
2个月	脊髓灰质炎疫苗（吃糖丸）第一次
3个月	脊髓灰质炎疫苗（吃糖丸）第二次。同时，百白破疫苗第一针，记住注射在哪侧胳膊上了
4个月	脊髓灰质炎疫苗（吃糖丸）第三次。同时，百白破疫苗第二针，这次注射对侧的胳膊
5个月	百白破疫苗第三针，这次注射的是第一针的那侧
6个月	乙肝疫苗第三针
7个月	流脑疫苗第一针
8个月	麻疹疫苗第一针
10个月	流脑疫苗第二针
11个月	HIB疫苗第一针。这个是自费疫苗，可以选择，我当时没注意。这个疫苗在接种本上，写的是1岁后的宝宝注射一针。但我闺女是11个月时打的，结果挨了三针！花钱事小，关键多挨两针很心疼
1岁	乙脑疫苗第一针
13个月	HIB疫苗第二针

（续表）

年　龄	打何种疫苗
14个月	水痘疫苗，这个是自费的疫苗。当时我们选择的是国产疫苗，其实国产和进口疫苗只是一个保护期长短的问题，都不能终身免疫，所以没选择进口疫苗
17个月	HIB疫苗第三针
18个月	百白破疫苗第四针，同时还要注射麻疹疫苗第二针，现在都是用麻风腮疫苗替换了
19个月	甲肝疫苗第一针，现在也是免费了
20个月	流感疫苗第一针，这个是自费
21个月	流感疫苗第二针
2岁	乙脑疫苗第二针

另外，医院都会介绍轮状病毒疫苗，这是口服的，自费，我们没有吃。第一年，孩子小，没接触外面的食物，个人感觉没太大的必要。第二年，大夫同样推荐了，我们没吃的原因是：我闺女属于肚肚比较好的那种，基本上只有便便干的情况。除了吃消炎药有副作用有过腹泻外，平时都很好，就没给孩子吃。这个就要看自家孩子的具体情况了。

估计每个保健科都有自己的时间安排，疫苗接种的时间可能会有所不同，只要不落下就好，希望所有宝宝都能健康快乐地成长！/（bitichong）

反侵权盗版声明